Patrycja Spychalski

AUF EINE WIE DICH HABE ICH LANGE GEWARTET

DIE AUTORIN

Patrycja Spychalski, geboren 1979 in Starogard, Polen, zog im Alter von neun Jahren mit ihren Eltern nach Berlin. Nach dem Abitur absolvierte sie eine Schauspielausbildung, wandte sich dann aber einem ganz anderen Bereich zu: Seit 2002 arbeitet sie in vielfältigen sozialkulturellen Projekten mit Kindern und Jugendlichen. Sie schrieb Kurzgeschichten für Anthologien und hat inzwischen schon mehrere Jugendbücher verfasst.

Von der Autorin sind bereits bei cbt erschienen:

Ich würde dich so gerne küssen (30780)
Fern wie Sommerwind (30863)
Der eine Kuss von dir (30895)
Bevor die Nacht geht (16303)

Patrycja Spychalski

AUF EINE WIE DICH HABE ICH LANGE GEWARTET

cbt

cbt Kinder- und Jugendbuchverlag
in der Verlagsgruppe Random House

MIX
Papier aus verantwortungsvollen Quellen
FSC
www.fsc.org
FSC® C014496

Verlagsgruppe Random House FSC® N001967
Das für dieses Buch verwendete FSC®-zertifizierte Papier
Pamo House liefert Arctic Paper Mochenwangen GmbH.

1. Auflage
Originalausgabe August 2015

Umschlaggestaltung: Suse Kopp, Hamburg,
unter Verwendung eines Motivs von
Plainpicture/Hollandse Hoogte/Iris Loonen
Lektorat: Ivana Marinović
jb · Herstellung: kw
Satz: Uhl + Massopust, Aalen
Druck und Bindung: GGP Media GmbH, Pößneck
ISBN: 978-3-570-30973-5
Printed in Germany

www.cbt-buecher.de

1

Ich sitze auf der Rückbank unseres alten Ford Fiesta und halte meine Hand aus dem halb geöffneten Fenster. Der Fahrtwind gleitet zwischen meinen Fingern hindurch, und ich betrachte meine dunkelrot lackierten Nägel, die einen schönen Kontrast zum klaren blauen Himmel bilden. Unwillkürlich muss ich an die Anfangsszene von *Dirty Dancing* denken, diesen 80er-Jahre-Film, den sich meine Mutter immer wieder anschaut, wo die Heldin, die komischerweise Baby heißt, ebenfalls auf der Rückbank sitzt und glücklich in einem Buch liest, während der Wind ihr die Haare zerzaust. Kurz darauf legt sie ihrem braun gebrannten Vater lächelnd die Arme um die Schultern. Mama schaut glücklich von der Beifahrerseite rüber und die Schwester kämmt sich selbstverliebt die Haare. Und während diese zufriedene Familie über die leeren amerikanischen Highways dahingleitet, weiß ich als Zuschauerin, dass schon bald etwas ganz Besonderes passieren wird. Ich seufze und würde wirklich gerne mit Baby tauschen.

»Laura, Schatz, kannst du bitte das Fenster schließen? Ich mache meins auf.« Meine Mutter holt ihre zerknautschte Schachtel rote Gauloises aus dem Seitenfach und kurbelt das Fenster runter.

»Du bist echt die einzige Mutter, die ich kenne, die im Auto raucht, obwohl ihr Kind mit drin sitzt«, blaffe ich sie an.

»Laura!« Mein Vater schüttelt den Kopf und schnaubt laut.

»Aber es stimmt doch!« Ich beobachte sein Gesicht herausfordernd im Rückspiegel. Ich bin auf Streit aus, obwohl ich weiß, dass er mir diesen Gefallen nicht mehr tun wird.

Meine Mutter streckt ihren Kopf aus dem Fenster, damit möglichst wenig Rauch ins Innere zieht. In Wahrheit mag ich sogar den dezenten Geruch ihrer Zigaretten. Ihr die anderen Mütter vorzuwerfen, ist durchaus gemein, denn die ganzen Mütter meiner Freunde sind alle solche Spießer-Tanten, die selbstverständlich nicht rauchen, sich gluten- und laktosefrei ernähren und auch kein Auto fahren, sondern Fahrrad, und zwar nicht wegen der Umwelt, sondern wegen strafferer Schenkel. Ich habe meine Mutter während einer Schulveranstaltung mal beobachtet und bemerkt, wie unwohl sie sich in deren Gegenwart fühlte. Ganz verloren stand sie bei so einer Müttergruppe in ordentlich gebügelten pastellfarbenen Klamotten und versuchte ihr nettestes Lächeln, aber es war ganz offensichtlich, dass sie von diesen Frauen Welten trennten. Meine Mama ist mir natürlich tausendmal lieber als diese korrekten Muttis, bei denen es immer nur trockene, zuckerfreie Reiswaffeln gibt, aber da ich es mir gerade mit meinen Eltern verderben will, ist mir das mit dem Rauchen eben rausgerutscht.

Ich bin so schrecklich sauer, weil wir gerade auf dem Weg zu unserem neuen Zuhause sind. Auf dem Dorf!

Ich wiederhole: Dorf!

Papa behauptet, es wäre eine Kleinstadt, aber ich glaube ihm nicht, und selbst wenn, macht es die Sache auch nicht besser. Vor drei Monaten hat mein Vater einen Versetzungsvertrag unterschrieben. Ich wusste gar nicht, dass er sich auf eine neue Stelle beworben hatte, er erzählt selten etwas von seiner Arbeit. Im Grunde weiß ich nicht einmal richtig, was er eigentlich macht. Irgendwas mit Computern, Wartung von Servern oder so. Meine Mutter hat sich bei der Nachricht riesig gefreut, sie hatte schon länger keine Lust mehr auf die große Stadt, und ich durfte dann zwar meine Bedenken vorbringen, aber irgendwie wurde ich den Eindruck nicht los, dass alles längst beschlossene Sache war.

Dabei habe ich so viele Bedenken! Ich habe eine lange Liste geschrieben und sie meinen Eltern wortlos auf den Tisch gelegt. Abends, als ich schon im Bett lag, habe ich gehört, wie sie sich darüber unterhielten. Mama sprach wie immer mit ihrer leisen sanften Stimme, deshalb konnte ich nicht viel hören, aber mein Herz pochte laut gegen meine Brust und die Hoffnung war groß, dass es ihnen einleuchten müsse.

Hat es aber nicht.

Das wohl Schlimmste an der ganzen Sache ist, dass ich meine Freunde zurückzulassen musste. Wenn ich nur daran denke, dass sie alle – Marlene und Kati, Max, Thomas und Flo – jetzt lachend auf dem Schulhof stehen und Pläne schmieden, die Welt zu verbessern oder zumindest, etwas Tolles am Wochenende zu unternehmen, zieht sich mir der Magen zusammen. Es ist so ungerecht, dass ich nicht bei ihnen sein darf!

Der Abschied war echt hart. Mama hatte drei Blech Kuchen gebacken, zwar eine Backmischung, aber immerhin. Papa hatte mich mit dem Auto zur Schule gefahren und sie mir bis in den dritten Stock in mein Klassenzimmer getragen. Von der Decke baumelten Luftschlangen und ein Plakat: »Geh nicht, Laura! Und wenn du doch gehen musst, dann hab wenigstens viel Spaß!« Kati hatte gerötete Augen, Marlene raunte ihr zu, sie solle sich gefälligst zusammenreißen, und die drei Jungs hatten mir zum Andenken eine Collage gebastelt, mit Fotos von Partys und Picknicks in Parks, auf denen wir alle verrückt in die Kamera grinsten. Die anderen aus der Klasse zuckten betreten mit den Schultern und murmelten irgendwas von wegen, dass es ihnen total leidtut, dass ich gehen muss. Frau Keppler nahm sich die Frechheit raus, mich zu ermuntern, offen für neue Freundschaften zu sein. Ich lächelte höflich, aber während sie ans Lehrerpult zurückkehrte, verdrehte ich die Augen und brachte Kati damit wenigstens wieder zum Grinsen. In der großen Pause standen wir dann noch alle beieinander und aßen die letzten Stücke Kuchen. Ich wollte nicht, dass meine Freunde mich traurig in Erinnerung behielten, und deshalb beteiligte ich mich rege an den Spekulationen, ob Frau Keppler und Herr Schröder eine Affäre hätten und deshalb zusammen im Naturkunderaum verschwunden waren, wo sie zehn Minuten später mit zerzausten Haaren und einem doofen Grinsen wieder rauskamen.

Als ich am Nachmittag die leeren Bleche wieder nach Hause schleppte, konnte ich allerdings nicht aufhören zu heulen.

Mama seufzte traurig, nahm mich in den Arm und gab vor, zu verstehen, wie ich mich fühle.

»Du freust dich doch auf diesen Umzug!«, warf ich ihr vor.

»Das tue ich. Wirklich. Trotzdem kann ich mir denken, dass es für dich schlimm ist.«

»Ich könnte hierbleiben. Ich bin alt genug, mir eine Wohnung zu nehmen!« Ich war mittlerweile selbst genervt von meiner wehleidigen Stimme.

Meine Mutter kräuselte die Stirn. »In zwei Jahren bist du so weit.«

Ich hatte das natürlich längst gegoogelt und wusste, dass sie recht hat. Mit sechzehn darf man zwar in eine eigene Wohnung ziehen, aber nur mit dem Einverständnis der Eltern. Dass meine Eltern mir das nicht erlauben würden, war ganz klar, ich brauchte gar nicht erst zu fragen.

»Weißt du noch, wie du dir letztes Jahr gewünscht hast, mal was ganz anderes machen zu können? Was hast du damals gesagt? *Immer der gleiche Mist*, oder so etwas.« Mama holte eine Familienpackung Kokoseis aus der Kühltruhe, zückte zwei Löffel und legte sie vor uns auf den Tisch.

»Ach, das war nur so dahingesagt. Ich hatte Liebeskummer und Marlene war sauer auf mich und dann noch die Sache mit dem BH ...« Ich hatte bei H&M einen BH geklaut. Eigentlich aus Versehen. Ich hatte so viele Sachen anprobiert und zum Schluss gar nicht bemerkt, dass ich ihn noch anhatte, aber das wollte mir natürlich keiner abnehmen.

»Sieh es doch einfach als Herausforderung«, schlug Mama vor, während sie den Deckel vom Eisbecher pulte.

Dann saßen wir schweigend am Küchentisch und leckten, jede in ihre Gedanken vertieft, das Eis von den Löffeln. Ich versuchte, mir vorzustellen, was für eine Herausforderung das sein könnte. Für mich war das bloß ein Rückschritt. Kühe, Hühner, matschige Straßen, neugierige Nachbarn, und bestimmt gab es weit und breit nicht einmal ein Kino.

Mama hat fertig geraucht und kurbelt ihr Fenster wieder nach oben. Sie sprüht zwei Spritzer Zitronenspray ins Auto, dann kramt sie in ihrem Rucksack und holt eine knisternde Packung Schokonüsse raus. Seit ich denken kann, ist das unser Proviant für längere Autostrecken. Ich beuge mich vor und halte ihr meine beiden Hände hin. Sie lässt die Nüsse reinrieseln und lächelt mir aufmunternd zu.

»Es stört mich nicht, dass du rauchst«, nuschele ich.

»Doch, doch, du hast ja recht. Ich will sowieso bald damit aufhören.«

Mein Vater wirft ihr einen kurzen skeptischen Blick zu.

»Du wirst schon sehen!«, protestiert sie und legt ihre nackten Füße auf dem Armaturenbrett ab. Meine Mama ist so was wie ein Hippie. Sie hört gern laute Musik, beklebt ihre Terminplaner mit Blümchenstickern und sammelt glitzerndes, hübsches Zeug vom Boden auf und hortet es in einer Kiste, als wäre sie eine Elster.

Plötzlich ist mir gar nicht mehr nach Streiten zumute. Ich mag sie. Meine Mama sowieso und auch meinen Vater, den ich zwar nicht so oft sehe, weil er zu viel arbeitet, aber wenn er mal da ist, zeigt er mir auf YouTube coole Musikvideos, oder er bringt Sushi mit und wir üben gemeinsam mit Stäbchen zu essen. Er hat mir versprochen, dass ich das schönste Zimmer im Haus bekomme. Oben auf dem Dachboden, und dass ich ganz allein entscheiden darf, wie es eingerichtet wird. Ich habe das Haus nur auf Fotos gesehen. Es sieht ganz nett aus, zwei Stockwerke plus Dachboden und sogar eine Terrasse aus Holz, von der eine kleine Treppe in den Garten führt. Im Garten stehen zwei Apfelbäume und

Büsche mit Stachelbeeren, ansonsten sehr viel hohes, dichtes Gras, das erst mal gemäht werden muss. Eins habe ich aber gleich klargestellt: dass ich keinen Bock auf Gartenarbeit habe. Mama hat letzte Woche in so einem Öko-Laden eine Hängematte gekauft, die sie zwischen den beiden Apfelbäumen aufhängen möchte. Da werde ich mich dann reinlegen und meinen Eltern dabei zusehen, wie sie mit dem Unkraut kämpfen.

»Braucht jemand eine Pinkelpause?«, fragt mein Vater und deutet auf das Tankstellenschild.

»Warum nicht? Ein bisschen die Beine vertreten …« Mama schlüpft in ihre Flipflops.

Ich zucke mit den Schultern. Papa setzt den Blinker und fährt von der Autobahn runter auf den Rastplatz.

Ich wundere mich ein bisschen, dass in dieser Gegend so viele Menschen unterwegs sind. Fast alle Bänke sind besetzt mit Leuten, die ihre Stullen auspacken und ihre Thermoskannen aufdrehen. Sie kauen plappernd auf ihren Broten, starren dumpf vor sich hin oder fahren mit ihren Fingern über ihre Smartphone-Displays. Ich hole mein Handy aus der Jackentasche, um zu sehen, ob Kati oder Marlene mir vielleicht eine SMS geschickt haben. Nichts. Wer weiß, vielleicht werden sie mich schneller vergessen, als ich dachte. Immerhin haben sie ja noch einander. Sie müssen außerdem die Schülerzeitung fertig machen, die ursprünglich meine Idee war, eine Party für Flo organisieren, und dann treffen sie sich nach der Schule im *Café Moskau* und trinken diese lecker süßen Erdbeershakes, und nachmittags gehen sie bestimmt ins Kino. Da bleibt vielleicht keine Zeit mehr für eine SMS.

Gott! Ich kann mich langsam selbst nicht mehr ausstehen mit meinem Selbstmitleid!

»Möchtest du etwas aus dem Shop, Laura?« Papa lüftet sein T-Shirt, das am Rücken völlig durchgeschwitzt ist.

»Nee. Oder doch? Warte mal … hm … einen Kaffee vielleicht?«

»Seit wann trinkst du Kaffee?« Er zieht verwundert die Augenbrauen nach oben.

»Seit heute eben.«

Er und meine Mutter wechseln einen Blick, und Mama zuckt die Achseln, bevor sie Richtung Klo verschwindet.

»Zucker? Milch?«

»Schwarz!« Ich habe keine Ahnung von Kaffee, aber einfach nur schwarz hört sich gefährlich an.

Als Papa durch die automatische Glastür des Tankstellenshops verschwindet, suche ich mir einen schattigen Platz und setze mich im Schneidersitz auf den Rasen. Gut, ich gebe zu, ich bin schon gespannt auf das Haus. Unsere Wohnung ist nämlich das Einzige, worum es mir nicht leidtut. Sie war hellhörig, die Decken waren niedrig, und mein Zimmer war so winzig, dass ich, sobald mehr als drei Leute im Raum waren, das Gefühl hatte, der Sauerstoff würde uns ausgehen. Ich beneidete

Marlene um ihr 25qm-Zimmer, mit Dielen und sogar einem eigenen Balkon. Altbau, in der angesagtesten Gegend der Stadt. Meistens hingen wir bei ihr rum.

Wenn ich mein neues Zimmer eingerichtet habe, werde ich Marlene und die anderen mal zu mir einladen. Vorausgesetzt natürlich, dieses Pisskaff, wo wir hinziehen, hat überhaupt einen Bahnhof.

Papa kommt zurück mit einem dampfenden Becher und einer Bulette auf einem Pappteller. »Hier. Schwarz.«

Ich nehme ihm den Becher ab und werfe einen Blick hinein.

»Und nur für den Fall: Zucker und Kaffeesahne.« Er lässt die Päckchen neben mich ins Gras fallen. Er selbst bleibt stehen und tunkt seine Bulette in einen Klecks Senf, beißt genüsslich rein und fängt an zu schmatzen. Mein Papa ist, glaube ich, durchaus ein attraktiver Mann, aber seine Tischmanieren gehen Mama manchmal schon mächtig auf den Keks. Jetzt kommt sie mit einem breiten Lächeln aus dem Klohäuschen und winkt uns zu, als würden wir uns gerade zum ersten Mal sehen. Sie ist wirklich sehr bemüht, gute Laune zu verbreiten, seit wir heute früh die Tür zur alten Wohnung hinter uns zugeknallt haben. »Auf, auf, ins Abenteuer!«, hat sie so laut gerufen, dass bestimmt das ganze Haus es gehört hat.

»Lässt du mich abbeißen?« Sie streckt die Hand nach Papas Bulette aus.

Widerwillig reicht er ihr den Pappteller. »Du hättest sagen können, dass du was willst.«

»Ich wollte nichts, aber jetzt, wo ich das so sehe …«

Das passiert ständig. Mein Vater sagt, meine Mutter wäre die Wankelmut in Person. Sie kann innerhalb von Sekunden ihre Meinung zu irgendwas ändern. Ich glaube, das macht Papa rasend. Ich probiere den ersten Schluck von meinem ersten Kaffee und verziehe sofort den Mund. Wer trinkt denn freiwillig so etwas Bitteres? Ich reiße alle drei Zuckerpäckchen auf und schütte sie rein, gefolgt von der ganzen Kaffeesahne. Papa grinst triumphierend. »Ich kenne doch meine Tochter.«

»Was glaubst du, wie lange wir noch brauchen?« Mama gibt Papa seinen Teller zurück und setzt sich neben mich ins Gras.

»Eine Stunde, eineinhalb vielleicht …« Er wirft einen professionellen Blick auf seine Uhr und nickt versonnen.

»Und? Ist es jetzt nicht doch ein bisschen aufregend?« Mama streicht mir eine Haarsträhne hinters Ohr, doch ich zucke nur mit den Schultern. »Komm schon! Sag doch wenigstens eine Sache, auf die du dich freust!«

»Darf ich mein Zimmer eigentlich schwarz streichen?« Ich schaue ihr fest in die Augen und höre, wie Papa sich an seiner Bulette verschluckt.

Mama mustert mich und kneift die Augen zusammen. »Ja, also, sicher … wenn du das gerne möchtest …«, antwortet sie etwas zögerlich. »Du solltest nur bedenken, Schwarz zu überstreichen, bedeutet ziemlich viel Arbeit.«

Papa setzt an, etwas zu sagen, aber Mama hält ihn mit einem Blick zurück und schüttelt sachte den Kopf.

Natürlich werde ich mein Zimmer nicht schwarz streichen, ich wollte nur sehen, wie weit ich gehen kann, jetzt, wo meine Eltern ein schlechtes Gewissen mir gegenüber haben. Ich nippe noch einmal an dem nun hellbraunen Kaffee, und er ist schon ein wenig besser, aber so ganz kann ich mich mit dem Geschmack nicht anfreunden.

Später im Auto döse ich trotz des Kaffees eine Weile weg. Ich liebe diesen Zustand des Halbschlafs. Die leisen Stimmen, die zu einem durchdringen, einzelne Wörter, die sich dann in den Traum mischen, die angenehme Wärme, die mit jedem Herzschlag durch den Körper gepumpt wird. Ich habe mal von einem Künstler gelesen – ich glaube, es war ein Maler –, der immer mit einem Schlüsselbund in der Hand eingeschlafen ist, damit ihm, wenn er in den Tiefschlaf hinüberglitt, die Schlüssel aus der Hand fielen und er wieder aufwachte, um die großartigen Visionen des Halbschlafs sofort in Kunst umzusetzen. Ich finde, im Halbschlaf fühlt es sich an, als könnte alles Mögliche passieren, sogar die unmöglichen Sachen, wie zum Beispiel, dass man fliegen kann!

Ich wache erst wieder auf, als das Auto vor unserem neuen Haus hält. Mama steigt hastig aus und zündet sich eine Zigarette an. Sie breitet ihre Arme aus, als würde sie gleich das Haus umarmen wollen, und ich kann bis hierher sehen, wie ihre Augen glänzen. Papa dreht sich nach mir um und zwinkert mir zu. »Sollen wir?«

»Ich würde gerne noch kurz hier sitzen bleiben«, sage ich und ziehe die Beine an meine Brust, lege mein Kinn auf den Knien ab und schiele rüber zum Haus.

»Okay.« Papa steigt aus, schlägt die Tür hinter sich zu und umarmt Mama von hinten. Er flüstert ihr etwas ins Ohr und küsst sie auf ihre blonden Locken. Sie geben ein schönes Postkartenmotiv ab. Ich dachte, ich würde ihnen ewig böse sein, wegen der Nummer hier, aber irgendwie sind sie ja doch meine Eltern und überhaupt die Einzigen, die ich hier kenne, außerdem wäre es zu anstrengend, auf Dauer miteinander im Streit zu liegen.

Das Haus sieht kleiner aus als auf den Fotos. Im Erdgeschoss hängen grüne Holzläden vor den Fenstern, solche, wie man sie auf Urlaubsbildern von Italien sieht, oder von Frankreich. Die Farbe blättert an vielen Stellen ab. Auch der Putz sieht nicht besonders vertrauenerweckend aus. Papa hat sich zwei Wochen Urlaub genommen, um die nötigsten Arbeiten am und im Haus erledigen zu können. Für morgen ist ein großer Ausflug zum Baumarkt geplant. Die Umzugsfirma war schon gestern da und hat unseren kompletten Hausstand im Erdgeschoss abgeladen. Die nächsten Tage werden wir damit beschäftigt sein, Kartons durch die Gegend zu schleppen. Mama hat sich in den Kopf gesetzt, einen

Salon einzurichten. Mit Sofas und Sesseln und einem schönen runden Tisch, den sie in irgendeinem Antiquitätenladen bestellt hat. Sie möchte gerne Freunde bei sich empfangen, zu Kaffee und Gebäck und zum Philosophieren. Ich frage mich nur, wo sie auf die Schnelle die ganzen Freunde hernehmen will.

Aus dem gegenüberliegenden Haus kommt jetzt ein Mann durch die Tür. Er trägt Gummistiefel über der schwarzen Jogginghose und einen extrem gemusterten Pullover in Braun und Orange. Ein Schäferhund schießt an ihm vorbei und rennt mit wedelndem Schwanz auf meine Eltern zu. Mama geht in die Hocke, um den Hund zu begrüßen und sich die Hand abschlecken zu lassen. Sie ist ein großer Fan von Tieren, nur in der Stadt wollte sie keine, sie meinte, das sei absolute Quälerei. Die einzige Ausnahme machte sie, als ich sieben wurde. Da bekam ich ein Meerschweinchen zum Geburtstag, weil ich die Wochen davor so sehr gebettelt hatte. Bevor ich acht wurde, war das Meerschwein wieder tot, weil ihm die Zähne ausfielen und es nicht mehr fressen konnte. »Siehst du. So ein Tier wird in der Stadt einfach nicht glücklich.« Mama streichelte so lange über mein Haar, bis ich völlig verheult endlich eingeschlafen war.

Der Mann aus dem Nachbarhaus ist jetzt bei meinen Eltern angekommen, er hebt zur Begrüßung die Mütze vom Kopf und sagt etwas. Mama lacht und Papa zeigt stolz auf unser Haus. Na ja, wahrscheinlich kommt der mal zu Kaffee und Kuchen vorbei. Ich rutsche auf dem Sitz etwas nach unten, um nicht gesehen zu werden. Noch einmal ein Blick auf mein Handy und immer noch keine Nachricht von niemandem. Die Schule müsste jetzt aus sein. Alle verlassen das Gebäude voller Vorfreude auf das Wochenende. Auf der Straße werden sie sich herumschubsen, lachen und umarmen und den Mittelfinger ausstrecken Richtung Fenster vom Direktorzimmer.

Ich vermisse euch, tippe ich in mein Handy und schicke es an Flo und Max, Thomas, Marlene und Kati. Sollen sie es ruhig wissen!

Mama klopft an die Scheibe und will mich zum Aussteigen animieren. Erst als ich mich versichert habe, dass der Mann mit dem Hund schon wieder gegangen ist und ich nicht Guten Tag sagen muss, öffne ich die Tür und steige zögernd aus dem Auto.

»Bereit?« Papa probiert alle Schlüssel durch, bis der letzte endlich in das Schloss des kleinen schmiedeeisernen Tors passt. Quietschend gibt es den Weg in den Garten frei.

»Schau mal, da!« Mama zeigt auf einen kaputten Stuhl, der im kniehohen Gras steht und auf dem eine getigerte Katze sitzt, die sich in der Sonne wärmt. Aber noch bevor sie den Stuhl erreichen kann, springt die Katze fauchend runter und verschwindet im Gestrüpp.

»Na ja, wir werden schon noch Freunde!« Meine Mutter lässt sich niemals entmutigen, durch nichts. Das ist eine Sache, die ich zum einen sehr an ihr mag, die mich aber manchmal auch echt wahnsinnig macht. Als sie zum Beispiel versuchte, mir den Umzug schönzureden. Die frische Landluft, die gut für die Haut ist. Das hochwertige Obst und Gemüse direkt vom Bauern, besser noch, aus dem eigenen Garten. Die weiten Wiesen und Felder, die Natur, die Stille. Irgendwann schlug ich ihr vor, doch einen Werbeprospekt für Dörfer zu gestalten.

»Es ist eine Kleinstadt!«, warf Papa völlig entnervt ein.

Nun, davon merke ich hier aber nichts. Wenn das eine Kleinstadt sein soll, dann sind wir an den äußersten Rand davon gezogen. Aus der Ferne sind Vogellaute zu hören, die mir absolut unbekannt sind. Ein ziemliches Gezeter.

»Das sind die Gänse«, sagt Papa, als hätte er meine Gedanken erraten. »Das ist hier eine Art Vogelschutzgebiet. Schau, dort drüben auf den Feldern ... Siehst du die schwarzen Flecken?«

Ich kneife meine Augen zusammen, um besser zu sehen, und nicke.

»Wenn die alle gleichzeitig losfliegen ... Ich sage dir ... sehr beeindruckend.«

Ich wusste gar nicht, dass Papa sich für Vögel interessiert. Mama steuert derweil die Haustür an, fährt mit der Hand liebevoll über das dunkle Holz und lässt sich dann von Papa den Schlüssel zuwerfen. Feierlich steckt sie ihn ins Schloss, dreht ihn herum und stößt die Tür auf.

»Trägst du mich über die Schwelle?«

»Ist das nicht ein bisschen altmodisch?«, brumme ich. Mama und Papa haben nie geheiratet, nicht einmal darüber nachgedacht. »Die Zeit des Heiratens ist vorbei!«, hatte Mama für sich entschieden, es aber so bestimmt gesagt, als sei es eine von nun an allgemeingültige Regel.

Trotzdem trägt Papa sie jetzt tatsächlich über die Schwelle. Irre!

Ich schlurfe hinterher und merke, wie ich jetzt doch neugierig werde. Das ist nun also unser Zuhause. Meine Augen müssen sich erst mal an die Dunkelheit im Inneren gewöhnen. Überall stapeln sich Umzugskartons und die in Einzelteile zerlegten Möbel. Papa tastet nach dem Lichtschalter, aber als er ihn betätigt, passiert nichts. »Hm. Die Sicherung muss bestimmt reingedreht werden.« Er öffnet eine Tür nach der anderen, bis er schließlich die Treppe in den Keller findet.

»Ich dachte, du warst schon mal hier!«, ziehe ich ihn auf.

»War ich. Aber ich bin halt alt und vergesslich«, sagt er grinsend und trampelt die Treppe hinunter.

»Ha, ha.« Meine Eltern sind noch überhaupt nicht alt, noch nicht einmal vierzig. In meiner Klasse waren sie mit Abstand die Jüngsten.

»Wow!« Mama betritt die Küche. »Schau mal, wie früher.«

Ich kann die Umrisse eines alten Kachelofens erkennen, so einer wie man ihn aus *Aschenputtel* kennt.

»Jetzt müsste es gehen!«, ruft Papa aus dem Keller, und Mama drückt auf den Lichtschalter. Die nackte, staubige Glühbirne erstrahlt.

»Viel Holz«, stelle ich fest und betrachte die Balken, die in die weißen Wände eingebettet sind. Die Decken sind ziemlich hoch. »Wahnsinn! Hier würde ich auch reinpassen, wenn ich mich selbst auf die Schulter nehmen würde.«

Das freut Mama. Wahrscheinlich ist das die erste halbwegs positive Bemerkung, die sie seit zwei Wochen aus meinem Mund gehört hat. Ich muss auch gestehen, dass der Knoten in meinem Magen sich anfühlt, als würde er sich eventuell bald lösen. Aber sicher bin ich natürlich nicht, deshalb sage ich auch nichts dazu. Ich betrachte nur stirnrunzelnd die rissigen braunen Fliesen auf dem Boden.

»Oh, die hier werden wir erneuern müssen.« Mama bückt sich runter und fährt mit dem Finger über einen Riss. »Aber sonst ist es doch tipptopp!«

Ich schaue durch das Fenster in den ziemlich großen Garten. Bäume, Sträucher und nach hinten raus gibt es nicht einmal einen Zaun. Der Garten geht direkt in die Felder über.

»Willst du nicht dein Zimmer sehen?« Papa steht im Türrahmen.

»Doch …«

»Ganz oben«, ermuntert er mich, und Mama und Papa wechseln so einen Blick, als würden sie gerne kurz mal alleine sein. Ich drücke mich also an Papa vorbei, ziehe meine Schuhe aus und werfe sie auf den Flurboden. »Na also, alles beim Alten«, bemerkt er mit einem Blick auf die Schuhe.

Ich schlittere auf den Dielen bis zur Treppe, ruckele am Geländer, um zu testen, ob es überhaupt sicher ist, und nehme dann zwei Stufen auf einmal.

Okay!

Marlenes Zimmer ist gar nichts dagegen!

Ich zähle vier Fenster. Ich laufe das Zimmer der Länge nach ab, sieben große Schritte. Breite – fünf. Die Dielen knarren romantisch unter meinen Füßen. Ich setze mich in die Mitte des Raumes auf den Boden und lasse meinen Blick schweifen. Diese komische Blümchentapete kommt natürlich ab. Mein Bett wird unter einem der vielen Fenster stehen. Ich werde Papa fragen, ob er mir bei dem Erkerfenster ein großes Brett als Sitzecke reinbaut, wo ich Kissen verteilen werde, um nachts durch die Scheiben die Sterne zu beobachten. Es riecht vielleicht ein wenig modrig, aber das dürfte bei den vielen Fenstern schnell erledigt sein. Erst jetzt fällt mir eine weitere Tür im Raum auf. Ich springe auf und öffne sie. Dahinter ist ein kleines Bad. Dusche, Klo und ein winziges Waschbecken in Mintgrün. Ich drücke die Spülung und betrachte angewidert die Ablagerungen in der Kloschüssel. Der berühmte Urinstein. Um das Putzen werde ich wohl nicht herumkommen. Ich drehe den Wasserhahn auf, betrachte einige Sekunden das Wasser, wie es im Abfluss verschwindet, und drehe ihn wieder zu.

»Zufrieden?« Ich bekomme einen Schreck und drehe mich nach Papa um, der schon an der Tapete zupft und einen langen Streifen von der Wand reißt.

»Hey, und wenn ich die noch behalten will?«, protestiere ich.

»Du willst das Zimmer doch schwarz streichen.« Er klopft gegen den Putz.

»Ganz bestimmt nicht.«

»Weiß ich doch.«

Ich stelle mich zu ihm und pule an einem grünen Blümchen rum. »Von wann ist die bloß? Kurz nach dem Krieg?«

»Sieht eher nach 70er-Jahre-Geschmacksverirrung aus. Wobei, das soll ja wieder modern sein. Hör zu, Laura, ich kann mir so ungefähr vorstellen, wie schwer das für dich ist, aber wenn du dich darauf einlässt, wird es wahrscheinlich toller, als du erwartest.«

»Das Gespräch hatten wir doch jetzt schon hundertmal«, erinnere ich ihn.

»Ich weiß. Trotzdem.«

»Ich finde es cool, dass ich ein eigenes Bad habe.« Die zweite positive Sache, die mir heute über die Lippen geht.

»Genau das meine ich.« Er wuschelt mir etwas unbeholfen durchs Haar. Solche Vater-Tochter-Gespräche sind bei uns nicht an der Tagesordnung und fühlen sich etwas befremdlich an.

»Ich gehe mal meine Kisten holen«, lenke ich ab und schlüpfe durch die Tür, während Papa sich wieder an der Wand zu schaffen macht.

Mama durchwühlt im Flur mehrere Kartons gleichzeitig. »Wo haben wir bloß den Glasreiniger reingetan?« Ihr Eifer, das Haus hübsch herzurichten, ist kaum zu bremsen.

»Keine Ahnung. Aber versuch's doch mal mit dem Karton, wo Putzzeug draufsteht.«

»Ach ja, natürlich. Ich habe ja so eine unglaublich kluge Tochter!«

Ich strecke ihr die Zunge raus, schnappe mir die Kiste mit meinen Büchern und schleppe sie schnaufend nach oben.

Spätabends sitzen wir unter der nackten Glühbirne am Tisch und essen Nudeln mit Tomatensoße. Mama macht sie auf ihre ganz eigene Art, mit Mais und Erdnüssen und einer Prise Zucker. Kati fand immer, das sei die beste Tomatensoße auf der ganzen Welt. Papa hat noch einen Salat dazu gemacht, denn erstaunlicherweise ist er derjenige in der Familie, der darauf achtet, dass wir genügend Vitamine zu uns nehmen. Ich lausche mit halbem Ohr dem Gespräch meiner Eltern und fühle mich echt erschöpft. Ich bin so ungefähr achtzigmal die Treppen rauf und runter gerannt, habe das Klo geschrubbt, die Matratze bezogen, meinen Sessel von einer Seite des Zimmers zur anderen geschoben, teilweise die Tapete von den Wänden gerissen und meine Stereoanlage aufgebaut. Papa sagte, ich solle es mir noch nicht zu gemütlich machen, wir müssten schließlich noch streichen. Deshalb haben wir mein Bett auch noch nicht aufgebaut und die ganzen Möbel stehen auch noch unten. Heute Nacht werde ich auf der Matratze auf dem Boden schlafen.

Mama hat neben sich eine Zeitschrift mit Einrichtungsideen liegen. »Darf ich?«

Sie schiebt mir die Zeitschrift rüber und ich blättere halbherzig darin rum. Ich hatte leider noch nie ein Händchen dafür, Dinge schön zu machen. Ich habe kein Gespür für Dekoration oder für Accessoires. In unserer alten Wohnung habe ich das auf das kleine Zimmer geschoben, in dem ich ohnehin nicht viel machen konnte, hier aber könnte ich mich theoretisch austoben, nur fehlen mir die Ideen. Die Sachen in der Zeitschrift sehen so einfach aus, aber alleine schon Worte wie *abschleifen* schrecken mich ab. Der Knoten, an den ich den halben Tag nicht mehr gedacht habe, macht sich wieder bemerkbar. Die Sonne ist bereits untergegangen und diese Dunkelheit vor den Fenstern macht mir irgendwie Angst. Als ich aus dem Flur das Geräusch einer ankommenden SMS höre, fängt mein Herz an zu rasen. »Sorry. Ich muss da mal hin.«

Mit angehaltenem Atem öffne ich den Posteingang. *Und? Cool?* Das sind die einzigen Worte von Marlene. Ich bin enttäuscht. Kein *Hallo* kein *hdl* kein *Kuss*. Nicht einmal ein Herz, das sie mir sonst immer schickt. Ich ziehe mir Mamas Jacke über und schleiche mich hinaus in den Garten. Das laute Zirpen der Grillen erschlägt mich im ersten Moment. Es müssen Hunderte sein! Ich kneife meine Augen zusammen, bis sie sich an die Dunkelheit gewöhnt haben, dann tapse ich zu dem wackeligen Stuhl, auf dem vorhin die Katze gesessen hat, setze mich vorsichtig drauf und starre auf das Display. Marlene und ich kennen uns schon seit der Grundschule. Wir konnten von Anfang an gut miteinander. Erst spielen, dann quatschen und schließlich auch Jungs aufreißen, oder, na ja, es zumindest versuchen. Als ich ihr verkündete, dass ich umziehen würde, hat sie sich theatralisch ans Herz gefasst und gemeint: »Ohne dich wird es sein, als ob mir ein Bein fehlt!« Wir saßen in ihrem Zimmer und ließen einen traurigen Song nach dem anderen laufen, zündeten Räucherkerzen an und versuchten, eine Geschichte zu schreiben, bei der jede einen Satz schreiben muss, immer abwechselnd. Es kam eine irre Story über zwei verliebte Aliens dabei raus, die sich auf der Durchreise auf der Erde treffen und zur Feier des Tages bei McDonalds Burger essen gehen, davon Durchfall bekommen und zur Strafe die Erde mit einem Fluch belegen. So ein Quatsch eben. Marlene hat dann die Seite kopiert, das Original in ihre grüne

Blechbüchse mit Vögelchen drauf gelegt und sie mir geschenkt. »Damit du immer an uns denkst.« Ihre Kopie hat sie zwischen den Seiten ihres Tagebuchs verstaut.

Ich wähle ihre Nummer.

»Gott, ich sitze hier wie auf heißen Kohlen! Endlich rufst du an!«

»Hey.« Da ist ein Kloß in meinem Hals.

»Erzähl! Erzähl mir alles!« Ihre Stimme hört sich merkwürdig weit weg an.

»Ich … also, ich weiß nicht. Das Haus ist ziemlich groß und alt, es riecht ein bisschen gammelig, aber Papa sagt, mit ordentlich Lüften kriegt man das weg.«

»Wann kann ich dich besuchen?«

»Wann immer du willst. Am besten gleich morgen.«

»Na ja, vor den Sommerferien werde ich es nicht schaffen.«

»Klar.« Ich versuche, nicht enttäuscht zu klingen. Bis zu den Sommerferien sind es noch sechs Wochen.

»Und die neue Schule?«

»Ich gehe erst am Montag hin.«

»Ja, klar. Gott, ich steh voll auf der Leitung. Was ist das eigentlich für ein Lärm bei dir?«

»Grillen.«

»Was? Nicht dein Ernst! Ihr habt bestimmt einen riesigen Garten, oh Mann, ich hätte auch gerne so einen …«

»So riesig ist er nun auch wieder nicht«, unterbreche ich sie.

»Meine Mutter pflanzt jetzt Kräuter auf dem Balkon und versucht, Radieschen oder so was hochzuziehen. Na, ich glaube nicht, dass sie das schafft, die Abgase und der ganze Scheiß, ich werde das Zeug jedenfalls nicht essen.«

»Hm.« Ich wünschte, wir könnten jetzt beieinandersitzen, in ihrem Zimmer oder sogar in meinem alten, und über ihre Mutter herziehen oder sonst irgendwelche Belanglosigkeiten austauschen. Jetzt kommt doch die Wut auf meine Eltern wieder hoch. Es ist so ungerecht!

»Und wie fühlst du dich?« Marlenes Tonfall klingt nach Trauerrede.

»Ganz ehrlich? Gerade jetzt fühle ich mich echt einsam. Ganz allein mit tausend dämlichen Grillen.«

»Na immerhin sind die da.«

»Ha, ha, sehr lustig.«

»Das wird wieder.«

»Bist du sicher?«

»Alles braucht seine Zeit. Ich weiß, klingt jetzt nach doofer Glückskeksweisheit, aber du wirst schon sehen.«

»Vielleicht, vielleicht auch nicht.« Im Hintergrund höre ich Marlenes Mutter, wie sie mit ihrer piepsigen Stimme nach ihr ruft.

»Sorry.« Marlene räuspert sich. »Meine Mutter nervt schon den ganzen Tag.«

»Nicht schlimm. Wir können ja morgen wieder telefonieren.«

»Ja. Ich hab jetzt blödes Familienplenum. Wir reden darüber, welche Familienaktivitäten unseren Zusammenhalt stärken könnten. Voll anstrengend. Du sitzt zwar auf dem Dorf, aber dafür kannst du froh sein, eine Familie zu haben, die nicht so abartig durchgeknallt ist wie meine!«

Ich muss grinsen bei der Vorstellung, wie Marlene mit rollenden Augen am Küchentisch sitzt und dieses Theater über sich ergehen lassen muss. »Bald sind wir alt genug, um unsere eigenen Wege zu gehen«, versuche ich, sie zu trösten.

»Ja. Und dann machen wir eine WG, ohne Putzplan, ohne vitaminreiche Kost und ohne Plenum, dafür legen wir uns Katzen zu, dann kann meine Mutter mich nämlich nicht besuchen, weil sie eine Tierhaarallergie hat.«

Ich muss grinsen. Marlene ist da immer ganz schön radikal. »Also dann.«

»Ja, also. Bleib tapfer.«

Ich lege auf und starre noch eine Weile auf das Display. Soll ich die anderen auch anrufen? Es hat mich schon erleichtert, einfach nur Marlenes Stimme zu hören, und dass sie auch ihre Probleme hat, tröstet mich tatsächlich ein wenig.

Mama streckt den Kopf durch die Haustür. »Ist dir nicht kalt?«

»Ich komm gleich rein.« Ich laufe auf Zehenspitzen zum Haus, weil ich möglichst nicht auf eine dieser Grillen treten will.

Mama legt ihren Arm um meine Schulter. »Wollen wir noch die Farbe für die Küche aussuchen?« In ihrer Hand hält sie die Farbmuster, die sie sich in Massen im Baumarkt besorgt hat.

»Ich glaub, ich geh jetzt schlafen.« Ich reibe mir demonstrativ über die Schläfen, so als hätte ich Kopfschmerzen, damit Mama es nicht persönlich nimmt. Ich winke Papa zu, der in einem der vielen Kartons nach etwas sucht, und verschwinde nach oben.

Im Bad stelle ich mich vor den Spiegel und fahre mit der Bürste durch meine glatten, an den Spitzen leicht splissigen Haare. Was ist das überhaupt für eine Frisur? Vielleicht sollte ich sie abschneiden. Lange Haare nerven. Ich könnte sie mir so asymmetrisch schneiden lassen. Auf der einen Seite etwas länger, ein Pony, der in die Augen fällt, und auf der anderen Seite ganz kurz, vielleicht sogar abrasiert. Ob die Friseure auf dem Dorf so was überhaupt können?

Ist das jetzt hier wirklich mein Zuhause?

Am meisten graut es mich davor, am Montag in meine neue Klasse zu kommen. Ich will gar keine neuen Freunde, ich habe schon genug alte Freunde. In meinem Herzen ist überhaupt kein Platz für irgendwelche Dorfjugendlichen.

Meine Matratze ist kalt. Ich ziehe die Bettdecke bis zum Kinn hoch und reibe meine Füße aneinander. Trotzdem zittere ich eine Weile. Unten höre ich Mama und Papa rumwerkeln. Ich drehe mich zum Fenster und beobachte die Äste, die sich im Wind wild hin und her wiegen. Ist wahrscheinlich komisch, aber mir fehlen die Straßengeräusche der Stadt. Das Summen vorbeifahrender Autos. Das Rattern der Straßenbahn. Ich kann gut bei so was einschlafen. Mama erzählt immer gerne die Geschichte, wie ich früher, als Baby, nur eingeschlafen bin, wenn der Staubsauger lief. »Unsere Stromrechnung damals!«, lacht sie dann und sieht mich mit so einem verträumten Blick an.

Ich mag es, zu wissen, dass um mich herum das Leben weitergeht. Aber hier ist es still bis auf die leisen Geräusche, die Mama und Papa unten machen, und wenn die auch ins Bett gehen, wird mir diese Stille Angst machen, das weiß ich jetzt schon. Ich muss unbedingt vorher einschlafen! Es gibt nichts Schrecklicheres, als nachts wach zu liegen. Da werden meine Gedanken immer düster und ich male mir die schlimmsten Dinge aus. Einmal, als ich ein bisschen jünger war und Mama und Papa ins Theater gegangen sind und ich um eins wach wurde und sie immer noch nicht daheim waren, war mein erste Gedanke: *Okay, sie sind noch was trinken gegangen.* Aber schon wurde er vom nächsten Gedanken abgelöst: *Oder es ist ihnen etwas zugestoßen – ein Autounfall, ein Überfall, eine Schlägerei in der Bahn.* Ich konnte gar nicht anders, als mir vorzustellen, wie sie am Boden liegen, blutend, mit zerrissenen Klamotten, ausgeraubt und wahrscheinlich ohnmächtig, und keiner bemerkt es. Oder sie sind längst im Krankenhaus und werden notoperiert, aber weil der Arzt so übermüdet ist, macht er einen Fehler und hat meine Eltern auf dem Gewissen. Und ich bin dann ganz alleine auf der Welt, zerbreche daran und werde ein Junkie, schlafe in Hauseingängen und wache davon auf, dass die Polizei mich wachrüttelt. Als die beiden dann um kurz nach halb zwei wieder nach Hause kamen, bestand ich darauf, dass sie so lange an meinem Bett bleiben müssten, bis ich eingeschlafen war. Als Strafe quasi, weil sie mir so einen Schreck eingejagt hatten. Deshalb ist das mit der WG eine gute Idee von Marlene, ich werde eher nicht alleine in einer Wohnung leben können, auch wenn das kurzzeitig mein Plan war, um den Umzug hierher zu verhindern.

Jetzt stehe ich doch noch einmal auf und hole den iPod aus meiner Jackentasche, stöpsele die Hörer in meine Ohren und öffne die *Good-Night*-Playlist, die ich genau für solche Fälle zusammengestellt habe: Band of Horses, Bon Iver, The xx, Mumford & Sons, The Tallest Man on Earth.

Beim dritten Lied schon merke ich, wie ich langsam wegdöse.

2

»Schatz! Wir wollen gleich in den Baumarkt!«

Ich schlage erschrocken die Augen auf und bin völlig baff darüber, so gut geschlafen zu haben. Der Wecker zeigt 09:14 Uhr. »Okaaaaay! Bin gleich da.« Meine Stimme klingt irgendwie heiser. Vielleicht werde ich ja krank, dann kann ich am Montag wenigstens nicht in die Schule. Ich rolle mich runter von der Matratze und bleibe wenige Sekunden auf den kühlen Dielen liegen, das könnte einer Erkältung auf jeden Fall entgegenkommen. Was soll das überhaupt? Die letzten sechs Wochen vor den Sommerferien, was soll ich da noch groß lernen? Außerdem, reicht es nicht, dass ich mich schon an eine neue Umgebung gewöhnen muss? Ich finde, Eltern verlangen manchmal echt viel von einem.

»Lauraaaa!«

»Jaaaaaa, ich komm ja schon!«

Ich schlurfe ins Bad, putze mir die Zähne und stecke meine Haare mit einer Spange fest, dann sammle ich meine Klamotten vom Boden auf und schlüpfe in die Jeans, die eigentlich in die Wäsche müsste, aber für einen Baumarkt-Tag wird es schon reichen.

Ich eile die knarrende Treppe runter. Dieses Geräusch kann ich gut leiden, es hat etwas schön Altmodisches. Überhaupt muss ich wohl zugeben, dass ich mich in diesem Haus ausgesprochen wohlfühle. Auf dem Küchentisch steht meine rote Lieblingsschüssel mit den weißen Punkten, daneben Müsli und Milch. »Die Extranüsse habe ich nicht gefunden, die sind noch in einem der Kartons, wahrscheinlich ganz unten.« Mama steht in einer Latzhose und einem Kopftuch in der Tür. Ich muss lachen. Was für ein Klischee.

»Ich weiß, ich weiß!« Sie streicht sich eine Haarsträhne aus der Stirn und schiebt sie unter das Tuch. »Meine ganzen Klamotten sind noch in irgendwelchen Kisten. Ich frage mich, wann wir das ganze Chaos hier in den Griff bekommen werden.«

»Hast du überhaupt geschlafen?«

»Nicht viel.«

»Wo ist Papa?«

»Mit dem Nachbarn zum Marktplatz vorgelaufen. Wir sammeln ihn dort wieder ein.«

»Mit dem Nachbarn? Wirklich?« Ich lasse das Müsli in die Schüssel rieseln und gieße Milch drüber.

»Der Nachbar ist sehr nett. Er will uns sogar ein paar Hühner verkaufen.«

»Hühner. Echt jetzt?« Es ist noch schlimmer, als ich befürchtet habe. Bald teile ich den Garten nicht nur mit zirpenden Grillen, sondern auch mit gackerndem Federvieh. Das passt nicht zu dem Bild, das ich von mir selber habe. Ich will nicht in mit Hühnerkacke verschmierten Chucks durch die Gegend laufen!

»Ja. Unsere eigenen frischen Eier.«

»Super«, grummele ich.

»Hast du denn wenigstens gut geschlafen?« Mama prüft die Einkaufsliste.

»Nein«, lüge ich. Ich merke, wie ich wieder in diesen mürrischen Tonfall verfalle. Eigentlich wollte ich das ja lassen, aber manchmal verselbstständigen sich die Dinge einfach. Schnell schaufele ich mir ein paar Löffel Müsli in den Mund und beschließe, dem Tag positiv entgegenzublicken.

Als wir im Auto sitzen, kurbele ich das Fenster ganz runter und tue so, als würde ich den Geruch von Kuhmist gar nicht bemerken. Wir fahren an ein paar richtig schicken Häusern vorbei. Die Vorgärten sind groß und üppig bepflanzt mit einem ganzen Meer von Blumen. In einem Garten steht eine Hollywoodschaukel, in einem anderen ein lebensgroßer Storch aus Plastik. Aber Menschen sehe ich hier nicht. Entweder es ist noch zu früh oder die ganzen Häuser sind bloß Attrappen. Erst als wir auf die Hauptstraße abbiegen, stehen da zwei Frauen an der Ampel und plaudern.

»Mama?«

»Hm?«

»Wie viele Einwohner gibt es hier?«

Mama runzelt die Stirn. »Achttausend vielleicht? Oder sechs?«

»Das sind so ungefähr zwei Millionen weniger als da, wo wir herkommen. Schnürt dir das nicht die Luft ab?« Ich sacke auf dem Beifahrersitz in mich zusammen.

»Ganz im Gegenteil. Ich kann seit gestern endlich richtig durchatmen.«

Jetzt könnte ich doch noch auf den Kuhmistgeruch zu sprechen kommen.

»Gib dir etwas Zeit, Laura.« Sie wirft mir einen aufmunternden Blick zu und biegt links ab in die Marktstraße, die selbstverständlich auf den Marktplatz führt.

»Und wie viel Zeit so ungefähr?«

»So viel wie du brauchst.«

Ich könnte jetzt so was sagen wie *also nie*, aber das würde Mama vermutlich die Laune verderben, und da sie schon schlecht geschlafen hat und in komischen Klamotten durch die Gegend laufen muss, will ich es mal gut sein lassen.

Papa steht mit unserem neuen Nachbarn an einem kleinen Brunnen, der vor sich hinplätschert, und winkt uns zu.

»Ich warte hier«, lasse ich Mama wissen und folge ihr mit meinem Blick, als sie auf die beiden zugeht und dem Nachbarn die Hand reicht. Papa legt seinen Arm um Mamas Hüfte und sagt etwas. Alle lächeln. Toll!

Der Marktplatz ist ganz hübsch. Alte sanierte Häuser mit Blumenkästen auf den Fensterbänken, ein Bäcker, ein Fleischer, die Pizzeria *Romantica* und ein RENO-

Schuhgeschäft, das etwas fehl am Platz wirkt. Aus der Tür des Bäckers kommt ein Mädchen heraus, etwa so in meinem Alter. Sie trägt einen grünen Parka, die Kapuze tief in die Stirn gezogen, schwarze Leggins mit ein paar Löchern drin und Doc Martens mit roten Schnürsenkeln. In der Hand hält sie eine Papiertüte mit Brötchen und unter dem Arm klemmt ein Skateboard. Sie tritt auf die Straße, winkt unserem Nachbarn und vielleicht auch meinen Eltern zu, dann legt sie das Board auf die Straße und stellt sich drauf, stößt sich mit einem Fuß ab und balanciert das Gleichgewicht mit ihren Armen aus. Sieht nicht besonders professionell aus, eher so als könnte es sie jeden Moment hinschmeißen. *Dreh dich schon um*, denke ich, irgendwie möchte ich gern ihr Gesicht sehen. Jemanden in so einem punkigen Outfit habe ich hier nicht erwartet. Nachdem sie ein Stück wackelig vor sich hin gerollt ist, springt sie ungeschickt von ihrem Board und schaut sich hastig um, ob jemand das beobachtet hat, aber sie ist schon zu weit weg, als dass ich ihr Gesicht gut erkennen könnte. Sie stellt sich wieder auf ihr Skateboard, stößt sich ab, und ich schaue ihr nach, bis sie schließlich in einer Gasse verschwindet. Meine Eltern sind immer noch in Small Talk vertieft. Ich muss noch mal grinsen über die Aufmachung meiner Mutter, sie sieht aus, als hätte sie sich zu Fasching als Handwerker verkleidet. Und wahrscheinlich wird sie daheim auch diese Aufgabe übernehmen. Mein Vater kann zwar alles mit Computern reparieren, aber als

Handwerker taugt er nicht besonders. Und wie Mama eben so ist, liebt sie solche Herausforderungen und wird sich Hals über Kopf hineinstürzen. Ich verschwende ein paar Gedanken an die Farbe für mein Zimmer. Zu den braunen Dielen würde wahrscheinlich Grün gut passen. Etwas Dezentes, Olivgrün vielleicht. Ich habe noch nie in meinem Leben gemalert. Da mein altes Zimmer so piefig war, habe ich mir nie Gedanken darüber gemacht, es zu verschönern, sondern eher versucht, möglichst viel woanders zu sein. Nach der Schule hing ich immer mit den anderen rum, einmal die Woche war Theater-AG und am Wochenende lag ich im Park und hing wieder mit den anderen rum. Da ich hier niemanden zum Rumhängen habe, werde ich wohl mehr Zeit in meinem Zimmer verbringen. Ich sollte also zusehen, es mir möglichst gemütlich zu machen.

Endlich kommen meine Eltern zurück. Mein Vater quetscht sich auf die Rückbank, was ungewöhnlich ist, ich hätte erwartet, dass er mich nach hinten scheucht. Aber es scheint tatsächlich Vorteile zu haben, wenn Eltern ein schlechtes Gewissen haben.

»Na? Gut geschlafen?« Er wuschelt mir von hinten durch die Haare.

»Geht so«, antworte ich. Wenn mich noch mal einer danach fragt, werde ich vielleicht die Wahrheit sagen: dass ich nämlich ausgezeichnet geschlafen habe, wie ein Stein, und mich jetzt so fit fühle wie schon lange nicht mehr.

Wir fahren noch eine Weile durch das Dorf, Mama biegt gleich zweimal falsch ab und flucht.

»Nimm doch das Navi.«

»Ich schaffe das auch ohne Navi.«

Kurz bevor wir das andere Dorfende erreichen, kurbelt mein Vater das Fenster runter und deutet auf ein großes rotes Backsteingebäude mit weißen Fenstersimsen und riesigen Kastanienbäumen davor. »Schau, das ist deine neue Schule! Wenn du willst, können wir heute Nachmittag die Strecke noch mal mit dem Rad abfahren.«

Sofort zieht sich mein Magen zusammen. Obwohl das Gebäude echt schön ist, es erinnert mich an so vornehme englische Internate aus alten Filmen. Ich seufze übertrieben und drehe mich zu meinem Vater um. »Sag mal, ich denke schon die ganze Zeit darüber nach… Kneif mich doch mal, damit ich endlich aufwache, weil eigentlich fühlt sich das schon sehr nach schlechtem Traum an.«

»Verrückte Nudel!«, lacht er und schüttelt den Kopf.

Ich glaube, Eltern können gar nicht verstehen, was es bedeutet, die Schule wechseln zu müssen. Die sind so sehr mit ihrem Erwachsenenkram beschäftigt – Baumärkte, Hühner, Mittagessen, Wäsche, Ärger mit dem Chef –, dass sie wahrscheinlich glauben, das bisschen Schule wäre ein Klacks.

Im Baumarkt seile ich mich sofort ab und schlendere durch die breiten Gänge. Ich streiche mit meinen Fingern über die raue Oberfläche von Tapeten, knipse Lichtschalter an und aus und tauche meine Hand in eine Kiste voll kleiner Schrauben. Als ich den skeptischen Blick eines Mitarbeiters bemerke, lächle ich entschuldigend und verschwinde in die Gartenabteilung. Ich inspiziere die Preisschilder verschiedener Topfpflanzen – etwas Palmenartiges könnte ich mir für mein Zimmer gut vorstellen, dann könnte ich mich druntersetzen und mir einreden, dass ich in Wirklichkeit in der Südsee lebe.

»Hey«, höre ich eine Stimme hinter mir und drehe mich erschrocken um.

Da sitzt ein Typ im weißen Plastikgartenstuhl und wippt mit dem Fuß. Mein verdatterter Blick scheint ihn zu amüsieren.

»Hallo«, murmele ich verlegen und will schon weiter.

»Kann ich dir helfen?«

»Nee.«

»Du siehst aber aus, als bräuchtest du Hilfe.« In seinen Augen blitzt es unverschämt auf.

»Ach ja?« So was kann ich ja schon mal gar nicht leiden.

»Du bist nicht von hier.« Er erhebt sich ächzend aus dem Stuhl und kommt auf mich zu.

»Ich fürchte, jetzt schon«, sage ich und blinzele nervös. Ich tue mich echt schwer damit, Fremden in die Augen zu sehen.

»Du bist die Neue! Tut mir sehr leid, ist echt scheiße hier.«

Okay, dass er das sagt, macht ihn ja schon wieder sympathisch. »Woher weiß du, dass ich die Neue bin?«

»Weil Frau Kloppig das gesagt hat.«

»Frau Kloppig?«

»Ja, die heißt wirklich so.« Er zieht eine Packung Tic Tac aus der Hosentasche und lässt ein paar davon in seinen Mund rieseln. Dann hält er sie mir hin. Ich schüttele den Kopf.

»Wer ist Frau Kloppig?« Ich verlagere mein Gewicht von einem Bein auf das andere, weil ich den Eindruck habe, dass ich irgendwie verkrampft in der Gegend rumstehe.

»Deine neue Lehrerin!« Hinter seinem Grinsen verbergen sich zwei schiefe Zähne, die meine Aufmerksamkeit auf sich ziehen. »Und meine übrigens auch. Wir sind jetzt wohl Klassenkumpels.«

»Klassenkumpels? Ich glaube, wir sind noch lange keine Kumpels!« So, jetzt lasse ich die Stadtgöre raushängen, nur damit das schon mal klar ist.

»Puch! Dann eben nicht.«

Ich wende mich ab und konzentriere mich angestrengt auf die nächstbeste Topfpflanze. Es macht mich verrückt, dass ich nicht auf den ersten Blick sagen kann, ob dieser Typ nun nett ist oder ein Idiot.

»Eine Palme würde ich dir trotzdem nicht empfehlen, Kumpel hin oder her.«

»Ach? Und warum nicht?«

»Ist nicht das richtige Klima hier. Wird dir sofort eingehen.« Er zupft an den Palmenblättern rum.

»Aber sie gedeiht doch ganz super.«

»Ja, weil wir die hier künstlich hochpäppeln. Extra warm, extra feucht, du weißt schon.«

»Arbeitest du hier?« Ich ziehe meine Augenbrauen nach oben.

»Nebenjob«, seufzt er und fährt sich lässig durch die blonden Haare.

»Dann ist das aber nicht gut fürs Geschäft, so wie du das hier angehst.« Wie zum Trotz schaue ich mir die Palme jetzt ganz genau an.

»Ich bin nur ehrlich.« Er nimmt das Preisschild zwischen seine Finger. »Ist auch viel zu teuer.«

»Eine Karriere als Verkäufer wirst du jedenfalls nicht machen.« Ich beschließe, doch mal ein kleines Lächeln zu wagen.

»Bloß nicht! Ich mache das nur, weil ich Geld brauche, um so schnell wie möglich von hier zu verschwinden.«

»Wohin denn?«

»Völlig egal, Hauptsache weg.«

»Musst du nicht erst mal die Schule zu Ende machen?« Ich schaue ihn mir jetzt doch genauer an. Blaue Augen, die blonden Haare etwas länger. Ausgelatschte Adidas-Sneaker, dunkelblau mit roten Streifen.

»Die mache ich schon noch fertig, keine Sorge.«

»Ich mache mir keine Sorgen!« Er soll sich mal bloß nichts einbilden.

»Laura?« Meine Mutter taucht hinter ein paar künstlichen Efeuranken auf und verlangsamt sofort, als sie uns beide erblickt. »Oh, ich wollte nicht stören ... Es ist nur, du müsstest jetzt mal die Farbe aussuchen.«

»Ja, ich komme. Okay, also war nett, dich ...«

»Enzo«, schneidet er mir den Satz ab. »Ich bin Enzo.«

Wow. Ich habe Steve erwartet oder Maik, vielleicht auch Klaus, aber bestimmt nicht Enzo.

»Mein Vater ist Italiener«, schiebt er schnell hinterher und reicht mir die Hand.

»Laura.«

»Cool.«

»Cool.«

»Also bis Montag dann.«

»Ja«, sage ich und mache mich auf den Weg. Bevor ich die Gartenabteilung verlasse, drehe ich mich noch einmal um und sehe, wie Enzo sich wieder in den Plastikstuhl plumpsen lässt. Na, das nenne ich mal anstrengende Arbeit.

Beim Badzubehör hole ich Mama ein.

»Siehst du! Schon hast du Freunde gefunden.« Sie hakt sich bei mir unter.

»Bestimmt nicht. Wusstest du, dass meine neue Lehrerin Frau Kloppig heißt?« Ich versuche, sie mir vorzustellen, mit einer Dauerwelle und in unvorteilhafter Karottenjeans.

»Frau Kloppig.« Mama lässt sich den Namen auf der Zunge zergehen. »Na ja, das gibt bestimmt ein paar

Witze auf ihre Kosten, aber ist das bei Lehrern nicht immer so?«

»Wahrscheinlich.«

Wir treffen Papa an der Farbmischstation und ich darf aus den vielen Grüntönen einen auswählen. Es darf auch die teure Farbe sein, dann muss man nur einmal streichen, sagt Papa. Während in der Farbmischmaschine meine individuelle Farbkreation zusammengerührt wird, laufe ich noch ein wenig herum und halte in den Gängen verstohlen Ausschau nach Enzo, kann ihn aber nirgends entdecken. Wahrscheinlich sitzt er immer noch in der Gartenabteilung und schiebt eine ruhige Kugel. Na gut, ich sortiere ihn erst mal unter *ganz okay* ab. Ist ja schon mal beruhigend, jemanden zu kennen, mit dem ich ab Montag in eine Klasse gehe.

Als mein Grün fertig ist und wir uns geduldig die Erklärung des Fachmitarbeiters angehört haben, wie die Farbe am besten aufzutragen sei, schiebt Papa den großen Einkaufswagen voller Eimer und Bretter, Pinsel und Werkzeuge zur Kasse, und dann wuchten wir das ganze Zeug in den Kofferraum. Mama bekommt plötzlich ganz rote Bäckchen und fällt uns beiden um den Hals. »Ich bin so froh, dass wir das alles zusammen machen!«

Und so sieht der restliche Tag aus: Boden mit Zeitungspapier auslegen, Matratze mit Folie abdecken, erste Wand streichen. Papa hatte angeboten, mir dabei zu helfen, aber ich wollte mein Zimmer alleine machen.

»Bist du immer noch wütend auf mich?«, fragte er mit hängenden Schultern.

»Nein! Also, ja! Aber das hat damit nichts zu tun.«

Er seufzte und strich mir über den Arm. »Na, dann sag mir aber Bescheid, wenn du nicht mehr sauer bist. Nur damit ich es weiß.«.

Obwohl ich spüren kann, an welcher Stelle ich morgen Muskelkater haben werde, rechter Oberarm nämlich, hat das Streichen mit der Rolle über eine Wand etwas sehr Beruhigendes. Ich habe Musik aufgedreht und singe an einigen Stellen mit. Die Fleet Foxes sind gerade meine Lieblingsband. Papa findet sie zu depri, aber Mama mag sie, weil sie so Hippiemusik machen. Mein Vater steht eher auf diese ganzen alten Folksänger: Bob Dylan, Tom Waits, Leonard Cohen. Dabei sind die mal so richtig depri! Aber das lässt er irgendwie nicht gelten. »Die dürfen das«, sagt er dann immer.

Das Fenster ist offen, ein frischer Wind weht ins Zimmer und trägt den Farbgeruch wieder hinaus. Meine Farbwahl war ausgezeichnet, ich bin sehr zufrieden mit mir. Als ich mit der zweiten Wand anfange, kommt mir dieser Enzo wieder in den Sinn. Ich versuche, mich wieder daran zu erinnern, wie er aussah, welche Klamotten er eigentlich anhatte, aber jedes Mal, wenn ein Bild von ihm vor meinem inneren Auge auftaucht, habe ich das Gefühl, es stimmt nicht. Nur diese schiefen Zähne sind mir im Gedächtnis geblieben – auf eine sympathische Art schief. Vor mir selbst kann ich jetzt ja auch mal zugeben, dass dieser Enzo dafür sorgt, dass ich mich sogar ein bisschen auf die Schule freue.

Am Nachmittag kommt Mama mit einem Teller Pizza nach oben. Wir setzen uns im Schneidersitz auf den Boden und betrachten mein Werk, während wir an der Tiefkühlpizza knabbern, die gar nicht mal so schlecht ist.

»Bald hört das auf mit der ungesunden Ernährung!« Mama sagt das mehr zu sich selbst als zu mir.

»Ja, wenn wir erst mal unsere eigenen Eier haben …«, ziehe ich sie auf.

»Ganz genau!« Sie knufft mich in die Seite. »Dein Vater ist schon im Garten und baut den Auslauf.«

Ich ziehe meine Augenbrauen nach oben und mache ein skeptisches Gesicht.

»Der kann das. Warte mal ab«, nimmt sie ihn in Schutz und lächelt zufrieden vor sich hin.

Sie kaut weiter und ich beobachte sie aus dem Augenwinkel. Die beiden sind schon so eine lange Zeit zusammen, denke ich plötzlich, ob das wohl ewig hält?

»Mama?«

»Hm?«

»Und wenn es uns hier nicht gefällt?« Es würde mir schon leidtun um meine frisch gestrichene Wand, aber die sollte kein Grund sein, nicht flexibel zu bleiben.

Mama atmet tief ein und wieder aus, dann legt sie den Pappteller mit der Pizza zur Seite. »Du musst dem Ganzen eine Chance geben.«

»Ja, ich weiß, aber wenn!«

»Der neue Job bedeutet deinem Vater wirklich viel. Er hat lange hin und her überlegt. Wir können ihm das ein wenig leichter machen, wenn auch wir versuchen, hier glücklich zu sein. Und wenn es für dich so schrecklich werden sollte, wie du es dir immer einredest, dann denk immer daran, dass du in zwei Jahren mit der Schule fertig bist und gehen kannst, wohin immer du willst.«

»Und zwei Jahre findest du wahrscheinlich wenig?« Ich zupfe den Brokkoli aus dem geschmolzenen Käse und lege ihn auf den Tellerrand.

»Wenn du wüsstest!« Mama verliert sich gerne in Philosophien darüber, wie schnell doch die Zeit verfliegt und wie viel sie eigentlich noch machen möchte. Eine neue Fremdsprache lernen zum Beispiel, Geige oder Cello spielen, ein Kinderbuch schreiben, Thailand mit einem Moped abfahren, gute Rouladen kochen können, außerdem hat sie die wahnsinnige Idee, mit einem Fallschirm aus dem Flugzeug zu springen, und noch ungefähr hundert andere Sachen. Die Liste hängt mit einem Magneten am Kühlschrank, und ihr fällt tatsächlich immer wieder etwas Neues ein. Und immer wieder liegt es mir auf der Zunge, sie zu fragen, ob ich vielleicht der Grund bin, warum sie all diese Dinge immer aufschiebt, aber dann traue ich mich doch nicht.

»Ich werde es versuchen!«, gebe ich etwas zu optimistisch von mir.

»Klar wirst du das. Darf ich?« Sie deutet auf den Brokkoli und ich nicke.

»Wenn du magst, kannst du unten schon gucken kommen. Ich glaube, es wird richtig toll!« Sie steht auf und klopft sich die Krümel von der Latzhose, bevor sie summend durch die Tür tänzelt. Wir sind wohl alle froh, auf einmal so viel Platz zum Austoben zu haben.

Ich trete ans Fenster und schaue auf den gebeugten Rücken meines Vaters hinab, wie er mit einem Pfosten kämpft, der einfach nicht in den Boden will. Der Wind zerzaust sein Haar und legt einige kahlen Stellen frei. Auf einmal fühle ich mich ihm ganz nah und würde ihn am liebsten umarmen, aber natürlich tue ich es nicht.

Mein Blick schweift in die Ferne. Hinten auf den Feldern sind wieder diese dunklen Punkte zu sehen, die versprochenen Gänse, die so tolle Geräusche machen sollen, wenn sie gleichzeitig losfliegen. Ich warte ein paar Minuten, aber sie wollen nicht fliegen, also mache ich mich wieder an die Arbeit, etwas weniger begeistert als zu Anfang. Die Farbe scheint jetzt irgendwie dicker und schwerer aufzutragen, mein Arm lahmer und das Ende noch lange nicht abzusehen. Halbherzig tunke ich die Rolle in den Eimer, streiche eine Bahn und lenke mich dann mit anderen Dingen ab. CD wechseln, im Bad den Spiegel sauber wischen und sonst einfach in der Gegend herumstehen und in Gedanken das Zimmer einrichten. Vielleicht gehe ich auch einfach mal in den Garten und sonne mich ein bisschen.

Auf dem Weg nach draußen schaue ich im Wohnzimmer vorbei, das Mama jetzt Salon nennt, und nicke anerkennend. Mama lächelt zufrieden und schlägt einen Nagel in die Wand, um dort ein Bild aufzuhängen, das ich noch nie gesehen habe. Es zeigt eine Gruppe von sechs Leuten mit albernen Hüten, die um einen runden Tisch sitzen und stehen und Tee in so altmodische Porzellantässchen einschenken. »Wo hast du das denn her?«

»Flohmarkt. Habe ich schon vor Wochen gekauft.«

Mir war nicht wirklich klar, wie lange Mama sich schon voller Freude auf das hier vorbereitet hat. Sie arbeitet freiberuflich, schreibt Artikel für Magazine, hin und wieder Werbetexte, und manchmal lektoriert sie das eine oder andere Buch. Ich glaube, dieses Zimmer wird ihr lang erträumter künstlerischer Arbeitsplatz.

Ich recke meinen Daumen in die Höhe, obwohl ich das Bild eher schräg finde, und biege dann in die Küche ab, um mir einen Kaffee zu kochen. Eine Chance gebe ich dem Ganzen noch. Die Filter und das Kaffeepulver stehen gleich neben der nagelneuen Kaffeemaschine, und ich mache es einfach so, wie ich es bei meinen Eltern gesehen habe. Die haben hier gestern Nacht anscheinend noch ganz schön gewirbelt und mindestens die Hälfte der Kartons ausgepackt. Ich bekomme glatt ein schlechtes Gewissen und nehme mir vor, spätestens morgen auch im Rest des Hauses mit anzupacken und nicht nur in meinem Zimmer. Außerdem hole ich Milch und Orangensaft aus dem Kühlschrank und gieße jeweils ein großes Glas voll.

Ich trete in den Garten hinaus. Der Kuhmistgeruch von heute früh ist verflogen, jetzt riecht es nach frischer Erde, die mein Vater so eifrig aufgebuddelt hat.

»Hier, ein O-Saft für dich. Damit du nicht dehydrierst.«

»Dehydrierst! Wie du manchmal redest.« Er nimmt mir das Glas aus der Hand und trinkt die Hälfte in einem Zug aus.

»Na aber es heißt doch so.« Ich setze mich auf die Treppenstufen der Terrasse und umklammere meine Tasse mit dem dampfenden Kaffee.

»Ja. So heißt es.« Er zwinkert mir zu.

»Ich bin nicht mehr sauer auf dich.« Bin ich natürlich schon noch, aber ich habe über Mamas Worte nachgedacht, und irgendwas hat Klick gemacht. Ich kann ja für mich noch ein wenig sauer bleiben, vielleicht gibt es noch den einen oder anderen bösen Tagebucheintrag … Aber dass er hier diesen Auslauf baut, für Mamas komische Hühner, das ist irgendwie so nett, da habe ich keinen Bock mehr, schlecht gelaunt durch die Gegend zu laufen und ihm die Laune zu vermiesen.

»Das freut mich. Liegt das vielleicht an diesem Jungen, der gerade hier war?« Er wischt sich grinsend mit dem Handrücken über die Stirn und verschmiert schwarze Erde auf der Haut.

»Welcher Junge?« Obwohl ich nur so eine kleine Vermutung habe, von wem er redet, fängt mein Herz trotzdem an, schneller zu schlagen.

»Er hat das hier für dich dagelassen.« Papa deutet auf die Fensterbank im Erdgeschoss, wo eine Pflanze mit fleischigen dunkelgrünen Blättern im Terrakottatopf steht, um den eine grüne Schleife gebunden ist. Ich greife nach dem Zettel, der zwischen den Ästen steckt.

Hier. Affenbrotbaum. Passt besser zu dir, als so ne olle Palme. E.

Ich fahre herum und schaue Papa entgeistert an.

»Na, ist doch nett, oder?« Er zuckt mit den Schultern.

»Wann war der hier?«, frage ich mit einer dämlich piepsigen Stimme.

»Vor zehn Minuten?«

»Hast du ihn nicht reingebeten?«

»Ich habe gesagt, du wärst oben.«

»Und?« O Mann, ist es denn wirklich so schwer, die ganze Geschichte zu erzählen?

»Er hat gesagt *okay* und dass er die Pflanze hier für dich auf die Fensterbank stellt. Klang für mich sehr vernünftig. Ich habe mich zwar schon gewundert, woher … aber, ach, was weiß ich schon.«

Ich schlage mir mit der flachen Hand gegen die Stirn. Keine Ahnung, warum mich das jetzt so aufregt. Und überhaupt, woher weiß dieser Enzo, wo ich wohne?

Ich will noch etwas sagen, erinnere mich aber daran, dass ich nicht mehr sauer auf meinen Dad sein wollte.

Stattdessen schnappe ich mir mein Rad, das an der Hauswand lehnt, und schiebe es Richtung Tor.

»Wo willst du hin?«, fragt Papa verdattert.

»Rumfahren!«, weiche ich aus und schiebe gleich noch schneller. Das Tor knarrt, ich bleibe mit meiner Hose an einem Stück Metall hängen. »Scheiße!« Aber eigentlich auch egal, die Hose ist sowieso schon voll mit Farbflecken.

»Ich mag nicht, wenn du fluchst«, ruft Papa mir noch hinterher, aber da schwinge ich mich schon auf den Sattel und trete kräftig in die Pedale. Die Reifen sind halb platt, deshalb mühe ich mich ziemlich ab. Und vor lauter Aktionismus habe ich vergessen darüber nachzudenken, wo ich eigentlich hinsoll. Ich kenne hier doch gar nichts. So schnell es eben geht, fahre ich erst einmal zur Hauptstraße. Wenn ich diesen Enzo einhole, dann darf er mir aber erst mal erklären, wie lange er *Stalken* schon als sein Hobby betreibt.

Ich lege mir im Kopf ein paar gute Sätze zurecht und überlege auch, womit ich ihm drohen könnte, wenn er nicht verspricht, das einzustellen. Ich merke, wie mir die Röte ins Gesicht schießt – vom wilden Treten und vor lauter Ärger und wahrscheinlich auch von diesem Gedanken, der sich klammheimlich in meinen Kopf schleicht: *Ist doch eigentlich auch total süß von diesem Enzo.*

O Gott! Ich bremse scharf ab, dass die Reifen quietschen. Die Sonne brennt herunter, während ich schwer keuche. Kein Mensch weit und breit und überhaupt tote Hose auf der Hauptstraße. Was ist das hier eigentlich für ein Kaff? Nicht heulen, Laura, jetzt nur nicht heulen! Ich drehe das Rad um 180 Grad und fahre denselben Weg wieder zurück, fahre an unserem Haus vorbei und dann auf einen Feldweg, in Richtung Gänse. Wollen wir doch mal sehen! Die Sonne taucht die Felder in ein goldenes Licht. Ich weiß nicht einmal, was hier angebaut wird. Ganz weit weg, am Horizont, sehe ich einen Traktor langsam vor sich hintuckern. Der Feldweg wird immer enger und der Boden weicher, ich steige vom Rad, lasse es ins Gras fallen und gehe zu Fuß weiter einen kleinen Hügel hinauf. Mein Herz schlägt immer noch schnell, ich habe den Eindruck, dass allein schon diese frische Luft hier meinen Körper ganz durcheinanderbringt. Oben angekommen, drehe ich mich nach unserem Haus um. Die Dachziegel glänzen, die Fensterscheiben reflektieren die Sonnenstrahlen und das Haus ruht friedlich eingebettet in der Feldlandschaft. Wenn ich meine Augen zusammenkneife, erkenne ich Papas blaues Hemd im Garten. Ich gehe in die Hocke, sehe mich nach allen Seiten um, und obwohl ich selbst finde, dass das jetzt ein wenig geistesgestört ist, kann ich der Versuchung nicht widerstehen. Ich werfe mich in das dichte, weiche Gras und lasse mich auf der anderen Seite des Hügels runterkullern.

Unten angekommen, fühle ich mich wie fünf und muss plötzlich kichern wie blöd. Es ist, als hätte gerade jemand anderes die Kontrolle über meinen Körper. Das passiert manchmal. Wenn ich zu lange vor dem Spiegel stehe zum Beispiel. Erst mal sehe ich mein Gesicht und denke, es wäre alles in Ordnung, aber schon wenige Sekunden später wird mir das Gesicht fremd, und ich habe dann den Eindruck, dass es jemand anderes ist, der mich da mit meinen Augen betrachtet, während ich mich langsam auflöse. Ich habe bisher immer schnell weggeschaut, mir kaltes Wasser ins Gesicht gespritzt und sofort etwas gemacht, das mir vertraut war, mit Marlene telefonieren oder den Müll rausbringen oder so. Ist nämlich kein gutes Gefühl, sich aufzulösen.

Ich klopfe mir Gras und Erde von den Armen und suche den Boden ab, bis ich einen größeren Stein finde. Dort hinten sitzen sie, die Gänse, sie machen den ganzen Tag nichts anderes. Das werden wir jetzt ändern! Ich stelle mich mit beiden Beinen fest auf den Boden. Der Stein fühlt sich gut an in meiner Hand, warm und schwer, ich verlagere mein Gewicht nach hinten, strecke den Rücken durch und hole aus. Dann schleudere ich ihn weit von mir weg, Richtung Feld. Mit angehaltenem Atem schaue ich dem Stein hinterher und bekomme plötzlich Schiss … nicht dass ich eins von diesen Viechern tödlich treffe, das ist nicht meine Absicht. Aber da landet er schon, ein dumpfes Geräusch, und im selben Moment ertönt ein wildes Geschnatter und Flügelschlagen. Hunderte von Gänsen erheben sich gleichzeitig in die Lüfte, laut meckernd und trotzdem anmutig, und es ist irre, aber ich spüre den Wind, den ihr Flügelschlagen verursacht. Die Luft vibriert, ich sehe die Vögel auf mich zukommen, sie kreischen, und ich bin hin und her gerissen, ob ich meine Hand nach ihnen ausstrecken oder mich lieber ducken soll. In meinen Ohren rauscht es, aber bevor ich mich entschließen kann, drehen die Vögel ab, legen sich mit ausgebreiteten Flügeln in den Wind und lassen sich nach unten gleiten, exakt dorthin, wo sie vorhin saßen. Es dauert noch kurz, bis ihr Geschnatter verstummt, und dann ist es wieder vollkommen still.

»Entschuldigung«, flüstere ich, denn erst jetzt kommt mir der Gedanke, dass ich den Gänsen unnötig Stress verursacht habe. »Ich lerne dazu, versprochen.« Und dann mache ich mich wieder auf den Heimweg, bevor ich noch anfange, ausgedehnte Selbstgespräche zu führen.

Den Sonntag verbringe ich vor mich hindösend in der Hängematte.

Morgens habe ich noch eine halbe Wand gestrichen und den Rest auf irgendwann verschoben. Ich habe es nicht eilig, und obwohl Mama und Papa davon nicht begeistert sind, lassen sie mich in Ruhe.

Sie selber machen gerade Kaffeepause auf der Terrasse, ich höre ihre murmelnden Stimmen hinter mir. Die Sonne scheint schon den ganzen Tag, keine einzige Wolke am Himmel, weshalb Mama auch gleich einen

Sonnenschirm auf die Einkaufsliste gesetzt hat. Außerdem läuten seit dem frühen Morgen in regelmäßigen Abständen die Kirchenglocken. Fehlt nur noch der Duft von frisch gebackenem Kuchen. Ich lasse ein Bein aus der Hängematte baumeln und das hohe Gras kitzelt an meiner Wade. Ich blinzele hoch in die Äste der beiden Apfelbäume, wo die Blätter einzelne Sonnenstrahlen durchlassen. Ein paar mickrige Früchte hängen traurig in den Ästen und sehen eher nicht so aus, als würden sie es zum Spätsommer schaffen, groß und stark zu werden.

»Hast du dich eingecremt?«, ruft Mama rüber.

»Jaha«, lüge ich, weil ich viel zu faul bin aufzustehen. In so einer Hängematte könnte ich Wochen verbringen.

Den Affenbrotbaum von Enzo habe ich gestern Abend noch in mein Zimmer mit hochgenommen. Er steht jetzt auf der Fensterbank und passt super zum Grün der Wände. Nach dem Abendbrot habe ich auf der Treppe gesessen und meine Eltern im Wohnzimmer belauscht, aber immer nur Fetzen mitbekommen: *Netter Junge … schön, wenn sie Freundschaften … hoffentlich keine Sorgen … sollten wir über Verhütung … deine Aufgabe … erst mal in Ruhe lassen … schwer in diesem Alter.*

Wenn ich die beiden so über mich sprechen höre, wünsche ich mir oft eine Schwester oder einen Bruder, mit denen ich mich auch über meine Eltern auslassen könnte. So habe ich nur mein Tagebuch, das jetzt auf meinen Oberschenkeln liegt und in das ich wild durcheinander alles reinschreibe, was mir durch den Kopf geht. Ich schlage die letzte Seite auf, die ich gestern vor dem Schlafengehen noch vollgekritzelt habe, und lese sie noch einmal durch:

Durch diese Pflanze, die Enzo heute vorbeigebracht hat, sind wir jetzt irgendwie verbunden. Auch wenn das bescheuert klingt. Ich kenne ihn gar nicht, und er kennt mich nicht, aber ich freue mich auf ihn. Gleichzeitig habe ich aber auch Angst, dass er sich als Trottel entpuppen wird. Oder dass ich mich selber wie ein Trottel benehmen werde. In so einem Dorf muss man bestimmt höllisch aufpassen, wie man sich benimmt. Dass ich die Spielregeln nicht kenne, macht mich jetzt schon fertig. Mama und Papa hätten mich wenigstens in einen Kurs schicken können: Dorfleben für Anfänger.

Die beiden haben doch tatsächlich über mich geredet und dabei das Wort Verhütung benutzt. Haben die keine anderen Sorgen? Und glauben die echt, sie müssten mich da aufklären? Sexualkunde hatte ich schon in der sechsten Klasse! Und alles andere habe ich ausführlich mit Marlene besprochen.

Liest sich übrigens komisch, das Wort »Enzo« und das Wort »Sex« auf einer Seite. Ist ja auch nicht so gemeint. Ich weiß doch nicht mal mehr, wie er aussieht! Scheint auch schon voll weit weg, das mit dem Baumarkt. Aber sein Name klingt toll. So ungewohnt, so unwirklich, so besonders. Enzo. Enzo. Enzo. Enzo.

Ich klappe das Buch zu und werde rot, obwohl doch niemand hier ist, vor dem ich mich schämen müsste.

3

Der Tag, vor dem ich mich am meisten gefürchtet habe: Montag.

Ich stehe auf der anderen Straßenseite, gegenüber meiner neuen Schule, und beobachte skeptisch, wer da so alles reingeht. Heute zum Frühstück habe ich keine zwei Löffel Müsli runterbekommen. Mama hat mir eine Lunchtüte gepackt, so eine aus braunem Papier wie in amerikanischen Teeny-Filmen. »Ich weiß doch, wie sehr du das magst. Wird natürlich nicht zur Gewohnheit, morgen machst du dir dein Schulessen wieder selbst, aber ich dachte, heute, am ersten Tag…« Sie umarmte mich übertrieben lange.

»Mama, ich bin am Nachmittag wieder da!« Ich wand mich aus ihrer Umarmung, warf Papa eine Kusshand zu und beeilte mich aus dem Haus zu kommen.

Jetzt fummele ich alibimäßig an meinem Fahrradschloss rum, nur für den Fall, dass einer von den anderen Schülern zu mir rüberschaut und vielleicht auf die Idee kommt, mich anzusprechen. Auffällig viele blondierte Jungs mit hässlich gebleichten Baggy-Jeans. Genauso habe ich mir das vorgestellt. Wenn Mama also nochmal mit ihrer Predigt von wegen Vorurteile anfängt, dann werde ich sie mal hierherschleppen. Ich schaue auf mein Handy. Noch zehn Minuten bis acht. Vor dem Eingang steht eine Gruppe Mädchen und raucht. Viele rosa und pinke Oberteile und Ballerinas. Ich schaue auf meine roten Lieblings-Chucks und schwarz-weiß geringelten Socken hinab. Ich könnte mich wieder auf mein Fahrrad setzen und irgendwoanders hinfahren. Raus aus dem Dorf, zu den Gänsen vielleicht, oder Richtung Autobahn und dann per Anhalter nach Hause, zu Marlene und den anderen. Die würden Augen machen, wenn ich zur großen Pause einfach so auf dem Schulhof auftauche. Da ich aber keine Ahnung habe, wie ich das meinen Eltern erklären soll, verwerfe ich den Gedanken und mache noch ein paar improvisierte Atemübungen. Um fünf vor acht gebe ich meinen sicheren Platz auf und laufe möglichst cool und abgebrüht Richtung Schulhaus. Die Mädchengruppe schnipst gerade ihre Zigaretten auf die Pflastersteine, sie sagen was und kichern, haken sich dann alle beieinander unter und schneiden mir den Weg ab, indem sie sich vor mir auf die Treppe drängeln. Ich meine, so etwas zu hören wie *Wer ist die denn?*, aber vielleicht bilde ich mir das auch ein. Im Korridor riecht es wie in allen Schulen, nach Linoleum und irgendeinem Reiniger mit Zitronenduft. Ich weiß nicht, wo ich hinmuss, schiele in Klassenzimmer rein, versuche aber, jeden Blickkontakt zu vermeiden. Ein Schild weist den Weg zum Sekretariat, und ich beschließe, mich erst einmal dort zu melden.

Die Sekretärin lächelt freundlich, sie ist klein und rund, trägt eine hellblaue Bluse mit Rüschen und eine Brille mit einem goldenen Kettchen am Gestell.

»Wollen wir mal sehen.« Sie schlägt einen dicken Ordner auf und blättert geschäftig. Ein schrilles Klingeln ertönt. »Ah, da haben wir es. 11B. Frau Kloppig. Zweiter Stock. Raum 204. Jetzt aber husch, husch!«

Ich eile durch die Tür, werfe noch ein *Danke* über die Schulter, renne die Treppen nach oben, bis ich mit hochrotem Kopf vor der geschlossenen Tür mit dem Schild 204 stehe und auf das Gemurmel dahinter lausche. Ich streiche mir die Strähnen aus der Stirn und versuche, sie unter meinem Haargummi unterzubringen. Plötzlich bekomme ich Panik. Was ist, wenn meine Stimme auf einmal versagt und die ersten Worte an meine neue Klasse nur als Krächzen herauskommen? Ich schaue noch einmal prüfend an mir runter und bemerke einen schwarzen Fleck von der Fahrradkette an meiner Wade. Scheiße. Warum musste ich ausgerechnet heute eine kurze Jeans anziehen? Ist sowieso zu kühl dafür. Ich krame in meinem Rucksack nach einem Taschentuch, schaue mich nach allen Seiten um, ob nicht gleich jemand um die Ecke kommt, und spucke dann schnell drauf. Ich reibe über den Fleck, der irgendwie nicht wegzubekommen ist. Stattdessen verschmiere ich den Fettfilm bloß, aus dem Schwarz wird Grau, und das ist dann wohl doch das beste Argument, diesen ersten Schultag einfach sausen zu lassen.

Am Ende des Ganges entdecke ich das Schild für die Mädchentoilette, schiebe die Tür auf, lausche kurz und schlüpfe schnell hinein. Als die Tür hinter mir zufällt, atme ich auf und verschwinde in der erstbesten Kabine.

»Wer ist da?«, hallt es von der Nachbartoilette.

»Äh …«, weiter komme ich irgendwie nicht. Wer ist das überhaupt? Die Klopolizei?

»Katja? Vanessa? Jasmin?«

»Äh …« Was ist los mit mir?

»Melanie?«

»Äh … Laura.« Na endlich!

»Ach, okay.« Einen Moment herrscht Stille. »Laura? Kenn ich nicht.«

»Ich bin neu.«

»Ach so. Hast du Klopapier da drüben?«

Ich schaue nach rechts und befreie die Rolle aus ihrer Halterung, dann reiche ich sie unter der Kabinenwand hindurch.

»Cool.« Eine kleine Hand mit schwarz lackierten Nägeln nimmt sie mir ab. »Musst du nicht im Unterricht sein?«

Was soll diese Befragung hier eigentlich? »Musst DU nicht im Unterricht sein?«, gebe ich pampig zurück.

»Schon, aber erste Stunde Frau Kloppig geht gar nicht. Die ist ein Morgenmuffel … und ein Montagsmuffel. Echt unentspannt. Ich warte immer lieber ein paar Minuten, bis die anderen das alles abkriegen. Was ist die auch Lehrerin geworden? Wusste doch, dass man da früh aufstehen muss.«

»Na super.« Ich setze mich auf den zugeklappten Klodeckel und reibe mit den Fingern über den verschmierten Fleck auf meiner Wade.

»Was super?« Das Klopapier kommt wieder zurückgerollt.

»Dann sind wir wohl in einer Klasse.«

»Bist du die Neue?«

»Hab ich doch gesagt!« Es scheint, als sei nicht nur Frau Kloppig am frühen morgen völlig neben der Kappe.

»Mein Beileid.« Die Spülung wird gedrückt. Dann höre ich, wie das Schloss aufschnappt und die Tür aufgestoßen wird.

»Wieso Beileid?«

»Ist eine Klasse voller Idioten.«

Es liegt mir auf der Zunge, zu sagen, dass ich das von Anfang an gewusst habe, aber dann verkneife ich es mir doch, schließlich habe ich keine Ahnung, mit wem ich da rede und wie viel diejenige gegen mich verwenden kann, sobald sich ihr die Gelegenheit dazu bietet.

»Hm«, sage ich bloß und betätige auch die Spülung, nur damit sie nicht denkt, ich würde hier drin nichts Sinnvolles machen. Als das letzte Gurgeln verklungen ist, herrscht eine merkwürdige Stille zwischen hier drin und draußen. Vielleicht hat sie sich in der Spülphase ja davongeschlichen. Ich kann nur hoffen, dass sie der

Lehrerin nicht erzählt, dass die Neue auf dem Klo sitzt und sich nicht reintraut. Damit wäre mein Schicksal dann wohl endgültig besiegelt.

»Hey, willst du nicht mal rauskommen? Wie heißt du noch mal?«

»Laura …«

»Also Laura! Ich verpfeif dich schon nicht.«

»Moment.« Ich ziehe meinen Reisverschluss auf und wieder zu, scharre mit den Schuhen über den Boden und tue überhaupt ganz geschäftig. Dann erst öffne ich die Tür.

Aus dem Spiegel lächelt mich das Gesicht meiner Klomitverschwörerin an. »Geht doch.«

Sie hat große blaue Augen, die echt einen krassen Kontrast zu ihren sehr dunklen, aber wahrscheinlich gefärbten Haaren bilden. *Wow*, denke ich und betrachte ihre stark rot geschminkten Lippen. Sofort fällt mir ihr grüner Parka auf, der mir bekannt vorkommt. Aber natürlich! »Ich kenne dich!«, rufe ich aus einem Impuls heraus.

»Ach ja?« Sie schaut weiter unbeeindruckt in den Spiegel und zieht Wimperntusche aus der Jackentasche.

»Ich meine, nein … ich kenne dich nicht wirklich, aber ich habe dich gesehen, am Samstag, beim Bäcker«, erkläre ich.

»So, so.« Sie dreht den Mascara auf und fängt an sich die Wimpern zu tuschen.

Ich lehne mich an eins der Waschbecken und schaue ihr eine Weile dabei zu.

»Wo ist dein Skateboard?«, frage ich schließlich, weil mir nichts anderes einfällt.

»Ach das!« Sie winkt ab. »Hab ich aufgegeben. War nicht so meins.«

»Hab ich gesehen.« Ich beiß mir sofort auf die Lippe.

Aber sie tut, als hätte sie meine Bemerkung nicht gehört, zieht nun einen Lippenstift aus ihrer Tasche und hält ihn mir hin. Ich greife danach, drehe ihn zwischen meinen Fingern, male einen kleinen knallroten Strich auf meine Handfläche und verreibe ihn sofort wieder. »Nein, danke, aber echt nett.«

»Und vor wem versteckst du dich hier?«

»Vor niemandem. Ich wollte nur den Fleck da, na ja …« Ich deute auf meine Wade.

»Warte.« Sie öffnet ihren Rucksack und wühlt drin herum. »Irgendwo hatte ich doch … ach, diese ganzen Bücher, das nervt.« Endlich wird sie fündig und holt ein Döschen mit Nagellackentferner-Pads raus. Sie geht in die Hocke und begutachtet mein Bein. »Soll ich?«

»Äh …«

»Äh? Redet man da so, da wo du herkommst? Ist bestimmt das fünfzigste *Äh,* seit wir uns kennen.«

»Okay, mach ruhig«, gebe ich mich geschlagen. Sie nimmt ein Pad aus dem Döschen und streicht damit entschlossen über meine Wade. Der Schmutz löst sich augenblicklich auf.

Allerdings … sollte gleich jemand reinplatzen, wird das hier einen sehr komischen Eindruck machen.

»Wie heißt du?«, frage ich, um die seltsame Situation zu überspielen.

»Irina.« Unsere Blicke treffen sich für einen Moment, und ich bin die Erste, die ihren abwendet.

»Guter Name«, stelle ich etwas bescheuert fest. Es gibt da diese zwei Lauras. Die eine, die in mir drin wohnt, ist echt schlagfertig, kennt lässige Sprüche und weiß genau, wie und wann sie die am besten vorbringt. Und dann ist da noch diese andere Laura, diese hier, die blöd in der Gegend rumsteht und noch blöder daherredet.

»Meine Mutter hat mal in ihrer Studienzeit Theater gespielt. Ihre größte Rolle war Irina aus den *Drei Schwestern* von Tschechow. Ich weiß nicht, ob sie mir damit eigentlich irgendwas sagen möchte.« Irina streicht ein letztes Mal über meine Wade, nickt zufrieden und schmeißt die schmutzigen Pads in den Mülleimer. Der Geruch von Lösungsmitteln hat sich im ganzen Raum ausgebreitet.

»Danke.« Ich hole das Handy aus meiner Tasche. »Fast halb neun.«

Irina zuckt mit den Schultern und fängt an, ihr Schminkzeug wieder einzusammeln.

»Wollen wir rein? Oder sollen wir lieber bis zur Pause warten?« Ich versuche, möglichst unauffällig mein Spiegelbild zu checken.

»Auf keinen Fall bis zur Pause, das gibt sonst eine unentschuldigte Stunde im Zeugnis.« Irina löst die Spange aus ihrem Haar und die schwarzen Locken hüpfen wild in alle Richtungen. Sie lässt die Spange in ihren Rucksack plumpsen, wirft ihn dann über die Schulter und deutet mit dem Kopf zur Tür. »Wollen wir?«

»Zusammen?«

»Nein, James Bond. Am besten erst ich und dann du, exakt fünf Sekunden später. Natürlich zusammen!«

Und noch bevor ich überlegen kann, ob das ein guter Plan ist, schiebt sie mich aus der Toilette und über den Flur zu unserem Klassenzimmer. Sie klopft dreimal und reißt schwungvoll die Tür auf. Mindestens 25 Augenpaare sind auf uns gerichtet. Die von Frau Kloppig vorne am Lehrertisch funkeln ganz besonders. Sie öffnet schon den Mund, um etwas zu sagen, aber Irina ist schneller. »Tut mir leid! Laura hier kann nichts dafür, meine Mutter hatte eine Reifenpanne und wir brauchten Hilfe und sie war zur Stelle, also …« Sie grinst die Lehrerin unverfroren an und begibt sich dann an ihren Platz in der zweiten Reihe. Damit stehe ich einsam vor der Klasse und merke, wie meine Mundwinkel anfangen zu zucken. Ich schaue unbeholfen zu Frau Kloppig, die braucht aber noch einen Moment, um sich wieder von Irinas Dreistigkeit zu erholen.

»Hallo«, sage ich mehr zu den Wänden als zu jemand anderem und hoffe schwer, der Boden möge sich auftun und mich verschlingen.

Sofort setzt ein Gemurmel in der Klasse ein. Irgendwo höre ich ein *Hab ich mir aber anders vorgestellt* raus. Wenn

Papa wüsste, in was für eine Situation er mich hier gebracht hat, würde es ihm bis zu seinem Lebensende leidtun!

Frau Kloppig räuspert sich. »Laura!« Sie steht von ihrem Stuhl auf, kommt auf mich zu und streckt mir ihre Hand entgegen.

»Hallo«, wiederhole ich.

»Hallo«, äfft mich jemand aus der letzten Reihe nach.

»Ruhe!«, brüllt Frau Kloppig etwas unangemessen laut, dann stellt sie sich hinter mich und legt ihre Hände auf meine Schultern. Ich kann ihr süßes Parfüm riechen. »Das hier ist Laura. Sie ist ab heute eure neue Schulkameradin, und ich erwarte von euch, dass ihr sie herzlich in der Klassengemeinschaft aufnehmt.« Ich fürchte, Frau Kloppig hat noch nichts davon gehört, dass Erwartungen der Lehrer nur dazu da sind, dass man ihnen trotzt. »Und Irina, wir sprechen uns nach dem Unterricht.«

Damit ist meine Vorstellung beendet, Frau Kloppig zeigt auf einen freien Platz in der mittleren Reihe und ich schlurfe mit gesenktem Blick dorthin. Erst als ich meinen Stuhl zurückschiebe, kreuzt mein Blick den von Enzo, der in der letzten Reihe sitzt und auf einem Stift kaut. Ich ringe mir ein Lächeln ab, obwohl mir danach nun wirklich nicht zumute ist. Er lächelt zurück, nimmt den Stift aus dem Mund und tippt sich damit an den Kopf. Ich nicke meiner Banknachbarin zu, einem Mädchen mit langen blonden Haaren und großen Pfauenfeder-Ohrringen. Ihre silbrig glitzernden Hotpants sitzen supereng, aber wenigstens bin ich somit nicht die Einzige mit kurzer Hose. Sie deutet auf das Buch auf ihrer Tischhälfte, *Romeo und Julia auf dem Dorfe* von Gottfried Keller, und steckt sich dann den Finger in den Mund, um mir zu zeigen, was sie davon hält. Ich grinse in mich hinein. Das scheint zumindest überall dasselbe zu sein – das Buch kann noch so gut sein, sobald man gezwungen wird, es auseinanderzupflücken und zu analysieren, wird es zum Kotzen.

»Laura, wir haben dieses Buch gerade beendet, fangen aber ab morgen ein neues an: *Die Physiker* von Dürrenmatt, da kannst du dich dann einbringen. Jetzt bearbeiten die anderen bitte ihren Fragebogen weiter.« Frau Kloppig nimmt wieder Platz, und die Schüler stöhnen kurz, machen sich dann aber brav an ihre Aufgabe. *Die Physiker* habe ich schon gelesen, das werde ich aber nicht sagen, vielleicht kann ich so wenigstens eine gute Note einheimsen. Ich hole mein Ledermäppchen und einen Block aus dem Rucksack und fange an kleine Muster auf den Einband zu malen. Jetzt, wo alle konzentriert arbeiten, wage ich ein paar heimliche Blicke über die Tischreihen. Mädchen und Jungs scheinen in ausgeglichener Anzahl vorhanden zu sein. Der Klamottenstil recht einheitlich, die Jungs in besagten gebleichten Hosen, die mir schon am Eingang aufgefallen sind, und bedruckten T-Shirts mit Markenlogos von Nike und Adidas, die Mädchen in Leggins und knappen Oberteilen, wahrscheinlich von Pimkie, viel Glitzer und Neonfarben. Enzo fällt mit seiner schwarzen Skinny-Jeans und dem karierten Flanellhemd schon aus dem Rahmen, und Irina sowieso. Aber da höre ich schon meine Mutter in Gedanken: »Auch Menschen mit hässlichen Oberteilen können sehr nett sein.«

Glücklicherweise klingelt es gerade, so muss ich mich nicht weiter mit den Ansichten meiner Mutter auseinandersetzen. Augenblicklich wird es laut in der Klasse. Stühle poltern über den Boden, und es wird gerufen und gelacht. Frau Kloppig läuft ungerührt durch die Reihen und sammelt Blätter ein. Ich schaue Hilfe suchend zu Irina, aber die bleibt auf ihrem Platz sitzen und fummelt an ihrer Füllerpatrone. Meine Banknachbarin verlässt mit einem ganzen Mädchentrupp den Raum und die Jungs versammeln sich mit ihren Smartphones und zeigen sich gegenseitig irgendwelches Zeug. Ich hole die braune Papiertüte aus meinem Rucksack und schaue rein. Ein Brötchen mit Käse und Salat, ein Apfel, ein Corny-Riegel und eine kleine Flasche Mineralwasser. Ich greife nach dem Apfel, stelle mich damit ans Fenster und schaue raus auf den Schulhof. Drei alte Kastanienbäume, vereinzelt Bänke, in der Mitte etwas, das vielleicht mal ein Brunnen war und jetzt mit Blumen bepflanzt ist. Das Schulgebäude umschließt den Hof von drei Seiten, überall Fenster, durch die man beobachtet werden kann.

»Na?« Enzo taucht neben mir auf. »Eingelebt?«

»Wohl kaum.« Ich halte mein Blick weiter starr aus dem Fenster gerichtet, ganz besonders deshalb, weil ich fühle, wie mir die Hitze in die Wangen schießt. Ich sollte mich für die Pflanze bedanken, aber stattdessen haue ich was völlig Beknacktes raus: »Bist du eigentlich ein Stalker?«

»Was?« Enzo verschluckt sich an seinem Getränk.

»Woher wusstest du, wo ich wohne?«

»Komm mal wieder runter! Wir sind auf dem Dorf. Hier weiß jeder alles. Wer auszieht, wer einzieht und wo. Das ist eine große Attraktion. Kannst froh sein, dass es nicht in der Zeitung stand.«

»Mein Vater sagt, das wäre eine Kleinstadt.«

»Scheißegal!« Er klingt verärgert, und ich kann aus den Augenwinkeln sehen, wie er den Kopf schüttelt.

Wenn ich nicht gleich etwas Nettes sage, wird er sich wahrscheinlich umdrehen und gehen. »Passt gut zu meiner Tapete, der Affenbrotbaum.«

»Ja«, murmelt er. »Ich weiß nicht, wie es da ist, wo du herkommst, aber hier sagt man einfach *Danke*.«

Und jetzt dreht er sich wirklich um und geht zurück an seinen Platz. Und noch bevor ich ihm folgen kann, klingelt es schon zur nächsten Stunde, alle stürmen wieder in die Klasse, und Frau Kloppig schreibt *Trigonometrische Funktionen* an die Tafel. Auch das noch!

In der großen Pause stehe ich alleine auf dem Schulhof rum. Ich tue so, als würde es mir nichts ausmachen, und tippe geschäftig auf dem Handydisplay rum, aber das ist alles Theater. Es ist ein mieses Gefühl, als Einzige nicht dazuzugehören. Ich denke wieder an meine Freunde, die jetzt bestimmt auch auf dem Schulhof rumstehen, lachen, sich umarmen und jetzt schon Pläne fürs Wochenende schmieden, und ich kann nur hoffen, dass sie dabei an mich denken. Als ich kurz aufschaue, winkt meine neue Banknachbarin mich zu sich und ihrer Mädchenclique rüber. Da ich hier ganz offensichtlich nichts Besseres zu tun habe, geselle ich mich zu ihnen.

»Hey«, versuche ich möglichst lässig, doch es fühlt sich an, als wäre mir das Lächeln auf den Lippen gefroren.

»Melanie«, sagt meine Banknachbarin und zeigt auf sich selbst, dann geht sie die Reihe durch. »Katja, Michelle, Jasmin, Sandy, Vanessa.«

»Ihr seid also die Gang?« Ich kichere etwas idiotisch und kassiere gleich mehrere verständnislose Blicke.

»Wir sind keine Gang«, antwortet Melanie, die ganz eindeutig hier das Sagen hat.

»Nein, natürlich nicht, ich … Das war bloß ein Scherz.«

»Ach so.«

Es entsteht so eine unangenehme Pause, wo alle krampfhaft nach einem Thema suchen.

»Ihr wohnt in dem Haus am Gänsefeld, oder?«, fragt Jasmin, oder Sandy, ich kann mich nicht mehr erinnern.

»Ja, ganz am Rand von …«

»Ich weiß«, unterbricht mich Jasmin/Sandy.

Enzo hat recht. Hier weiß jeder alles.

»Und? Hast du einen Freund in der Stadt?« Melanie reißt das Gespräch wieder an sich.

»Wie meinst du das?« Ich finde ihre Frage ziemlich direkt für den Anfang.

»Na, wir haben uns gefragt, ob du einen Freund in der Stadt hast, der jetzt ganz alleine dort ist. Und ob ihr immer chattet und telefoniert und ob das nicht krass schwer ist. Ich habe gelesen, eine Fernbeziehung klappt fast nie.«

»Ich habe keinen Freund!«, rutscht es mir etwas zu laut raus, sodass ein paar Jungs, die gerade vorbeilaufen, anfangen zu lachen.

»Zieht Leine!«, blafft Melanie sie an, als wäre sie die Queen vom Schulhof. Die Jungs drehen daraufhin noch ein paar Extrarunden.

»Gott! Die sind so was von kindisch!«, stöhnt Katja.

»Timo ist einfach mal voll verknallt in Meli«, sagt Jasmin/Sandy.

»Nicht so laut, Mann!« Melanie wirft ihr einen giftigen Blick zu, woraufhin Jasmin/Sandy ein leises »Sorry« murmelt.

Zickenterror, denke ich und fühle mich prompt unwohl. Heimlich halte ich nach einer Alternative Ausschau, bevor die Mädels mich weiter über meinen nicht existierenden Freund ausquetschen können.

Als Irina aus dem Schulgebäude kommt, versuche ich, Augenkontakt mit ihr herzustellen. Sie kapiert sofort und bleibt in einiger Entfernung zu uns stehen. »He, Laura? Du wolltest dir doch noch diesen Song …«

»Ach ja.« Ich schlage mir theatralisch gegen die Stirn und lächele entschuldigend in die Runde. »Ich muss noch diesen Song …«

»Welchen Song?«

»Erzähle ich euch später«, lüge ich und bin schon auf dem Weg zu Irina. Ich hake mich erleichtert bei ihr unter, und wir legen einen Zahn zu, um uns am anderen Ende des Schulhofs auf eine Bank zu setzen.

»Danke. Du bist heute wohl meine Retterin.«

»Ach was.« Sie winkt ab. »Ich will dir ja wirklich ein paar Songs zeigen.« Sie zieht ihren iPod aus der Jackentasche und entknotet erst mal die ganzen Kabel.

Auf dem kleinen Sportplatz, der an den Pausenhof grenzt, wird Basketball gespielt. Sieht aus, als hätte sich ein Großteil der Jungs dorthin verdrückt. Auch Enzo ist dabei, er steht wenig motiviert am Spielfeldrand und nimmt den Ball wirklich nur dann, wenn er unausweichlich auf ihn zufliegt. Ich ärgere mich noch immer, dass ich es vorhin so vermasselt habe. Natürlich wollte ich mich eigentlich bei ihm bedanken – und dann so was! Seitdem hat er mich nicht einmal mehr eines Blickes gewürdigt.

»So, das hier ist ein absolut geiles Lied, nimm mal.« Irina reicht mir einen Stöpsel, und mein Ohr braucht einen Moment, um sich an die Lautstärke zu gewöhnen.

»Was ist das?« Ich ziehe den Kopfhörer ein wenig aus dem Ohr.

»HAIM.«

»Nie gehört.«

»Echt nicht?« Sie sieht mich fast schon empört an. »Das sind drei Schwestern aus L.A. Echt gut. Die haben, glaub ich, schon als Babys Musik gemacht. Die coolsten Rock-Ladys, die ich je gesehen habe … Ich wünschte, ich hätte auch so Schwestern, mit denen ich eine Band gründen könnte.«

»Bist du ein Einzelkind?«

Sie schüttelt den Kopf. »Hab 'nen Bruder, aber der lebt nicht mehr bei uns und ist ein Schnösel, mit dem kann ich keine Band gründen.«

»Gibt es keine Schulband hier?« Ich mustere eine weitere Mädchengruppe, die sich im Schatten einer Kastanie versammelt hat, um lustige Grimassen-Selfies zu schießen. Sofort fallen mir meine Freunde wieder ein und dass Marlene gestern gar nicht angerufen hat, obwohl wir es doch ausgemacht hatten.

»Schulband? Machst du Witze?« Irina sieht mich an, als wäre ich diejenige, die vom Dorf kommt. »Hier gibt's gar nichts, okay. Nur so dämlichen Sport. Kannst ja Volleyball spielen, wenn du Bock hast.«

»Nein, danke.« Ist ja noch schlimmer, als ich befürchtet habe.

»Und von Musik haben die schon gar keine Ahnung. Hören nur so Plastik-Pop-Schrott und Möchtegern-Hip-Hop.«

»Alle?«

»Ach nee, warte, und Xavier Naidoo natürlich.«

»Ühhh!« Ich verziehe angewidert das Gesicht.

»Ich sehe, wir verstehen uns.« Irina nickt zufrieden. »Hier, das Lied musst du dir ganz genau anhören!«

Ich drücke den Stöpsel wieder ins Ohr und lasse die Gitarrenriffs auf mich wirken. Als ich zum Sportplatz sehe, meine ich Enzo in unsere Richtung schauen zu sehen, aber auf diese Entfernung kann ich das nicht genau sagen. Ich überlege, Irina über Enzo auszufragen, aber bevor ich mich dazu durchringen kann, klingelt es wieder zur nächsten Stunde.

Wir springen von der Bank, und Irina hakt sich auf dem Weg zum Eingang ganz selbstverständlich bei mir unter, während die Ohrstöpsel weiterhin zwischen uns hängen. Ich freue mich, nicht mehr allein zu sein, aber ich will nicht, dass sie das Gefühl hat, meinen Babysitter spielen zu müssen.

»Du musst dich jetzt aber nicht die ganze Zeit um mich kümmern«, sage ich zu Irina, als wir die Treppe zum Klassenraum hochlaufen.

»Machst du Witze? Seh ich aus, als hätte ich was Besseres zu tun?«

Na, ob das jetzt schmeichelhaft ist, wage ich zu bezweifeln, will mich aber nicht so anstellen.

Zum Ende der dritten Stunde kommt ein gefalteter Zettel bei mir an. *An die Neue* steht dort in krakeligen Buchstaben geschrieben.

»Von wem ist der?«, flüstere ich Melanie zu, aber die zuckt nur mit den Schultern und vertieft sich wieder in ihre *Glamour*, die sie zwischen die Seiten des Geschichtsbuchs gelegt hat. Ich blicke mich im Klassenraum um, warte auf ein Zeichen von jemandem, vielleicht ein Zwinkern, aber alle schauen an die Tafel oder in ihre Bücher. Ich falte den Zettel heimlich unter dem Tisch auf und habe Mühe, die Schrift zu entziffern.

Wenn du einen Tipp willst:
Halt dich von Irina fern.
Die ist ziemlich krank im Kopf!

Ich fühle, wie mir die Hitze ins Gesicht schießt. Und wieder fühle ich mich gestalkt. Wer hat uns beide auf der Bank beobachtet? Na gut, so ungefähr die ganze Schule. Aber wer ist so ein Feigling und setzt nicht mal seinen Namen unter die Nachricht? Enzo schließe ich gleich aus, ich habe seine Schrift schon gesehen, auf dem Zettel am Affenbrotbaum, und die war definitiv anders. Ich stehe kopfschüttelnd auf und rücke den Stuhl etwas zu laut zur Seite.

»Alles in Ordnung, Laura?«, fragt der Geschichtslehrer, dessen Namen ich schon wieder vergessen habe. Herr Baldes oder Bartels oder so was in der Art.

»Alles in Ordnung, ich muss nur mal kurz Müll entsorgen.« Ich bin selbst erstaunt über die Entschlossenheit in meiner Stimme. Mit geradem Rücken laufe ich zum Papiereimer, zerknülle den Zettel zwischen meinen Fingern und schmeiße ihn für alle gut sichtbar hinein. Nur damit das ein für alle Mal klar ist!

Auf dem Rückweg lächle ich Irina demonstrativ an.

»Warte nach der Schule auf mich«, raunt sie mir zu. Ich nicke, und das setzt dem Ganzen die Krone auf.

Die restliche Unterrichtszeit vergeht angenehm schnell. Ich versuche, mich einzubringen, ohne streberhaft zu wirken, mit dem Stoff komme ich locker mit. Im Sportunterricht habe ich meine Probleme am Barren, aber aus Sport habe ich mir nie viel gemacht und in der neunten Klasse auch damit aufgehört, darüber nachzudenken, ob die anderen mich auslachen könnten. Meistens lacht keiner.

Als der Unterricht vorbei ist und alle lärmend das Gebäude verlassen, schlendere ich zu meinem Fahrrad und muss zugeben, dass es gar nicht so schlecht lief für den ersten Tag. Trotzdem kann ich es nicht lassen, die ganzen Schüler, die sich jetzt auf den Weg nach Hause machen, kritisch zu beäugen. Entweder mit denen stimmt was nicht, oder mit mir, was schlussendlich aber auf dasselbe hinausläuft: Ich fühle mich als Außenseiter. Ich schließe mein Fahrrad auf, während ich nach Enzo Ausschau halte, und nehme mir vor, ihm wenigstens zu winken, wenn er rauskommt, aber als die letzten Grüppchen durch die Tür strömen, ist er nicht dabei. Es wird wieder ruhiger auf der Straße, die Gespräche und das

Gelächter entfernen sich, und schon stehe ich wieder allein auf dem Gehweg herum, starre in den Himmel und beobachte die Wolken, die ziemlich schnell über den Himmel huschen. Vielleicht wird es regnen. Endlich kommt Irina aus dem Gebäude und versetzt der Eingangstür einen ordentlichen Tritt.

»War es schlimm?« Ich komme ihr mit meinem Fahrrad entgegen.

»Nö!« Sie greift sich mit beiden Händen in die wilden Locken und wuschelt sie durch, dann prüft sie in einem Autofenster ihr Spiegelbild. Der Duft ihrer Haare steigt mir in die Nase und kommt mir seltsam vertraut vor.

»Benutzt du irgendein Parfüm?«

»Was? Nee.«

»Du wirkst angepisst.«

»Ich bin angepisst! Aber nicht wegen der Kloppig, sondern weil ich mein kostbares Leben zur Hälfte in dieser Schule verbringen muss! Hast du Lust auf eine Zimtschnecke?«

Ihre sprunghafte Art amüsiert mich. »Ja, warum nicht.«

»Bei der Kloppig musst du nur auf die Tränendrüse drücken. Ich erzähle ihr immer was von meiner verrückten Mutter und das reicht ihr meistens. Hier rechts, wir müssen zum Marktplatz.«

»Äh … inwiefern verrückt?«, frage ich zögerlich nach und schiebe mein Rad in die Seitenstraße.

»Sind nicht alle Mütter verrückt?«

»Na ja, also meine Mutter ist eigentlich …«

»Dann hast du eben Schwein gehabt«, fällt sie mir ins Wort. »Woher kennst du Enzo?«

»Wie kommst du darauf, dass ich ihn kenne?« Ich mustere sie von der Seite und versuche, in ihrem Gesicht zu lesen, ob da mehr ist als nur Neugier.

»Ihr standet vorhin so romantisch am Fenster rum und habt Heimlichkeiten ausgetauscht. Wie Romeo und Julia auf dem Dorfe – ein unglaublich ödes Buch übrigens.«

»So ein Quatsch!«

»Hast du es gelesen?« Sie wirft mir einen skeptischen Blick zu.

»Nein, ich meine, dass wir Heimlichkeiten ausgetauscht hätten. Ich kenne ihn aus dem Baumarkt.«

»Und gefällt er dir?« Ihre dunklen Augenbrauen wandern nach oben.

»Gefällt er dir etwa?«, gebe ich fassungslos zurück. Mann, ist die dreist!

»Enzo ist ein Freak!«

Jetzt muss ich aber lachen. »Sei mir mal nicht sauer, aber mir scheint, in der Klasse bist du eher der Freak.«

Sie bleibt wie angewurzelt stehen und runzelt die Stirn. Womöglich habe ich's übertrieben. Das war's wohl mit dem freundschaftlich Zimtschnecke essen gehen, und ich überlege, wie ich das wieder zurücknehmen kann, aber dann atmet sie tief ein und zuckt mit den Schultern. »Kann schon sein.«

Wir laufen weiter, Irina kickt ein Steinchen vor sich her, und ich ärgere mich ein bisschen, dass das Thema Enzo anscheinend vom Tisch ist. Wenn ich es jetzt wieder aufgreife, wird sie glauben, dass er mir wirklich gefällt, und da ich nicht weiß, ob ich ihr trauen kann, lasse ich es lieber bleiben. Stattdessen schiele ich neugierig in die Fenster und Gärten der Häuser am Straßenrand. Bis auf eine ältere Frau, die Blumen auf ihrer Fensterbank gießt, scheint es hier völlig ausgestorben.

»Warum seid ihr in dieses Kaff gezogen?«, fragt Irina nach einer ganzen Weile.

»Mein Vater hat hier einen Job bekommen. Ich bin also nicht freiwillig gekommen.« Ich verziehe den Mund. Schade, ganz kurz hatte ich diesen schrecklichen Umstand in meinem Leben vergessen.

»Und? Vermisst du die Stadt schon?«

»Total!« Ich wollte zwar nicht mehr rumjammern, aber wenn sie schon so direkt fragt.

»Komisch. Ich war mal in der Stadt, zu Besuch bei meinem Bruder, und ernsthaft, ich habe mir mehr davon versprochen. Eigentlich war ich echt froh, da wieder wegzukommen.« Sie zieht eine Schachtel Zigaretten aus ihrem Parka und hält sie mir hin. »Rauchst du?«

»Nee. Was hast du dir denn versprochen?« Ich kann mir gar nicht vorstellen, weshalb jemand dieses Kaff der Stadt vorziehen sollte.

»Ein aufregendes Leben zum Beispiel. Aber es war stinklangweilig. Die Leute hetzen an dir vorbei, alle sind so furchtbar beschäftigt… Meinst du, irgendwer hätte die Löcher in meiner Hose beachtet?« Sie zündet sich eine Zigarette an.

Ich schüttele den Kopf. »Natürlich nicht! Das ist doch gerade das Tolle daran.«

»Findest du? Ich fand das ziemlich deprimierend. Wenn ich hier durchs Dorf spaziere, glotzen mich alle an. Letztes Jahr hatte ich grüne Strähnen im Haar. Na, da hättest du mal sehen sollen, was hier los war!« Sie grinst über beide Ohren und erst jetzt fallen mir ihre niedlichen Grübchen auf. Sie zwinkert mir zu. »Und selbst du sagst, ich wäre ein Freak.«

»Nein, so habe ich das nicht gemeint«, versuche ich klarzustellen. »Für mich bist du kein Freak, ich hatte nur den Eindruck, dass die anderen…«

»Schon gut.« Sie winkt ab und pustet genüsslich Rauch aus. »Ich bin echt gern der Freak.«

»Scheint so.«

»Was vermisst du denn?«, fragt sie und deutet in die nächste Seitenstraße. Obwohl hier alles so klein ist, habe ich bereits den Überblick verloren, wo wir eigentlich sind.

»Ich vermisse meine Freunde und die vielen Dinge, die du in der Stadt tun kannst: Kino, Theater, Stadtbücherei, Kickern, Billard, Picknick im Park…«

»Pff, Picknick im Park kannst du hier auch haben.«

»Ja klar, aber anders. Mir fehlen die Geräusche der Stadt, das Rattern der Straßenbahnen, das Hupen der Autos, ja sogar die Polizeisirenen.«

»Du bist echt komisch, normalerweise sind das die Dinge, wegen denen die Menschen aufs Land flüchten.«

»Und genau das habe ich noch nie verstanden.« Verdammt, jetzt bin ich doch wieder voll im Thema, und die Bauchschmerzen kommen wieder. Seit ein paar Tagen sind sie mein ständiger Begleiter.

»Na ja, wenn das so ist, dann habe ich was für dich. Es ist perfekt, du wirst schon sehen. Kommst du morgen nach der Schule zu mir?« Irina schnipst lässig ihre Kippe auf die Straße.

»Okay … Ich denke … Also ja, warum nicht …?« Es ist eine blöde Angewohnheit von mir, dass ich es offenbar nicht hinkriege, einen richtigen Punkt hinter meine Sätze zu setzen.

»Abgemacht! Meine Mutter ist morgen den ganzen Tag unterwegs, sie hat nicht so gerne Besuch.«

»Oh, ich will keine Umstände …«

»Quatsch!« Sie schüttelt den Kopf und ihre Locken hüpfen nach allen Seiten. »Auf eine wie dich habe ich lange gewartet. Das wird meine Mutter mir nicht verderben.«

»Wie meinst du das?« Ich fühle mich durch ihre Worte geschmeichelt und irritiert zugleich, sie machen mich auf eine seltsame Art verlegen.

»Ich meine bloß, ich glaube, wir werden uns gut verstehen!« Sie schaut mir strahlend ins Gesicht und ihre Augen blitzen begeistert. Sollte ich wirklich am ersten Tag eine Freundin gefunden haben? Ich glaube ja durchaus an so etwas wie Schicksal, und dass wir zwei uns heute zur selben Zeit auf dem Klo versteckt haben, wird womöglich kein Zufall sein. Sie ist auch bei Weitem der interessanteste Mensch in diesem Dorf hier. Na gut, außer Enzo vielleicht, aber mit ihm habe ich es mir ja schon gründlich verdorben, also sollte ich wirklich aufpassen, es diesmal richtig zu machen.

Die nächste Seitenstraße führt endlich zum Marktplatz, und ich versuche, noch mal nachzuvollziehen, wie wir gerade gelaufen sind. Wäre doch gelacht, wenn eine Großstadtgöre sich auf dem Dorf verlaufen würde. Ich stelle mein Fahrrad an einer Laterne ab und fummele am Schloss rum.

»Lass doch! Hier wird schon niemand dein Fahrrad klauen.«

»Meinst du?«

»Ich weiß es!«

Irina zieht mich am Arm Richtung Bäcker. Wir treten durch die Glastür und ein Glöckchen kündigt unser Kommen an. Der Geruch von frisch gebackenem Teig steigt mir in die Nase und mein Blick bleibt gierig an den riesigen Tortenstücken in der Auslage hängen. Es sieht aus, als würde hier wirklich noch gebacken und nicht bloß aufgetaut und in den Ofen geschoben. Ein untersetzter Mann mit einem blonden Schnauzer und vom Kopf abstehenden dunkelblonden Haaren kommt aus der Backstube und trocknet sich seine Hände an einem karierten Handtuch ab. Im Gesicht hat er Schlieren von Mehl.

»Wusste ich's doch! Ich habe mich schon gewundert, wo du steckst. Du bist zehn Minuten später dran als sonst.« Er zwinkert Irina zu, dann schaut er zu mir, und ich lächele ihm höflich zu.

»Ja, ich weiß, ich hatte noch Ärger mit meiner Lehrerin.« Irina verdreht die Augen.

»Schon wieder?« Der Mann lacht und zieht eine braune Papiertüte aus einem Fach hinter dem Tresen. Mit einer Serviette greift er eine mit braunem Zucker bestäubte Zimtschnecke und schiebt sie behutsam in das Tütchen. »Und für dich?« Er sieht mir direkt in die Augen.

»Für mich … äh … ja, das Gleiche.«

»Das ist Laura. Sie wohnt jetzt hier.«

»Hallo Laura. Gefällt es dir hier bei uns?« Eine zweite Zimtschnecke wandert in die Tüte.

Ich müsste jetzt *Nein* sagen oder zumindest *Ich weiß nicht*, aber stattdessen sage ich: »Ja, sehr schön hier.« In Gedanken schlage ich mir die Hand vor die Stirn.

»Schön. Sag deinen Eltern einen Gruß von mir.« Er reicht Irina die Tüte, und weil ich so perplex bin, lasse ich sie für uns beide bezahlen. Erst als wir uns verabschiedet haben und schon auf der Straße sind, krame ich nach meinem Portemonnaie.

»Lass doch. Bezahlst eben das nächste Mal.« Sie deutet auf eine Steintreppe, die zu einem hübschen grün gestrichenen Gebäude führt. »Ich sitze nach der Schule immer auf der Rathaustreppe.«

»Das ist euer Rathaus?« Die Überheblichkeit in meiner Stimme wird mir sofort klar, aber nun ist es zu spät.

»*Unser* Rathaus. Du lebst jetzt auch hier, gewöhn dich lieber dran.« Sie klingt nicht gerade beleidigt, aber doch zumindest so, als würde ihr mein Gemecker langsam auf die Nerven gehen. Wir setzen uns auf die oberste Stufe und Irina reicht mir eine Zimtschnecke. »Pass auf. Ich erkläre dir das hier. Den Bäcker kennst du jetzt schon. Er heißt übrigens Herr Pelzig, steht ja oben dran, aber ich darf ihn Fred nennen. Drüben Sparkasse, daneben Pizzeria, ist eigentlich ganz lecker, Schuhladen, wo die Schuhe nach dreimal tragen auseinanderfallen – ich kaufe meine im Internet –, und dann noch der Metzger, keine Ahnung wie es schmeckt, ich bin Vegetarierin, dafür hat er einen hübschen Sohn, aber der wird wohl auch Metzger, also kein guter Heiratskandidat.«

»Suchst du nach einem Heiratskandidaten?« Ich muss grinsen und beiße von meiner Zimtschnecke ab.

Sie grinst zurück und lehnt sich zu mir, sodass unsere Arme sich berühren. »Du etwa nicht?«

Sollte ich ihr erzählen, dass jemand aus der Klasse mir einen Zettel geschickt hat, um mich vor ihr zu warnen? Ich weiß nicht, ob es sie verletzen oder ob sie sich darüber freuen würde.

»Bist du mit irgendwem aus der Klasse befreundet?«, fange ich vorsichtig an.

»Nicht wirklich.«

»Warum?«

»Weil das alles Idioten sind.« Sie zupft ihre Zimtschnecke auseinander und pult mit dem Finger den braunen Zucker ab, um ihn dann genüsslich abzulecken.

»Komisch. Ich hatte die ganze Zeit gedacht, ich komme in eine Klasse voller Idioten, aber wenn du das jetzt so sagst, kann ich es gar nicht richtig glauben.«

»Glaub mir ruhig.« Sie nimmt meine Hand und verschränkt ihre Finger mit meinen. Mein erster Impuls ist es, meine Hand zurückzuziehen, ich bin nicht eins dieser Mädchen, die nach ein paar Stunden schon so körperlich werden, aber dann klingen die Worte meiner Mutter in meinem Ohr: *Betrachte es doch als einen Neuanfang.* Und möglicherweise habe ich jetzt wirklich die Chance, ein neues Ich auszuprobieren. Außerdem fühlt es sich gar nicht schlecht an, Irinas warme Hand zu halten.

»Melanie hat sich heute zumindest etwas Mühe gegeben, findest du nicht?«, bohre ich weiter.

»Na, ich weiß nicht, sollte ich dich vorhin nicht vor den Tussis retten?«

»Ja schon, aber …«

»Die versuchen nur, dich auf ihre Seite zu ziehen«, unterbricht sie mich.

»Welche Seite denn?«

»Deren Seite. Ich war auch mal auf dieser Seite, und glaub mir, besonders interessant ist es dort nicht.«

»Du redest in Rätseln«, stelle ich fest. Ich lasse ihre Hand los und wische mit der Serviette den Zimt von meinen Fingern.

»Ach, egal. Vielleicht erzähl ich dir morgen davon, jetzt hab ich echt keine Lust, mir die Laune von denen verderben zu lassen.« Sie sieht mir in die Augen und lächelt mich breit an.

Ich zucke mit den Schultern. »Von mir aus.«

Als wir unsere Zimtschnecken aufgegessen haben, sitzen wir noch eine Weile auf der Treppe und lassen uns die Sonne ins Gesicht scheinen.

»Siehst du den da? Auf der Bank? Der ist so was wie unser Dorfpenner, Gusti. Der wohnt ganz allein in so einer leer stehenden Hütte am Waldrand, ohne Fenster. Keine Ahnung, wie er das im Winter macht. Die Alte, die da gerade zum Metzger reingeht, ist Frau Albrecht, ihr Mann ist vor zwei Jahren gestorben, und seitdem spielt sie die Sittenwächterin im Ort, guck dir mal ihren geschmacklosen Hut an. Und da drüben, das Pärchen, das sind zwei Zugezogene, Lena und Martin, die wollen hier so eine Art Ökohof betreiben. Ich glaube, die sind ganz nett, aber viel gesprochen haben wir bisher nicht. Der Typ, der da an seinem Mofa lehnt, ist der Schwager vom Besitzer der Pizzeria. Die haben also auch irgendwas mit Enzos Familie zu tun, aber so ganz blicke ich da nicht durch …«

Als sie Enzo erwähnt, überkommt mich sofort mein schlechtes Gewissen. Vielleicht sollte ich später noch beim Baumarkt vorbeifahren, um zu sehen, ob er heute arbeitet.

»Und guck mal, die Frau, die da gerade am Brunnen

vorbeiläuft, das ist Lucy. Sie heißt in echt Lucia, aber alle nennen sie Lucy. Die hat ein ganz tolles, großes Haus mit einer ausgebauten Scheune nebenan, nicht weit von hier, die vermietet sie an Künstler, manchmal an ganze Gruppen, die dort Töpfern oder Ausdruckstanz machen oder solche Sachen. Da ist echt immer was los, morgens Yoga im Hof, abends großes Buffet und Musik zum Essen. Ich bin da total oft. Lucy und ihr Mann Bert sind so was wie meine Ersatzfamilie, sie kochen sogar für mich, und ich helfe ihnen bei den Veranstaltungen. Da müssen wir unbedingt mal zusammen hin, das wird dir gefallen.«

Ich schaue Lucy hinterher. Ich würde sie auf fünfzig schätzen, das Haar ist stellenweise schon grau und zu einem lockeren Dutt hochgesteckt. Sie trägt eine einfache Jeans, die sie an den Enden hochgekrempelt hat, dazu Biolatschen, und ihre weiße Hippiebluse flattert im Wind. Außerdem hängen um ihren Hals mindestens drei bunte Perlenketten. Ich stelle sie mir beim Ausdruckstanz vor und muss grinsen.

Irina springt plötzlich auf und rafft ihren Rucksack zusammen. »Okay, also ich muss jetzt los! Es bleibt bei morgen, oder?«

»Äh… ja«, antworte ich etwas perplex. »Lässt du mich jetzt einfach hier sitzen?«

»Keine Sorge, keiner wird dir was tun! Die meisten hier sind zwar bescheuert, aber doch echt harmlos. Und wie du nach Hause findest, weißt du hoffentlich. Also dann…«

»Okay, also … danke für die Zimtschnecke!«

»Klar!« Sie springt die Stufen runter und wirft mir eine Kusshand zu.

Ich warte noch, bis sie um die Ecke verschwunden ist, und mache mich dann auf den Weg zu meinem Fahrrad. Ohne Irina fühle ich mich hier verloren.

4

Ich lehne mein Fahrrad gegen den Zaun und höre lautes Gegacker und meine Mutter, die hinter dem Haus flucht. Neugierig laufe ich nach hinten in den Garten.

»Wo warst du denn so lange?« Meine Mutter steht auf der Wiese und scheucht Hühner in das von Papa fertig gebaute Gehege.

»Ich dachte, das wäre ein Witz mit den Hühnern«, erwidere ich und nasche von den frischen Erdbeeren, die auf der Terrassentreppe in einer Schüssel stehen.

»Warum sollte ich Hühnerwitze machen?« Mama wischt sich verzweifelt mit der Hand über die Stirn.

»Mann, wir fangen wirklich ein neues Leben hier an, oder?« Ich setze mich auf eine Stufe und schmeiße meinen Rucksack hinter mich.

»Ja, und schon gibt es Komplikationen.« Sie greift sich einen dünnen Ast und probiert damit die Hühner zur Vernunft zu bringen.

»Ich würde auch nicht eingesperrt werden wollen. Warum lässt du sie nicht frei herumlaufen?«

»Weil sie uns dann den ganzen Garten vollkacken.«

Da könnte etwas dran sein, keine Ahnung, ich will damit jedenfalls nichts zu tun haben. »Irina hat mir heute von so einem Pärchen erzählt, das hier einen Ökohof betreibt oder so, vielleicht können die dir ein paar Tipps geben.«

»Wer ist Irina?« Meine Mutter wirft den Ast ins Gras, zuckt mit den Schultern und kommt zu mir auf die Treppe. »Ich gönne ihnen eine kleine Verschnaufpause, und danach hole ich Papa, sie haben es ja nicht anders gewollt. Also? Irina?«

»Ein Mädchen aus meiner Klasse.«

»Eine Freundin?« Ein Lächeln erscheint auf Mamas Lippen.

»Keine Ahnung.« Ich zucke mit den Schultern. »So schnell freundet man sich doch nicht an.«

»Ich wusste nicht, dass es dafür Regeln gibt.«

Meine Mutter sagt immer so Sachen, dass ich mich schlussendlich fühle wie der letzte Spießer, dabei ist das doch die Aufgabe der Eltern.

»Ja, möglicherweise eine Freundin«, gebe ich nach und greife mir noch eine Handvoll Erdbeeren. »Wir sind morgen nach der Schule verabredet.«

»Wo?« Sie klopft Dreck von ihrer Jeans.

»Bei ihr.«

»Soll ich ihre Eltern anrufen?« Na bitte! Geht doch. Jetzt benimmt sie sich wieder sehr muttimäßig.

»Nein, Mama, ich bin doch keine zehn mehr«, antworte ich, wie es sich für eine jugendliche Tochter gehört.

Papa tritt durch die Terrassentür. »Da ist sie ja! Weißt

du, dieses Handy, das wir dir gekauft haben, das kann sehr wohl dafür benutzt werden, mal kurz anzurufen, wenn man später kommt als geplant.«

»Es war doch höchstens eine Stunde!«

»Und ein Anruf dauert höchstens zwanzig Sekunden!« Papa betrachtet missbilligend die Hühner, die sich jetzt wieder im ganzen Garten ausgebreitet haben und Zeug vom Boden aufpicken.

»Ja, ich weiß …«, stöhnt Mama. Anscheinend hat sie sich das Ganze auch anders vorgestellt.

Da das Thema Hühner von mir ablenkt, ergreife ich die Chance, springe auf, schnappe mir meinen Rucksack und schlüpfe an Papa vorbei ins Haus. »Ich muss dann gleich noch mal los!«, rufe ich von der Treppe.

»Wolltest du nicht noch streichen?!« Die Stimme meines Vaters hallt durch das Haus.

In meinem Zimmer angekommen, werfe ich den Rucksack aufs Bett, öffne das Fenster zum Garten und lehne mich raus. »Ja genau! Ich brauche noch etwas aus dem Baumarkt, ich habe mir da was überlegt …«

Papa und Mama sehen erwartungsvoll zu mir hoch.

»Ja … äh … also, so was wie eine Borte oder so. Ich weiß noch nicht genau, ich sehe mal nach, was die im Baumarkt haben.« Und bevor meine Eltern die Ausrede durchschauen können, verschwinde ich wieder in mein Zimmer und knalle versehentlich das Fenster viel zu laut zu.

Im Bad stehe ich eine Weile unschlüssig vor dem

Spiegel und überlege, ob ich vielleicht meine Wimpern tuschen oder zumindest etwas anderes anziehen sollte. Ich entscheide mich dagegen, wasche mir aber wenigstens meine Hände, die voller roter Erdbeerflecken sind. Dann sehe ich meine CDs durch und greife ein Jake-Bugg-Album, das ich doppelt habe, aus dem Stapel. Nur für den Fall. Ich schleiche die Treppe wieder runter und laufe auf Zehenspitzen zur Haustür, werfe dabei einen Blick in die Küche, die mittlerweile richtig wohnlich aussieht – unser alter Gewürzschrank hängt über der Spüle, und da stehen sogar schon Pflanzen auf der Fensterbank. Draußen schnappe ich mir mein Fahrrad, schiebe es leise durch das Tor, und erst als ich mich auf den Sattel schwinge, rufe ich: »Ich bin wieder da, bevor es dunkel wird!«

»Und keine Sekunde später!«, höre ich Papa aus dem Garten.

Dann trete ich in die Pedale und merke mit jedem Meter, wie ich aufgeregter werde.

Vor dem Baumarkt wische ich mir meine verschwitzten Hände an der Hose ab und weiß plötzlich nicht, ob ich wirklich reingehen soll. Ich schließe mein Fahrrad an den roten Baumarktständer an und beobachte aufmerksam den Eingang. Autos fahren auf dem Parkplatz vor, es sind vor allem Männer in Arbeitsklamotten, die große Einkaufswagen voller Bretter und anderem Zeug durch die Türen schieben. Um ein wenig Zeit zu schinden, sehe ich mir die Gartenhäuschen an, die auf dem Parkplatz aufgebaut sind, und vergleiche die Preisschilder.

Wahrscheinlich wird Enzo gar nicht hier sein, es war eine dumme Idee von mir. Ich hole die Jake-Bugg-CD aus meiner Tasche und untersuche die Rückseite auf Kratzer, und obwohl ich keine entdecken kann, poliere ich die CD vorsichtshalber mit einem Zipfel meines Shirts. Weitere zwanzig Sekunden verstreichen. Ich traue mich ein Stück näher zur Eingangstür. Ach, was soll's? Ich darf ja wohl im Baumarkt einkaufen! Ich trete durch die Tür und orientiere mich an den von der Decke hängenden Schildern: *Tapeten* ist erst mal die richtige Anlaufstelle. Auf dem Weg dorthin schaue ich links und rechts in jeden Gang, ob Enzo vielleicht dort rumsteht und Waren auspreist oder Schrauben sortiert. Mein Herz klopft ziemlich merkwürdig in meiner Brust, und meine Atmung ist total flach – wenn ich es nicht besser wüsste, würde ich meinen, ich stehe kurz vor einem Herzinfarkt. Aber kein Enzo weit und breit. In der Tapetenabteilung ziehe ich lustlos ein paar Rollen aus dem Regal und betrachte die verschiedenen Muster und Farben, dann sehe ich mir die Borten an, finde sie aber alle ziemlich omahaft. Lila und Senfgelb sind einfach absolute Kackfarben. Und um ehrlich zu sein, ich habe ja nicht einmal genug Geld dabei. Ich schlendere weiter und steuere die Garten- und Zooabteilung an. In den Aquarien schwimmen Fische von rechts nach links und wieder zurück. Kleine mit blauen Punkten und große gelbe, deren Flossen so aussehen, als würden sie einen Schleier hinter sich herziehen. Dann kommen die Schildkröten, die faul auf einem Stein liegen und nicht einmal ihre Augen bewegen. Etwas weiter weg stehen Terrarien mit Schlangen, Geckos und sogar Vogelspinnen. Ich trete vorsichtshalber einen kleinen Schritt zurück, strecke aber meinen Hals, um doch einen Blick zu erhaschen, und merke, wie eine Mischung aus Ekel und Faszination sich in mir ausbreitet. Hektisch suchen meine Augen den Glaskasten ab, und erst als ich schon glaube, die Spinne sei vielleicht schon verkauft worden, entdecke ich ganz in der Ecke unter einem Stück Baumrinde die haarigen schwarzen Beine. Ein Schauer läuft mir über den Rücken.

»Wer ist denn jetzt hier der Stalker?«

Erschrocken drehe ich mich um und starre in Enzos krass blaue Augen. Er lächelt und sieht überhaupt viel versöhnlicher aus als heute in der Schule.

»Ich … äh … bin bestimmt kein Stalker. Ich wollte nur so eine Borte … und dann habe ich gedacht … Also, ich hab dir was mitgebracht … als Entschuldigung sozusagen.« Ich ziehe die CD aus meiner Tasche und halte sie ihm hin.

Er nimmt sie und mustert aufmerksam das Cover. »Hm. Danke. Wofür entschuldigst du dich?«

»Dass ich heute in der Schule ein Arsch war.« Ich bin stolz auf diesen ehrlichen Satz ganz ohne Stottern.

»Na ja, warst du ja gar nicht. Aber danke trotzdem!«

Er steckt die CD hinten in seinen Hosenbund. »Und jetzt? Willst du dir eine Spinne kaufen?«

»Nein. Ich bin nur hier so hängen geblieben, eigentlich wollte ich ja eine Borte …«

»Soll ich dir zeigen, wo welche sind?« Enzo deutet mit dem Kopf zur Tapetenabteilung.

»Ich habe sie schon gesehen.« Ich fahre mir verlegen durch die Haare.

»Okay.«

»Okay.« Keine Ahnung, was ich erwartet habe. Eine romantische Episode auf den stinkenden Baumarktfluren? »Also, ich geh dann mal.«

Enzo nickt und mit jedem Nicken wird sein Lächeln immer breiter.

»Warum grinst du so?«

»Was machst du jetzt?« Er übergeht einfach meine Frage.

»Ich fahre wieder nach Hause«, antworte ich und krame in meiner Tasche nach dem Schlüssel, wie um ihm einen Beweis zu liefern, dass ich nicht lüge. »Ich wollte mir bloß diese Borten anschauen.«

»Und da hattest du zufällig eine CD dabei?«

»Ja.« Was soll ich denn sonst darauf antworten?

»Wenn du zwanzig Minuten auf mich wartest, würde ich dich gern wohin mitnehmen.«

»Und wohin?«

»Überraschung.«

»Ich weiß nicht …«

»Komm schon! So kannst du noch kurz Freundschaft mit Gisela schließen und ich habe gleich Feierabend.« Er deutet auf das Terrarium.

»Die Spinne heißt Gisela? Hast du ihr diesen Namen gegeben?«

»Was denkst du?«

»Ach nee, lassen wir das lieber, sonst muss ich mich wieder bei dir entschuldigen, weil ich was Blödes sage.«

Er lacht. »Also?«

»Ja, okay. Ich warte auf dich.«

»Toll! Wir treffen uns auf dem Parkplatz?« Ich nicke. Enzo klopft zweimal gegen den Spinnenkasten. »Also Gisela, sei nett zu Laura, sie ist neu hier und braucht noch ein bisschen Eingewöhnungszeit.«

»Schon gut. Ich kann selbst für mich sprechen.«

Enzo zwinkert mir zu und verschwindet dann beschwingt in die Werkzeugabteilung.

Ich wende mich wieder Gisela zu und warte ein paar Minuten, dass sich was tut, aber die langen haarigen Beine bleiben das Einzige, was ich heute von ihr zu sehen bekomme.

Im Glas des Terrariums entdecke ich mein Spiegelbild und schelte mich für dieses dümmliche Lächeln auf meinen Lippen.

Als Enzo auf den Parkplatz gerannt kommt, lehne ich an meinem Fahrrad und betrachte die vorüberziehenden Wolken am Himmel.

»Ich dachte kurz, du wärst schon weg.«

»Ich hab doch gesagt, ich warte. Ich halte immer mein Wort.« Er hat sein rotes Baumarkt-Polohemd abgelegt und ich mustere wohlwollend sein White-Stripes-Shirt.

»Kann ich ja nicht wissen, wir kennen uns kaum. Ich meine, ich habe dir meine Freundschaft schon am Wochenende angeboten, aber du wolltest ja nicht.« Er grinst und seine zwei schiefen Zähne kommen zum Vorschein.

»Du bist ganz schön nachtragend, was?«

»Na ja, es hat mich schwer getroffen, weißt du.« Er fasst sich theatralisch ans Herz.

Ich kopiere seine Geste und neige meinen Kopf zur Seite. »Tut mir wirklich leid, weißt du.«

»Schon gut.« Er winkt ab. »Du bist mit dem Rad da?«

»Ja.« Ich umklammere das Lenkrad.

»Ich nicht. Soll ich fahren?« Er geht um mich herum und streift dabei mit seinem Arm den meinen, dann klopft er mit seiner Hand auf den Gepäckträger.

»Ich soll …?«

»Soll ich?«

»Nee. Ich kann …«

»Schön.«

»Gut.«

Oh Mann. Der Dialog des Jahrhunderts!

Ich warte, bis Enzo mir das Lenkrad aus der Hand nimmt und sich auf den Sattel setzt. »Kannst du vielleicht meinen Rucksack nehmen, dann hast du ihn nicht im Gesicht?« Er streift ihn ab und hält ihn mir hin. Zögernd greife ich danach, prüfe, wie schwer er ist, und ziehe ihn schließlich über die Schultern, dann schwinge ich ein Bein über den Gepäckträger und setze mich vorsichtig auf das harte Metall. Einen kurzen Moment weiß ich nicht, wohin mit meinen Händen, und versuche unbeholfen, den unteren Sattelrand zu umklammern.

»Du kannst dich ruhig an mir festhalten.« Er wirft mir über die Schulter einen ermunternden Blick zu.

»Weiß ich doch!«, gebe ich zurück und lege meine Hände um seine Hüften. Ich kann fühlen, wie er seine Muskeln anspannt. Als er losfährt, drücke ich mich enger an ihn. Sein T-Shirt flattert im Fahrtwind und streift mein Gesicht. Wann bin ich das letzte Mal auf dem Gepäckträger mitgefahren? Als ich zehn war vielleicht? Mit meinem Vater an den See? Ich kann mich nicht mehr genau erinnern.

»Alles klar?«, ruft Enzo und neigt das Rad gefährlich tief in der Kurve.

Ich kann einen Aufschrei gerade so unterdrücken. »Alles klar!«, lüge ich und klammere meine Finger noch fester um seine Hüften, dabei berühre ich mit dem kleinen Finger seine nackte Haut.

Keine Ahnung, warum mir dieser Gedanke kommt, aber ich wünschte, Marlene könnte mich jetzt so sehen. Wir fahren ein Stück die Landstraße runter und biegen dann in einen Waldweg ab. Es riecht sofort nach Tannen oder Kiefern, jedenfalls nach Nadelbäumen.

Ich sauge den Geruch tief ein, und wieder kommen Erinnerungen, daran wie ich als Kind mit meinen Eltern im Ostsee-Urlaub durch die Wälder gestreift bin. Ich durfte immer ein Stück vorlaufen, nur so weit, dass sie mich noch sehen konnten, und wenn ich mich nach ihnen umdrehte, sah ich, wie Papa nach Mamas Hand griff oder ihr den Arm um die Hüfte legte oder wie Mama Papa aufs Ohr küsste, während das Meer friedlich rauschte.

»Das ist eine Abkürzung!«, ruft Enzo begeistert.

»Wohin denn?«

»Überraschung!«

Meine Haare wehen mir ins Gesicht und kitzeln in der Nase, aber ich kann meine Hände jetzt nicht von Enzos Hüften nehmen – will ich auch nicht. »Dein Vater ist also Italiener?«

»Glaubst du nicht? Wegen der blonden Haaren und blauen Augen?« Er lässt das Lenkrad mit einer Hand los und wuschelt sich durchs Haar. Das Rad macht einen gefährlichen Schlenker.

»Hey! Halt dich gefälligst fest!«

Er kichert. »Ich mag es, wenn du so mit mir redest!« Jetzt fährt er mit Absicht im Slalom, der Kies knirscht unter den Rädern. Ich lasse seine Hüften los und umklammere seinen Bauch, drücke meinen Kopf an seinen Rücken.

»Geht doch!« Er bringt das Fahrrad wieder auf gerade Strecke.

Geschützt vor seinem Blick muss ich lächeln. Er flirtet eindeutig. Keine Ahnung, womit ich das verdient habe, wo ich doch so gemein zu ihm war. Vielleicht reicht es einfach, die Neue zu sein. Ist mir aber auch egal. Nach der ganzen miesen Stimmung der letzten Wochen fühlt es sich nämlich wirklich gut an.

»Du sprichst also Italienisch?«

»Sì!«

»Wow! Ich bin beeindruckt! Sì. Das hätte ich auch noch hingekriegt«, ziehe ich ihn auf.

»Eins nach dem anderen!«

Wir verlassen den Wald und fahren auf einem Feldweg weiter. Enzo muss sich ganz schön abrackern, weil der Boden weicher und furchiger wird. Rechts und links erstrecken sich die goldenen Kornähren, neigen ihre haarigen Köpfe im Wind und duften nach Sommer.

»Lass mich absteigen, mein Hintern …«, schiebe ich vor, weil es mir langsam unangenehm wird, mich auf dieser schweren Strecke von ihm durch die Gegend kutschieren zu lassen. Er hält an und lässt mich runter, dann steigt er ab, wischt sich über die Stirn und schiebt das Rad weiter. Ich strecke meine Hand aus und streiche über die Härchen der Kornähren, genieße es, wie sie auf meiner Haut kitzeln.

»Stadtmenschen.« Enzo schüttelt den Kopf.

»Du hast am Samstag erzählt, dass du dein Baumarktgeld sparst, um möglichst schnell hier zu verschwinden.

Wo willst du denn nun hin?« Ich zupfe in Vorbeilaufen ein paar Halme aus dem Boden und zerknicke sie zwischen den Fingern.

Enzo zuckt mit den Schultern. »Keine Ahnung. Italien? Spanien? Südafrika?«

»Die Welt ist so groß, stimmt's?«

Er sieht mich fragend an.

»Ich meine, die Welt ist so riesig, es gibt tausend Orte, wo man hingehen könnte, und meine Eltern schleppen mich ausgerechnet hierher, in dieses Kaff. Was soll ich hier? Du sagst, wir sollten uns anfreunden. Wozu, wenn du sowieso bald weggehst? Ich hatte in letzter Zeit genug Abschiede.«

»Ich gehe ja nicht sofort. Ich erinnere dich ungern, aber wir haben noch ein Jahr Schule vor uns.«

»Trotzdem.«

»Bist du immer so depri?« Er wirkt eher besorgt als angenervt, und das rührt mich irgendwie.

»Nein. Eigentlich nicht. Nur seit wir hier sind, da weiß ich einfach nicht, was ich mit mir anfangen soll. Mein Vater wird glaub ich total in seiner Arbeit aufgehen, und meine Mutter hat sich heute Hühner besorgt, die sie den ganzen Tag durch den Garten scheucht. Ich wünschte, ich hätte auch so ein Hobby, mit dem ich mich ablenken könnte.«

Mein Vorhaben, die Dinge positiv anzugehen, klappt einfach nicht. Auch wenn es heute mit Irina und Enzo für einen kurzen Moment so aussah, als wäre alles gut, bricht doch immer wieder diese Traurigkeit durch. Ich weiß einfach nicht, was ich hier soll. Der Verlust meiner Freunde fühlt sich an, als hätte man mir alle Wurzeln gekappt. Natürlich kann ich neue Menschen kennenlernen, aber es ist nicht dasselbe. Marlene und ich, wir haben unsere Freundschaft über Jahre aufgebaut. Das lässt sich nicht so einfach wiederholen. Ich muss sie heute unbedingt anrufen.

»Du musst dir Zeit geben«, unterbricht Enzo meine Gedanken.

»Das sagt meine Mutter auch.«

»Siehst du! Außer dass sie Hühner durch den Garten scheucht, ist sie auch noch eine kluge Frau.«

»Wie du redest!« Ich muss lachen.

»Wie denn?« Er kneift die Augen zusammen und zieht eine Grimasse.

»Na so eben!« Ganz automatisch, ohne darüber nachzudenken, stupse ich ihn in die Schulter.

Er hebt eine Augenbraue und schiebt ein Lächeln hinterher. Seine Haare werden ihm vom Wind vor die Augen geweht, er versucht, sie wegzupusten, aber das ist ein aussichtsloses Unterfangen.

»Soll ich mal schieben?«, biete ich ihm an und strecke meine Hand nach dem Lenkrad aus.

»Nee, lass mal, wir sind gleich da. Aber du könntest … also, diese Haarsträhne …«

»Im Ernst jetzt?«

»Natürlich!«

»Du flirtest mit mir«, platzt es aus mir heraus, was bescheuert ist – solche Sachen sollte man nicht sagen. Solche Sachen sollten einfach in der Luft schweben. Aber ich tue mir schwer mit schwebenden Sachen, die machen mich immer komplett nervös und unsicher.

Enzo bleibt stehen und mustert mich belustigt. »Und wenn es so wäre?«

»Dann … keine Ahnung … ach, was soll's!« Ich mache einen Schritt auf ihn zu und schiebe mit meinem Zeigefinger seine Haarsträhne aus der Stirn hinters Ohr. Als er die Augen schließt, ziehe ich meine Hand schnell wieder zurück.

»Oh«, seufzt er, öffnet die Augen und schiebt das Rad weiter. »Danke trotzdem.«

Ich bleibe zwei Schritte hinter ihm zurück, um ihm jetzt bloß nicht in die Augen sehen zu müssen. Komisch, das war gerade so ein Moment, den ich aus Filmen kenne und den ich mir immer gewünscht habe, aber jetzt hier, im echten Leben, habe ich ihn einfach vermasselt.

»Ist es cool, im Baumarkt zu arbeiten?«, frage ich, weil mir nichts Besseres einfällt.

»Na ja. Ist halt ein Job. Wieso? Willst du dich bewerben?« Enzo wartet, bis ich wieder auf seiner Höhe bin.

»Nee. Oder doch? Weiß nicht, ich sollte mir wahrscheinlich eine Beschäftigung suchen.«

»Hilf doch deiner Mutter mit den Hühnern.«

»Sehr lustig.«

»Ich bin ein lustiger Kerl.«

»Ich merke das schon.« Wieder ist das dieser Ton zwischen uns, dieses Flirten, und ich bin erleichtert, dass Enzo nicht nachtragend ist.

»So, jetzt ist der Weg wieder besser, steig auf!«

Ich schwinge mich wieder auf den Gepäckträger und Enzo biegt auf einen geteerten Weg ab. Kurz darauf fahren wir wieder ins Dorf rein, vorbei an Traktoren, die am Straßenrand stehen, vorbei an einer Hundepension, einer Autowerkstatt und einem kleinen Hofladen, wo man sich einfach Obst und Gemüse aus Kästen nehmen kann und Geld in die Kasse des Vertrauens wirft. Enzo gibt noch mehr Gas, und ich drücke mich fester an ihn, bis wir schließlich auf dem Marktplatz halten.

»Guck, da sind wir schon.« Er deutet auf die Pizzeria *Romantica*.

»Hier war ich heute schon.« Ich steige vom Fahrrad und streiche mir die Haare glatt, die vom Fahrtwind bestimmt ganz zerzaust sind.

»In der Pizzeria?« Enzo lehnt mein Fahrrad an die Laterne.

»Nein, mit Irina auf der Rathaustreppe.«

»Irina«, grummelt Enzo.

»Hast du was gegen sie?« Ich versuche, einen Blick in seine Augen zu erhaschen, aber er dreht den Kopf weg.

»Nein, eigentlich nicht.«

»Und uneigentlich?«, bohre ich weiter.

»Auch nicht!«, sagt er so bestimmt, als wolle er das

Thema beenden, aber ich finde, es wird gerade erst interessant.

»Ich weiß schon, ihr lauft euch beide den Freak-Rang ab!«

»Den was???« Sein verwirrter Blick ist wirklich ziemlich süß.

»Na, den Freak-Rang!«, wiederhole ich.

Er kratzt sich am Kopf und schnaubt. »Hast du mich gerade einen Freak genannt?«

»Nö«, grinse ich.

»Ich bin kein Freak.«

»Okay.«

»Irina schon.«

»Okay.« Ich würde ihn gerne fragen, ob Irina ihm mal sein Herz gebrochen hat, aber ich schätze, er würde darauf nicht gut reagieren, und ich will uns nicht den Nachmittag verderben. Neugierig bin ich natürlich schon.

»Hast du mir heute im Unterricht diesen Zettel geschrieben?«, frage ich aber trotzdem.

»Welchen Zettel?« Enzo wird langsam ungeduldig.

»Den Zettel, auf dem stand, ich solle mich von Irina fernhalten.«

»So was würde ich nie tun.« Er schüttelt den Kopf und wirkt verletzt.

»Ich weiß. Tut mir leid.« Ich blicke verlegen zu Boden.

»Können wir das Thema jetzt lassen und reingehen?«

»Die Pizzeria ist also die Überraschung?«

»Mein Onkel hat heute Geburtstag, das ist immer ein großes Fest, das wird dir gefallen.«

»Ich weiß nicht«, zögere ich. »Eigentlich gehe ich nicht gerne uneingeladen irgendwo hin.«

»Ich habe dich eingeladen.«

»Ja schon, aber ...«

»Komm doch einfach mit. Und wenn du dich unwohl fühlst, dann zwinkerst du zweimal, und ich bringe dich da wieder raus.«

»Okay, okay«, gebe ich mich geschlagen und folge Enzo durch die quietschende Holztür des Restaurants. Sofort wird es laut um mich herum. Die Pizzeria ist rappelvoll. Lauter Stimmen, die gleichzeitig durcheinanderreden, Musik aus den Lautsprechern und aus der Küche geschäftiges Klappern von Pfannen und Töpfen. Ich sauge den leckeren Geruch von Kräutern, angebratenen Zwiebeln, Knoblauch und Tomatensoße durch die Nase und schaue mich um.

»Wer ist dein Onkel?«, raune ich Enzo zu, und er greift nach meiner Hand und führt mich quer durch den Speisesaal zu einem Tisch, an dem ein paar Männer Karten spielen und an Bruschetta knabbern.

»Ciao, Onkel, das ist meine Freundin Laura.«

Die Männer am Tisch werfen einen schnellen Blick in meine Richtung, einige lächeln, dann wenden sie sich wieder ihren Karten zu, außer dem Onkel, er steht auf und streckt mir die Hand entgegen.

»Herzlichen Glückwunsch zum Geburtstag«, beeile ich mich zu sagen.

»Grazie, grazie.« Er schnappt sich den Teller mit den Bruschetta und hält ihn mir hin.

Ich nehme mir vorsichtig ein Stück Brot und konzentriere mich darauf, die Tischdecke nicht mit Tomatenmatsche zu bekleckern. Dass Enzo mich grinsend von der Seite mustert, macht es nicht einfacher.

»Lorenzo! Prego! Du bist dran!«

»Ihr entschuldigt mich.« Onkel Lorenzo stellt den Teller ab und greift nach seinen Karten.

»Ist Papa nicht da?« Enzo schmult in seine Karten.

»Küche.« Er macht eine lustige Handbewegung, die wahrscheinlich so viel wie *verschwinde* bedeuten soll, aber auf eine sehr nette Art.

Enzo bedeutet mir mit dem Kopf, ihm zu folgen. Während wir uns den Weg zur Küche bahnen, stellt mich Enzo noch ein paar weiteren Leuten vor. Emilia, Maria, Simone, alles irgendwelche Tanten. Barbara, die Nachbarin, und Thomas, ihr Lebensgefährte. Nicki und Lydia, Enzos kleine Cousinen, und Paul, Albert, Dieter und Jockel, Stammkunden des Lokals. Ich lächle höflich und reiche allen die Hand.

Als er die Tür zur Küche aufstößt, hält Enzo plötzlich inne, sodass ich fast in ihn hineinlaufe. Er dreht sich um und sieht mich betreten an. »Oh Mann, mir fällt gerade auf… Entschuldige, dass ich dich als meine Freundin vorgestellt habe. So war das nicht gemeint, ich meinte *eine* Freundin und dann habe ich *meine* gesagt, aber *eine* gemeint …«

»Ist schon okay«, beruhige ich ihn und freue mich heimlich, als ich merke, dass er ganz rot wird. »Ich denke, alle haben es richtig verstanden.« Ich frage mich, wohin seine draufgängerische Art von vorhin verschwunden ist. Er wirkt mächtig nervös.

»Enzo! Gut, dass du da bist! Du musst mir unbedingt helfen.« Ein Mann, wahrscheinlich der Papa, mit hochrotem Kopf hantiert am Herd mit mehreren Töpfen. Er deutet auf die Arbeitsplatte, wo sich Tomaten und Petersilie stapeln. »Das muss alles klein gemacht werden. Von den Tomaten muss die Haut ab.«

»Papa, ich bin nicht alleine hier! Wo ist Mama?«

»Torte abholen. Wer ist denn deine Freundin?«

»Nicht *meine*. Eine.« Enzo grinst entschuldigend.

»Eine, meine, seine, deine. Ist doch bloß ein Buchstabe.« Der Papa wischt sich seine Hände an der Schürze ab und kommt auf mich zu. »Ich bin Antonio, ein Papa, sein Papa, und du bist?«

»Laura«, lächle ich und mache merkwürdigerweise einen Knicks.

»Laura. Wärt ihr zwei so freundlich, einem verzweifelten Mann zu helfen? Ich habe Lorenzo versprochen, dass er heute keinen Fuß in die Küche setzen muss, ist ja schließlich sein Geburtstag, aber ich muss gestehen, es liegt mir nicht besonders, also wenn es nicht zu viele Umstände macht …«

»Papa!«

»Nun lass doch deine Freundin für sich selbst sprechen!«

»Natürlich helfen wir«, entscheide ich und gehe zum Waschbecken, um mir die Hände zu waschen.

»Bravo!« Antonio klatscht in die Hände und schiebt seinen Sohn zur Arbeitsplatte, dann springt er wieder zum Herd und versucht, die blubbernden Soßen zu bändigen.

»So habe ich das nicht geplant«, raunt Enzo mir zu und reicht mir eine Schürze.

»Ich find's gut.« Ich schnappe mir ein großes Holzbrett und fange an, die Petersilie klein zu hacken. »So?«, frage ich sicherheitshalber in Antonios Richtung.

»Perfettamente!«

Ich blicke stolz zu Enzo.

»Oh, sie kann Petersilie schneiden! Ich bin beeindruckt«, zieht er mich auf, und ich knuffe ihn dafür in die Schulter.

Der frische Geruch der Kräuter mischt sich mit dem Duft der fruchtigen Soßen und ich bekomme richtig Appetit. Ich schaue Enzo dabei zu, wie er die Tomaten mit heißem Wasser überbrüht und dann die Schale mit einem kleinen Messer abzieht. Dann schneidet er sie erstaunlich zackig in kleine Stücke und füllt sie in einen großen silbernen Topf. Auf seiner Stirn bilden sich kleine Schweißtropfen und ich bin auch schon ganz erhitzt von den vielen Dämpfen in der Küche.

»Wo hat Lorenzo bloß diese langen Spaghetti?« Antonio sieht sich hektisch in der Küche um.

»Im Keller.« Enzo schüttelt den Kopf über seinen Vater.

»Grazie.« Er stürmt aus der Küche.

»Wenn ich gewusst hätte, was für ein Chaos das hier wird, hätte ich dich lieber auf ein Eis eingeladen.« Enzo zieht einen Topf vom Herd und rührt kräftig darin rum.

»Nein, wirklich, mir gefällt es.« Ich betrachte meine Fingerkuppen, die von der Petersilie verfärbt sind. Ich sage das nicht bloß aus Höflichkeit, es gefällt mir wirklich, hier zu sein. Meine anfänglichen Bedenken, nicht bei einem fremden Geburtstag reinplatzen zu dürfen, haben sich in Luft aufgelöst. Ich fühle mich mehr als willkommen. »Warum bist du eigentlich so nett zu mir?«, frage ich Enzo, während ich die Petersilie vom Brett in eine weiße Schüssel schabe.

»Du hast mir eine CD geschenkt!«

»Aber doch nur, um mich für mein blödes Verhalten zu entschuldigen.«

Er blickt auf. »Wirklich nur?«

»Ja«, antworte ich etwas zu schnell. »Ich meine, ich will auch, dass du mal reinhörst und sagst, wie du es findest.«

»Das werde ich«, antwortet er und sieht mir dabei direkt in die Augen.

Bevor aber einer von uns noch etwas sagen kann, stößt Antonio mit einer riesigen Packung Spaghetti im

Arm die Tür wieder auf. »So, die müssen jetzt schnell ins Wasser.«

Wenige Minuten später sitzen wir alle an einem großen Tisch und essen Spaghetti mit verschiedenen Soßen. Die Nachbarn, die Stammkunden, die Kartenspieler, die Familie und ich. Enzos Mama ist mittlerweile mit der Torte eingetroffen. Sie hat mir höflich die Hand gereicht und Enzo so herzlich in die Wange gekniffen, dass er immer noch einen roten Fleck an der Stelle hat. Alle plaudern, stoßen mit Weingläsern an und halten Lobesreden auf Lorenzo. Ich beobachte das alles fasziniert und merke, wie Enzo wiederum mich beobachtet, was es mir umso schwieriger macht, meine Nudeln entspannt zu essen – schließlich ist es so schon nicht einfach, diese langen Spaghetti auf die Gabel zu kriegen. Die Stammkunden stimmen *Wie schön, dass du geboren bist* an, und nach ein paar Liedzeilen schließen sich auch die anderen an. Ich bewege meine Lippen zwar mit, halte mich aber mit der Stimme zurück, ich kann einfach nicht singen.

Nach dem Essen helfe ich noch beim Abräumen, muss die Einladung zur Torte aber ausschlagen, weil ich meinen Eltern versprochen habe, zurück zu sein, bevor es dunkel wird.

Enzo bringt mich noch zur Tür. Draußen ist es kühler geworden, ich schlinge die Arme um meine Brust und trete von einem Fuß auf den anderen.

»Soll ich dir einen Pullover organisieren? Ich kann …«

»Nein, nein, auf dem Fahrrad wird mir schon warm.«

»Bist du da sicher?«

»Ja, ist okay, das geht schon. Aber danke. Und danke auch für den tollen Nachmittag.«

»Können wir gerne wiederholen.«

»Ja.« Ich warte mit angehaltenem Atem, ob er einen konkreten Vorschlag macht, aber er streicht sich bloß durch die Haare, kickt einen Kieselstein auf die Straße und sagt dann:

»Also gut. Schlaf schön.«

»Du auch.«

Ich schaue ihm noch nach, bis er durch die Tür des Restaurants verschwunden ist, dann schwinge ich mich auf mein Fahrrad und kann auf dem ganzen Heimweg das debile Grinsen nicht lassen.

»Und, wo ist deine Borte?« Papa schaut von seiner Zeitung auf. Er und Mama sitzen im Wohnzimmer und machen, was Erwachsene immer abends tun – auf der Couch rumhängen.

»Welche Borte?«

»Du bist zum Baumarkt los, um eine Borte zu besorgen!«

»Ach ja …« Oh Mann, meine Ausreden muss ich auch noch besser durchplanen. »Die waren alle hässlich, ich will jetzt doch keine Borte.« Und ich lüge nicht einmal, ich habe sie mir ja wirklich angesehen.

»Da hast du aber lange gebraucht, um das festzustellen.« Papa lässt auch nie locker.

»Ich war noch mit einem Freund, also einem Klassenkameraden … also, der, der im Baumarkt arbeitet … Na ja, ich muss jetzt hoch, was für die Schule lesen.« Ich winke und poltere die Treppe hoch.

»Da ist noch Essen im Ofen!«, ruft Mama mir hinterher.

»Danke! Ich hatte Spaghetti!«

»Spaghetti?!« Mamas Stimme überschlägt sich. »Im Baumarkt?«

»Nein, in der Pizzeria!«, antworte ich schnell und schlage die Tür zu meinem Zimmer zu, bevor ich noch mehr Fragen beantworten muss. Mit einem tiefen Seufzer werfe ich mich auf die Matratze.

Was für ein Tag! In meinem Kopf rauscht es. Ich hole das Handy aus meiner Tasche und wähle Marlenes Nummer.

»Laura! Cool, dass du anrufst! Ich habe supergeile Neuigkeiten!« Es tut gut, ihre Stimme zu hören.

»Hey. Ja, entschuldige, dass ich mich jetzt erst melde, aber hier war einiges los die letzten Tage.«

»Echt?«

»Ja.«

»Cool, das freut mich. Aber willst du jetzt die Neuigkeiten hören?«

Wenn Marlene so aufgeregt ist, macht es keinen Sinn, ihr etwas von sich selbst zu erzählen, sie ist dann ganz ungeduldig und hört nur mit halbem Ohr zu. »Ja, leg los.«

»Also, halt dich fest! Meine Eltern finanzieren mir diesen Sommer eine Reise nach Italien. Es ist so eine Jugendreise, eine richtige, ohne diese Kinder, da darf man erst ab sechzehn mitfahren. Übernachtung in Hostels, Ausflüge nach Venedig und Verona, ein paar Tage Strand, ein paar Tage Berge, die Betreuer sind keine alten Säcke, sondern etwas über zwanzig. Alles in allem drei Wochen, das wird voll genial, und ich möchte, dass du mitkommst!« Erst jetzt holt sie tief Luft.

»Wow.« Italien. Wie komisch das Leben manchmal ist, gerade wo ich von einem italienischen Geburtstag komme.

»Aber so was von Wow! Dann hätten wir drei Wochen zusammen. Wäre das nicht großartig?«

Ich muss zugeben, eine Reise mit Marlene, ohne Eltern, und dann noch nach Venedig, das wäre wirklich großartig. »Schon. Ich weiß bloß nicht, ob meine Eltern mir das zahlen werden, jetzt, wo sie so viel Geld in das Haus gesteckt haben.« Vielleicht sollte ich mich doch im Baumarkt bewerben, überlege ich gleichzeitig.

»Ey, du musst einfach auf die Tränendrüse drücken. Das sind sie dir ja wohl schuldig, nach allem was sie dir angetan haben.«

Na gut, jetzt übertreibt sie ein wenig, aber es stimmt schon: Mit schlechtem Gewissen lässt sich da bestimmt was machen. »Ja, okay. Ich werde mein Bestes geben. Das wäre echt der Hammer!«

»Oder?«

»Jaaa!« Je länger ich darüber nachdenke, umso mehr Lust bekomme ich. Drei Wochen Freiheit, drei Wochen raus aus diesem Kaff, drei Wochen tun und lassen, was ich will. »Kommen die anderen auch mit?«

»Nee. Kati kann nicht, sie muss mit ihren Eltern an die Nordsee fahren, und die Jungs überlegen, sich für irgendein Sportcamp anzumelden. Sie sagen, sie hätten keinen Bock, den Balkon von Romeo und Julia anzuglotzen.«

»Oh Mann.«

»Ach, kennst sie doch.«

»Sportcamp. Ist doch voll albern.«

»Ja, wem sagst du das. Aber du bist dabei, stimmt's?«

»Ich werde es versuchen, wirklich.«

»Super! Und sonst so?«

Jetzt wäre die Zeit, ihr von meinem ersten Schultag zu erzählen, von Enzo und seiner halb italienischen Familie, von Irina und dem Zettel, der mich vor ihr gewarnt hat, von den Hühnern meiner Mutter, von Vogelspinnen und vom Wändestreichen, aber das Einzige, was ich sage, ist: »Meine Lehrerin heißt Frau Kloppig.«

»Oh. Tut mir echt leid.«

»Ja, mir auch irgendwie.«

»Lass dich nicht hängen, alles wird gut, bald sind wir zwei in Italieeeeeen!«

»Das wäre echt irre.« Ich sehe uns zwei schon am Strand liegen und in einer Gondel sitzen, über Flohmärkte spazieren und abends im Gemeinschaftsraum des Hostels mit den süßen Betreuern quatschen.

Als wir auflegen, habe ich das Gefühl, Marlene hätte einen falschen Eindruck von meinem Leben hier. Sie bemitleidet mich. Aber ich bin ja selbst schuld. Wenn sie wüsste, dass ich heute mit Enzo auf dem Gepäckträger durch die Gegend gefahren bin, sie wäre vor Neid umgefallen. Bei der nächsten Gelegenheit muss ich ihr unbedingt davon erzählen. Ich stehe auf, gehe ins Bad, um mich bettfertig zu machen, brülle ein »Gute Nacht!« die Treppe runter, und bevor ich mich unter die warme Bettdecke verkrieche, streiche ich mit meinen Fingern über die dicken Blätter des Affenbrotbaums.

5

Der nächste Schultag verläuft ziemlich ereignislos und ist stinklangweilig. Ich merke, wie ich immer wieder mit meinen Gedanken abdrifte. Einzig der Biolehrer ist ein netter Typ, der einen Haufen lustiger Sprüche ablässt und ernsthaft Lego-Männchen mitgebracht hat, um uns Vererbungslehre zu demonstrieren. Er wechselt ihnen ständig die Haarteile.

»Und wenn ich schwarze Haare habe, obwohl meine beiden Eltern blond sind, dann bin ich wohl adoptiert?«, ruft einer aus der hinteren Bank.

»Das ist so nicht gesagt!« Der Lehrer schnappt sich aus seiner Box vier weitere Lego-Figuren und stellt sie auf dem Tisch auf. »Darf ich vorstellen: Die Großeltern!«

Melanie neben mir schnaubt gelangweilt, doch ich muss grinsen. Heute baumeln ihr riesige goldene Kreolen mit Glöckchen von den Ohren, und sie klingeln bei jeder Kopfbewegung. Die anderen Mädchen aus der Clique haben mich heute zwar nett gegrüßt, aber außer *Hallo* und *Wie geht's* kam kein besonderes Gespräch zustande. Frau Kloppig hat in Deutsch die neue Lektüre verteilt, in Englisch zwei Songs von den Beatles vorgespielt, bei denen ein paar Jungs angefangen haben zu rülpsen, und in Mathe hat sie mit ihren Funktionen weitergemacht, obwohl ich den Eindruck hatte, dass sie sehr wohl weiß, was für ein aussichtsloses Unterfangen das ist. Marlene und ich haben uns schon vor einem Jahr geschworen, eine Riesenparty zu geben, sobald das mit der Schule überstanden ist. Seit unserem Telefonat gestern Abend habe ich ein großes Ziel, auf das ich mich freuen kann und das mir helfen wird, diese Dorftage hier zu überstehen. Ich bin immer noch dabei, mir eine Strategie im Kopf zurechtzulegen, wie ich meine Eltern am besten von der Reise überzeugen könnte.

Irina kam heute wieder zu spät, diesmal ganz ohne Ausrede, sie hat sich einfach auf ihren Stuhl gesetzt und geschmollt. Enzo und ich haben immer wieder quer über die Bänke Blicke gewechselt.

Nach der Schule, als ich wieder mit meinem Fahrrad vor der Tür stehe und einigen meiner Mitschüler zum Abschied zulächle, kommt Enzo angelaufen und setzt sich lässig auf die kleine Mauer neben dem Treppengeländer. »Ich habe mir deine CD angehört.«

»Und? Was sagst du?«

»Ganz cool. Hat irgendwie eine Stimme wie ein Gartenzwerg, aber gut, guter Gartenzwerg, meine ich.« Dann holt er eine andere CD aus seinem Rucksack. »Hier, die kannst du dir mal anhören.«

Ich mustere das Schwarz-Weiß-Bild von einem Typen mit Zigarette, das Cover des Arctic-Monkeys-Albums, und schüttele den Kopf. »Kenn ich schon, damit kannst du mich nicht schocken.«

»Wer sagt denn, dass ich dich schocken will?«

»Mensch, das sagt man doch nur so!«

»Ja? Da bei euch, in der hippen Stadt, da sagt man das so?« Er grinst über beide Ohren.

»Siehst du, du fängst nämlich immer an mit den Streitereien.«

»Ja, ja, was sich neckt, das liebt sich, und so weiter …« Irina taucht plötzlich neben uns auf und greift nach meiner Hand. »Wir sind doch jetzt verabredet, oder?«

»Äh … ja.« Ich merke, dass ich rot werde.

»Äh. Äh. Das ist wirklich ihr Lieblingswort!« Sie sagt das zu Enzo mit einem provokanten Lächeln und dann zieht sie mich auf die andere Straßenseite. Ich drehe mich noch einmal nach ihm um und winke verlegen. Er tippt sich zum Abschied mit dem Finger an den Kopf, wirkt aber ziemlich angepisst.

Erst als wir um die Ecke biegen, befreie ich mich aus Irinas Griff und bleibe stehen. »Was sollte das gerade? Mach das ja nie wieder mit mir.« Meine Stimme ist leise, aber sehr bestimmt. »Außerdem steht mein Fahrrad noch da.«

»Ich hole es für dich.« Und schon rennt sie los, ihre Locken wippen bei jedem Schritt, und überhaupt sieht sie sehr elegant aus, was beim Rennen schon eine große Leistung ist. Trotzdem bin ich eingeschnappt und hätte nicht schlecht Lust, einfach nach Hause zu fahren – wobei da nur eine ungestrichene Wand auf mich wartet, und das ist auch keine gute Option.

»Tut mir echt leid«, sagt Irina, als sie mit meinem Fahrrad um die Ecke biegt. »Ich reagiere manchmal aus so einem Impuls heraus, und das kommt manchmal blöd, na ja, eigentlich fast immer.«

»Hm«, grummele ich und greife nach meinem Rad.

Irina lässt den Kopf hängen und beißt sich auf die Unterlippe. »Kommt nicht wieder vor, versprochen.«

»Das war echt blöd.«

»Ja, ich weiß.«

»Wir waren im Gespräch.«

»Wenn du dich auf dein Fahrrad setzt, kannst du ihn noch einholen«, schlägt sie mit zerknirschter Miene vor.

»Darum geht's nicht.«

Wir laufen eine ganze Weile schweigend nebeneinander her und horchen auf das Quietschen meines Fahrrads. Irina setzt ein paarmal an, etwas zu sagen, überlegt es sich aber jedes Mal anders und schaut mich stattdessen von der Seite an. Ihre Blicke machen mich nervös, und ich tue so, als müsste ich Dreck vom Lenkrad kratzen und das Vorderlicht in Position bringen.

»Wir sind bald da«, beruhigt sie mich, als würde sie meine Verlegenheit spüren.

Dann holt sie ein Handy aus ihrer Tasche und fängt an etwas zu tippen. Als sie fertig ist, hält sie mir das Display hin: *Sorry, Enzo, ich bin dämlich!* »Okay?« Sie sieht mich erwartungsvoll an und hält den Finger auf den Senden-Knopf.

Ich zucke mit den Schultern. »Wegen mir musst du das nicht machen.«

»Egal. Ich mach's trotzdem.« Sie drückt auf den Knopf und steckt das Handy zufrieden wieder in ihre Tasche. »Guck, da sind wir auch schon.«

Wir bleiben vor einem zweistöckigen gelblich gestrichenen Haus stehen. Vor den Fenstern hängen weiße Gardinen und die Fensterbänke im Erdgeschoss sind mit kleinen Porzellanfigürchen vollgestellt. Hunde und Katzen, eine Erdbeere mit Augen und Mund, ein Fräulein mit Schirm, ein kleiner Junge mit Flöte und sogar Schlumpf und Schlumpfine. Vor der Haustür liegt ein brauner Fußabtreter, auf dem in grauen Buchstaben *Welcome* steht, und an der Tür selbst hängt ein getrocknetes Blumengesteck.

»Unsere Nachbarin von unten hat einen Dekofimmel«, flüstert Irina und verdreht die Augen. »Warte mal, bis Ostern ist oder Weihnachten.«

Im Treppenhaus riecht es nach gebratenen Zwiebeln, was meinen Magen sofort zum Knurren bringt. Irina wirft mir einen amüsierten Blick zu. »Wir können uns gerne was kochen. Vielleicht hat meine Mutter sogar etwas im Ofen gelassen. Du kannst dein Fahrrad einfach im Flur abstellen.«

Sie holt den Schlüssel aus ihrem Parka und sprintet die Treppe hoch. Die Stufen knarren unter ihren Füßen.

Ich werfe noch einen entsetzten Blick auf die Tür der Nachbarin, die mit Schmetterlingsaufklebern verziert ist, dann folge ich ihr.

Die Wohnung ist relativ klein, wirkt aber auf den ersten Blick sehr gemütlich. Im Flur steht eine antike Kommode und darüber hängt ein großer Spiegel mit goldenem Rahmen. Irina wirft ihre Schlüssel in eine getöpferte Schüssel auf der Kommode und verschwindet in der Küche. »Du brauchst deine Schuhe nicht auszuziehen!«

»Zu spät.« Ich stelle mich in den Türrahmen und beobachte Irina dabei, wie sie den Kühlschrank aufreißt und den Inhalt skeptisch mustert. Dann öffnet sie den Ofen, holt eine Auflaufform raus und schnuppert am Inhalt. »Lasagne?«

Ich schüttele den Kopf, weil ich nicht gierig wirken will. »Vielleicht später.«

»Mein Zimmer ist das mit der geschlossenen Tür. Kannst gerne schon rein, ich mache uns bloß einen Tee.«

Ich öffne die Tür und trete in das Zimmer. Dicke grüne Vorhänge hängen vor dem Fenster und lassen nur wenig Tageslicht rein. Unter dem Fenster steht das ungemachte Bett, daneben ein Nachttisch, auf dem sich Bücher stapeln, und ein Aschenbecher mit ein paar Kippen drin. Der massive hölzerne Kleiderschrank ist mit Fotos vollgeklebt. Ich trete einen Schritt näher und betrachte die Bilder. Auf den meisten ist Irina drauf. Einmal mit Sonnenbrille am See, einmal mit einem Hund, der ihr über die Wange schleckt, während sie mit weit aufgerissenem Mund in die Kamera lacht. Daneben ein altes Schwarz-Weiß-Bild von einem Mann neben einem alten Motorrad und darunter eine zerfledderte Postkarte mit Kurt Cobain. Mein Herz schlägt plötzlich schneller, als ich ein Foto entdecke, auf dem Irina zusammen mit Enzo und einem anderen, ziemlich gut aussehenden dunkelhaarigen Typen in einem Kornfeld liegt.

»Jetzt wunderst du dich wahrscheinlich.« Irina steht mit zwei dampfenden Tassen im Zimmer und reicht mir eine.

Ich sage erst mal nichts, aber ich wundere mich tatsächlich. Ich dachte, die beiden könnten sich nicht leiden, doch auf dem Foto sehen sie so vertraut aus. Ich vermute sofort irgendwelche dunklen Geheimnisse und frage mich, was es mit den dreien auf sich hat.

Irina stellt ihre Tasse auf dem Schreibtisch ab und zündet ein Räucherstäbchen an. Sie wedelt damit durch den Raum, bevor sie es in die Erde eines Blumentopfs steckt. Dann zieht sie ihren Parka aus und wirft ihn aufs Bett. Ein Topträger rutscht ihr von der gebräunten Schulter, aber sie macht sich nicht die Mühe, ihn hochzuziehen. Wann sie Zeit hatte, so braun zu werden, ist mir echt ein Rätsel, ich sehe Irina immer nur in ihrem Parka.

»Der Typ auf dem Foto ist Johnny. Mein Freund, also

mein Exfreund.« Irina setzt sich im Schneidersitz auf den Boden und klopft mit der Hand neben sich.

Ich stelle meine Tasse auf dem Teppich ab und setze mich ihr gegenüber. »Es geht mich ja eigentlich nichts an …«

»Doch«, unterbricht sie mich. »Johnny war Enzos bester Freund. Wir haben öfter mal was zu dritt gemacht, aber als Johnny und ich dann zusammenkamen, fühlte sich Enzo ausgeschlossen oder so. Er hatte dauernd miese Laune, und da hatte ich keinen Bock drauf, also haben wir ihn nicht mehr zu unseren Treffen eingeladen. Ich glaube, er denkt, ich hätte ihm Johnny weggenommen.«

»Und? Hast du?«

»Quatsch! Johnny konnte ja wohl selbst seine Entscheidung treffen. Okay, ich gebe zu, es war ein bisschen unfair, schließlich konnte er mit mir Sex haben.« Sie fährt sich mit der Hand durch die Locken und grinst.

Dass Irina schon Sex hatte, wundert mich gar nicht. Was mich verlegen macht, ist, dass ich noch keinen hatte, und ich fürchte, dass sie gleich danach fragen könnte. »Und jetzt ist Enzo sauer auf dich?«, versuche ich abzulenken.

Sie zuckt mit den Schultern. »Wir haben uns echt mal gut verstanden. Enzo ist ein cooler Typ. Ich habe ihn immer als meinen eigentlichen Bruder betrachtet, weil meiner doch so ein Idiot ist. Aber es ist immer blöd, wenn man zu dritt ist. Irgendeiner fühlt sich immer fehl am Platz.«

»Also habt ihr ihn abgeschossen?«

Irina verzieht den Mund. »Wir waren einfach total verknallt und wollten das genießen.«

»Und wo ist Johnny jetzt?« Ich kann mich nicht erinnern, diesen Typen in der Schule gesehen zu haben.

»Bei seinem Vater in Holland. Er hat sich ein Austauschjahr dort organisiert und was von Selbstfindung gequatscht. Neue Leute, neue Umgebung, Inspiration und so Zeug. Als wir zusammenkamen, hatte ich nicht geahnt, dass er so esoterisch drauf ist.«

»Und er ist einfach gegangen, obwohl ihr zusammen wart?« Ich nehme meine Tasse zwischen beide Hände und nippe daran.

Sie blickt nachdenklich zu dem Foto. »Seine Eltern hatten sich im Jahr davor scheiden lassen und sein Vater ist nach Holland zurückgezogen. Ich glaube, er hat seinen Vater echt vermisst. Das war ihm wahrscheinlich wichtiger.«

»Und ihr habt Schluss gemacht?« Jetzt bin ich doch ganz schön neugierig.

Irina zuckt die Achseln. »Na ja, nicht richtig. Wir haben gesagt, dass eine Fernbeziehung nichts bringt. Ich habe ihn zum Busbahnhof begleitet und wir haben uns zum Abschied geküsst. Er konnte nicht sagen, wann er wiederkommt, nach dem Austauschjahr oder vielleicht auch erst später. Ich wollte ihm da nicht im Weg stehen, weißt du.« Sie sieht mich mit feuchten Augen an. Wenn sie jetzt anfängt zu weinen, werde ich mir Vorwürfe machen, warum ich überhaupt angefangen habe nachzuhaken. Aber Irina zieht nur einmal die Nase hoch, reibt sich schnell über die Augen und trinkt einen Schluck aus ihrer Tasse. »Am Anfang haben wir uns noch gemailt, aber das war komisch, so distanziert. Wir haben ja nie viel geredet, eher viel rumgeknutscht und rumgemacht, im Kornfeld gelegen und in den Himmel geschaut. Seine E-Mails klangen wie so Kinderpostkarten. *Hier ist es schön. Das Wetter könnte besser sein. Mein Vater hat mir den Vondelpark gezeigt.* Keine Ahnung, mich hat das echt wütend gemacht. Irgendwann hab ich ihm geantwortet, ob er denn zwölf wäre und nichts Besseres zu schreiben hätte. Das hat er mir übel genommen und immer seltener geschrieben, später gar nicht mehr.« Irina stellt ihre Tasse auf den Teppich und atmet schwer aus. »Aber jetzt genug davon! Deswegen sind wir ja nicht hier.«

Sie springt auf und schaltet ihr Notebook ein, hebt ein paar Sachen vom Boden auf und wirft sie schwungvoll in den Kleiderschrank, dann zieht sie den Vorhang ein Stück zur Seite und öffnet das Fenster. Das Zimmer wird sofort von Vogelgezwitscher und dem sanften Rauschen der Blätter in den Bäumen erfüllt.

»Pass auf, ich habe hier genau das Richtige gegen dein Heimweh nach der großen Stadt.«

Sie geht ins Internet, und ich beuge mich über

ihre Schulter, um besser sehen zu können. Sie tippt www.youarelistening.to bei Google ein und öffnet dann eine Seite, wo auf der rechten Seite amerikanische Großstädte aufgelistet sind.

»Was hättest du gerne? Boston? Chicago? New York?«

»Los Angeles«, sage ich, ohne zu wissen, worum es eigentlich geht.

»Gute Wahl.« Sie klickt Los Angeles an und auf der linken Seite öffnet ein Player. Aus den Lautsprechern kommt sphärische Musik gemixt mit dem Polizeifunk der jeweiligen Stadt.

»Cool, oder?«, sagt sie und macht lauter. »Am besten, du schließt die Augen und träumst dich weg.«

Irina nimmt noch einen Schluck von ihrem Tee, holt zwei Kissen vom Bett, legt die Kissen und sich selbst dann auf den Teppich und streckt die Hand nach mir aus. Ich lege mich zu ihr, bette meinen Kopf in das weiche Kissen und schließe die Augen. Diese Entspannungsmusik und die unterschiedlichen Stimmen aus dem Polizeifunk lullen mich sofort ein. In Gedanken sehe ich nächtliche Straßen, schwach beleuchtet von vereinzelten Laternen, weiße und rote Rücklichter von glänzenden Autos, die über den Asphalt flitzen, Palmen, die sich im Wind biegen. Ich sehe den Ozean, die großen Wellen schlagen lautlos auf dem Strand auf, und die Reklameschilder an den Bars blinken in wechselnden Farben. Ich sehe eine Gruppe Jungs, die sich im

Schatten eines Motels rumdrücken und Zigaretten rauchen. Eine Frau mit einem silbrig glitzerndem Federschal läuft vorbei, ich höre das Klackern ihrer hohen Absätze. Einer von den Jungs pfeift. Ich folge der Frau in einen Imbiss, auf einen Barhocker. Der Koch wirft eine Handvoll Gemüse in den Wok und sofort zischt und dampft es. Besteck klappert. Vor dem Imbiss steht ein Polizeiwagen. Der Polizist hat das Fenster weit geöffnet und seine Füße auf dem Armaturenbrett abgelegt. Er holt aus einer braunen Papiertüte einen Bagel und beißt genüsslich rein. Ich setze mich zu ihm auf die Rückbank. Wir fahren los. Durch die Scheibe schaue ich nach oben, zu den Hochhäusern, zu den erleuchteten Fenstern, wo Menschen rausschauen und etwas auf die Straße rufen …

»Wow« flüstere ich und fühle, wie Irina nach meiner Hand greift. Wir verschränken unsere Finger ineinander. Ihre Hand ist zart und warm, ein klein wenig feucht, und ihr Daumen streichelt vorsichtig meinen. Meine Atmung wird immer langsamer, ich spüre, wie mein Brustkorb sich hebt und senkt und wie ich immer mehr abdrifte ins nächtliche Los Angeles, sodass ich nicht mehr unterscheiden kann, ob ich noch wach bin oder schon träume.

»Hey Laura.« Irinas leise Worte wecken mich. Ich schlage langsam die Augen auf, drehe meinen Kopf zur Seite und sehe in ihr lächelndes Gesicht. Da ist ein kleiner dunkelbrauner Leberfleck über ihrem Mund, den ich vorher nicht gesehen habe.

»Habe ich geschlafen?«

»Ich glaube schon. Du hast ganz rote Wangen.« Sie fasst mir mit der Hand an die Stirn und schüttelt dann leicht den Kopf. »Kein Fieber.«

Ich richte mich langsam auf, greife nach der Tasse und trinke den kalten Tee in einem Zug aus. »Das war toll«, sage ich und zeige auf den Rechner.

»Oder? Und jetzt kannst du immer, wenn du traurig bist wegen deiner Großstadt, die Seite anklicken und dich wegbeamen.«

»Das werde ich bestimmt.« Gleich wenn das Internet in unserem Haus angeschlossen wird.

»Wollen wir noch was machen? Meine Mutter kommt bald, da möchte ich lieber nicht zu Hause sein.«

Irina wirft die Kissen zurück auf ihr Bett, zieht ihren Parka über und sammelt die leeren Tassen ein. Sie macht ein ganz schönes Geheimnis um ihre Mutter, aber ich will nicht noch einmal danach fragen. Eigentlich weiß ich kaum was von Irina und trotzdem fühle ich mich in ihrer Gegenwart unheimlich wohl.

Als Irina in die Küche verschwindet, sehe ich mir die Bücher an, die auf ihrem Nachttisch liegen. Rimbaud, Dostojewski, Kafka. Ziemlich düster das Ganze. Ich setze mich auf ihr Bett und streiche mit der flachen Hand über das Laken. Dann greife ich mir einen Zipfel der Bettdecke und schnuppere daran. Es riecht nach

Räucherstäbchen. Auf einem kleinen Regal neben dem Bett stehen mehrere Fläschchen mit Nagellack in Rot und Schwarz und Dunkelblau. Daneben ein Flakon mit *ck-One*-Parfum.

»Wollen wir los?« Irina steht in der Tür. Sie hat ihre Haare hochgebunden und frischen Lippenstift aufgelegt.

Im Flur schlüpfe ich in meine Schuhe und wir poltern die Stufen im Treppenhaus runter. Die Frau mit dem Dekofimmel streckt ihren Kopf durch die Schmetterlingstür. »Das Fahrrad steht da im Weg«, brummt sie und knallt die Tür zu.

Irina tippt sich mit dem Zeigefinger gegen die Schläfe und ich schiebe das Rad vor die Haustür.

»Lass es doch hier stehen, wir holen es auf dem Rückweg ab.« Sie stemmt ihre Hände in die Hüften und schaut in alle vier Himmelsrichtungen. »Wo wollen wir hin?«

»Keine Ahnung. Ich weiß nicht, was man hier macht. Wo sind die anderen Menschen eigentlich? Ich sehe hier nie jemanden. Was machen die aus unserer Klasse zum Beispiel?«

»Ehrlich? Das willst du wissen?«

»Na ja, warum nicht?«

»Wirst schon sehen, aber okay, ich zeig's dir.«

Sie lotst mich durch die engen Straßen. Wir kommen an einem kleinen Park vorbei, den wir in dreißig Sekunden durchquert haben und in dem immerhin zwei alte Herren auf einer Bank sitzen. Irgendwo ist auch Kindergelächter zu hören und hin und wieder das Brummen eines Automotors. Wir steigen über eine bröckelige niedrige Steinmauer und laufen im Gras einen Hügel hoch. Oben angekommen, setzt sich Irina auf den Rasen, steckt sich eine Zigarette an und deutet nach rechts auf einen Netto-Parkplatz. Ich halte mir die Hand vor die Augen, um die Sonne abzuschirmen, und entdecke am Rand des Parkplatzes eine Gruppe Jugendlicher. Beim genauen Hinsehen erkenne ich tatsächlich ein paar aus unserer Klasse: meine Sitznachbarin Melanie, Katja und Vanessa und noch drei Mädchen aus der Klasse über uns, außerdem ein Haufen Jungs, die über ein Mofa gebeugt rumstehen.

»Was machen die da?« Ich lasse mich neben Irina nieder, reiße einen Grashalm aus dem Boden und stecke ihn mir in den Mund.

»Die Jungs, die gehen ihren Hobbys nach. Tag für Tag. Auf dem Netto-Parkplatz rumhängen, schlechte Musik auf dem Handy hören und am Mofa rumschrauben.«

»Und die Mädchen?«

»Die gucken den Typen beim Schrauben zu und kichern, wenn es warm genug ist und die Jungs blankziehen und ihre wundervollen Oberkörper präsentieren.«

»Quatsch!«

»Guck doch!«

»Aber das sind doch keine Hobbys!«

Irina schüttelt den Kopf. »Mann, du bist aber schon ganz schön naiv.«

»Das ist doch voll das Klischee!«

»Genau! Die Dorf-Kids haben sich einen Film über Dorf-Kids angesehen, und jetzt machen sie nach, was sie gesehen haben.«

»Das ist deprimierend.« Ich spucke erschüttert den Grashalm aus.

»Du wolltest es ja unbedingt sehen.«

»Du hast gestern gesagt, du wärst auch mal auf deren Seite gewesen.« Ich kann mir Irina gar nicht dort unten vorstellen.

»Du vergisst wohl nichts?« Ich zucke bloß mit den Schultern und Irina seufzt. Als sie dann eine Weile nichts sagt, glaube ich schon, das Thema sei vom Tisch, aber dann holt sie eine weitere Zigarette aus ihrer Tasche, zündet sie an und pustet filmstarmäßig den Rauch aus. »Also gut. Aber wahrscheinlich wirst du mich nicht mehr leiden können, wenn ich dir erzähle, dass ich auch mal da mit denen rumgehangen bin.«

»Da unten?«

»Es war, weil... Ich wusste einfach nicht... Es ist wirklich manchmal stinklangweilig hier.« Es ist das erste Mal, dass ich bei Irina so was wie Verlegenheit sehe.

»Und dann?«, bohre ich weiter. So viele Geständnisse an einem einzigen Tag, ich muss echt aufpassen, den Überblick zu behalten.

»Und dann? Keine Ahnung, ich bin mit denen rumgehangen, habe aber ständig gepöbelt. Ich konnte einfach nicht anders, immer wenn die was Dämliches gesagt haben, musste ich dagegenhalten. Und das war echt oft, ich weiß nicht, ob du dir vorstellen kannst, wie viel Scheiße die so am Tag verzapfen.«

»Zum Beispiel?«

»Alles Mögliche ... Ich meine, die reden dann lieber über den Hintern von Kim Kardashian oder irgendeinen anderen Schrott, den sie bei Facebook gefunden haben, oder warum Schwule keine Kinder adoptieren sollen, oder regen sich über Flüchtlingsheime auf, überhaupt über Ausländer und so. Eigentlich hätte ich einfach wegbleiben können, aber irgendwie wollte ich sie auch provozieren, ihnen meine Meinung sagen, und irgendwann wurde aus dem netten *Meint ihr nicht, dass das eine ziemlich einfache Weltsicht ist* eben Pöbelei. Ich fing an, mich anders anzuziehen, Sex-Pistols-T-Shirts und so, und die Jungs fragten, ob ich jetzt eine Scheiß-Zecke wäre. Und da fragte ich, ob die eigentlich auf den Kopf gefallen wären, oder ob deren Dummheit ein reines Inzest-Problem ist. Und da sind die voll ausgetickt. Der eine, Patrick heißt er, wollte echt auf mich losgehen, aber da sind die Mädchen dazwischengegangen. Allerdings hat mich Melanie zur Seite gezerrt und gesagt, ich solle hier verschwinden und mich nicht mehr blicken lassen.«

»Das ist heftig.« Ich schicke einen bösen Blick zu der Gruppe da unten, was natürlich völlig albern ist.

»Na ja, ist schon okay. Ich hab dort sowieso viel zu viel Zeit verschwendet. Dann habe ich ja auch Johnny und Enzo kennengelernt. Bloß, als das dann auch noch in die Hose ging …«

»Das tut mir echt leid.« Ich überlege, ob ich Irina in den Arm nehmen sollte, aber da ich sie kaum kenne, weiß ich nicht, ob es angebracht ist.

»Und deshalb bin ich so froh, dass du jetzt hier aufgetaucht bist.« Sie sieht mich an und lächelt breit.

»Gern geschehen«, antworte ich, froh darüber, dass ich offenbar nicht bloß Irinas Anhängsel bin, jemand der Anschluss sucht, sondern dass sie in mir auch jemanden sieht, der ihr das Leben hier erträglicher macht.

Wir sitzen noch einen Moment schweigend auf dem Hügel und schauen den Mädchen dabei zu, wie sie den Jungs dabei zuschauen, wie die an ihren Mofas schrauben.

»Nee, das kann ich mir nicht länger angucken«, sage ich schließlich. Ich springe auf und ziehe Irina am Arm nach oben. »Komm, wir gehen woanders hin.«

»Was? Du willst verpassen, wenn Marcel seinen prächtigen Sixpack entblößt?«

Ich mache Würgegeräusche, und Irina lacht laut, während wir beide den Hügel runterrennen.

Wir laufen immer weiter in Richtung Felder, auf einen sandigen Weg, der in den Wald führt, und stolpern dort über Kiefernzapfen und Baumwurzeln, bis wir schließlich ganz außer Atem an einem breiten Bach zum Stehen kommen. Das Wasser ist so klar, dass ich jeden einzelnen Kiesel auf dem Grund erkennen kann. Ich streife sofort die Schuhe und Socken ab und steige kreischend hinein. Mit beiden Handflächen schöpfe ich kühles Wasser und schütte es mir ins Gesicht, bis mein T-Shirt ganz nass ist. Irina wirft ihren Parka ab, zieht sich das Top über den Kopf und folgt mir in einem schwarzen Spitze-BH und Jeansshorts in den Bach. Durch den feinen Stoff schimmert die helle Haut ihrer Brüste hindurch. Ich wende meinen Blick ab, weil ich aus irgendeinem Grund rot werde, und tue so, als würde ich den Grund nach interessanten Steinen absuchen.

»Es ist nicht so schlimm hier, wie es sich vorhin angehört hat«, sagt Irina und spritzt meine Beine mit Wasser voll. »Ich meine, immerhin haben wir jetzt uns.«

»Ja, das stimmt«, antworte ich, steige aus dem Wasser und setze mich ans Ufer. Die Landschaft hat etwas Märchenhaftes – der plätschernde Bach, der weiche, duftende Waldboden, die mit Moos bedeckten umgefallenen Bäume. Das hat es in der Stadt tatsächlich nicht gegeben, höchstens einen Park, der aber immer mit Menschen vollgestopft war, die nach einem Flecken Natur suchten. Ich muss zugeben, dass es mir hier gefällt, und auch gestern die weiten Weizenfelder, auf denen ich mit Enzo unterwegs war. Ob er wohl gerade wieder im Baumarkt arbeitet?

»Woran denkst du?« Irina geht in die Hocke und benetzt ihre Arme mit Wasser.

»Ach, nichts.«

Irina sieht mich skeptisch an, dann winkt sie ab. »Na ja, bleib ruhig geheimnisvoll. Ich mag das.«

»Du bist doch die Geheimnisvolle!«, erwidere ich.

»Bitte? Ich habe dir doch heute meine ganzen Geheimnisse verraten«, protestiert sie.

»Ach ja? Und was ist mit deiner Mutter zum Beispiel?«, rutscht es mir heraus.

Doch sie scheint es mir nicht übel zu nehmen. »Eins nach dem anderen«, grinst sie, richtet sich auf und fängt an, ihren Körper zu bewegen, erst die Arme, dann die Hüften, schließlich die Beine. Sie wirft ihren Kopf zurück und genießt ihren Tanz. Ich glaube, sie weiß ganz genau, dass sie schön ist, mit ihrer gebräunten, glänzende Haut, ihrer weiblichen Figur und diesen Wahnsinnshaaren!

Als sie zu mir rüberschaut, lächle ich ihr zu und versuche, ihrem Blick nicht auszuweichen.

»Willst du nicht wieder reinkommen?« Sie streckt die Arme nach mir aus.

Ich schüttele den Kopf, während mein Herz anfängt ganz schnell zu pochen. Also kommt Irina mit langsamen Schritten auf mich zu, geht vor mir in die Hocke, und ich weiß echt nicht, was mit mir los ist, aber mein Blick streift wieder ihre Brüste.

»Was hältst du davon, wenn wir einen Pakt schließen?«, fragt sie und fummelt nun ausgerechnet an ihrem BH-Träger rum.

Ich rücke ein Stück zur Seite und entknote konzentriert die Schnürsenkel meiner Chucks, weil ich den Eindruck habe, schon wieder rot zu werden, und nicht will, dass Irina das sieht. »Meinst du, so etwas wie Blutsschwestern?«

»Ja!«, antwortet sie. »Nur vielleicht etwas origineller. Ich lass mir was einfallen, okay?«

»Okay«, murmele ich mit einem seltsamen Kribbeln im Magen. Was ist bloß mit mir los? Ich bin doch sonst nicht verklemmt.

Seit diesem Nachmittag verbringen wir fast jeden Tag zusammen.

Meine Eltern beschweren sich schon, dass sie mich nicht mehr zu Gesicht bekommen, aber ich glaube, sie sind auch froh, dass ich nicht deprimiert in der Hängematte liege und das Leben an mir vorbeiziehen lasse.

Enzo ist seit ein paar Tagen nicht in der Schule.

»Weißt du vielleicht, was mit Enzo los ist?«, frage ich Melanie in der Deutschstunde.

Sie schüttelt den Kopf. »Nee. Aber ich kann mich erkundigen, wenn du willst.«

»Ach, ist schon gut«, winke ich ab. »Ich dachte nur, vielleicht weißt du was.«

»Nee, aber sag mal, willst du heute Nachmittag mit uns rumhängen?«

»Rumhängen?« Sofort schießt mir der Netto-Parkplatz durch den Kopf.

»Quatschen, Musik hören, so was halt.«

»Oh ja, ich würde schon, aber …« Ich könnte mich dafür ohrfeigen, dass ich nicht einfach absagen kann, sondern hier so rumdruckse.

»Aber?« Melanie lässt nicht locker.

»Irina und ich, wir sind schon verabredet.«

In diesem Moment dreht sich Irina zu uns um, weil sie wahrscheinlich ihren Namen gehört hat, und guckt fragend.

»Was gibt es denn da zu quasseln?« Frau Kloppig sieht von ihrem Buch auf und dann zwischen uns dreien hin und her. Keine sagt ein Wort. Irina dreht sich wieder zurück und Melanie und ich machen uns wieder an unsere schriftliche Aufgabe.

»Dann vielleicht ein anderes Mal«, flüstert Melanie mit konzentriertem Blick auf ihr Arbeitsblatt.

»Ja«, flüstere ich zurück und suche schon jetzt nach einer Ausrede fürs nächste Mal. Ich finde Melanie eigentlich nett, aber mit dieser Clique drum herum will ich nicht unbedingt was zu tun haben. Schon gar nicht nach allem, was Irina mir erzählt hat.

Nach der Schule sitze ich wieder in Irinas Zimmer auf dem Teppich und wir hören Schallplatten von The Cure und The Clash.

»Die hat mein Vater dagelassen«, erklärt sie mir und setzt die Nadel vorsichtig auf die Platte.

Ich nehme die Plattenhülle in die Hand und betrachte fasziniert die Vogelnestfrisur des Cure-Sängers. »Wann ist er weggegangen?«, frage ich, obwohl ich mittlerweile das Gefühl habe, dass das mit Irina und ihrer Familie eine heikle Sache ist. Aber wenn wir zwei einen Pakt schließen wollen, wenn wir einander vertrauen wollen, dann sollten wir über solche Sachen reden können.

»Ist schon eine Weile her.« Sie überlegt. »An Weihnachten werden es fünf Jahre.«

»Er hat euch zu Weihnachten verlassen?«

»Nicht direkt an Weihnachten, ein paar Tage später. Mama hatte wieder ihre depressive Phase.«

Ich öffne schon den Mund, um die nächste Frage zu stellen, aber dann halte ich doch inne und warte geduldig, überzeugt dass Irina ganz von alleine weitererzählen wird.

»Ich denke, er hat es nicht ausgehalten mit meiner Mutter. Ich nehme ihm das nicht übel, und dann wieder doch. Verstehst du, was ich meine?« Sie sieht mir in die Augen, und als ich nicke, senkt sie den Blick wieder und fängt an, die Fussel vom Teppich zu zupfen. »Ich weiß nicht, ob Mama krank ist. Sie geht damit nicht zum Arzt, und falls doch, dann erzählt sie zumindest nichts davon. Es gibt Tage, da liegt sie nur auf dem Sofa rum und guckt in die Glotze, meldet sich auf der Arbeit krank und isst das Gefrierfach leer, und dann gibt es Tage, wo sie schon morgens in der Küche pfeift, ausgefallene Kuchen backt, sich schick macht und schminkt und all ihre Freundinnen von früher trifft. Die gehen dann tanzen und Männer aufreißen. Sie ist dann ziemlich laut und aufgedreht. Letzten Monat zum Beispiel, bei Netto an der Kasse, da hatte sie sich wegen irgendetwas total aufgeregt, ich glaube, weil die Kassiererin so unfreundlich war, und dann bekommt sie immer so eine kreischende Stimme. Und da waren diese zwei Frauen hinter uns in der Schlange, und die eine meinte zu der anderen: ›Kein Wunder, dass er die verlassen hat.‹ Und ich bin ja normalerweise nicht auf den Mund gefallen, das weißt du. Am liebsten hätte ich mich zu denen umgedreht und ihnen irgendeinen Ausdruck an den Kopf geworfen, aber dann habe ich einfach so getan, als hätte ich nichts gehört, in der Hoffnung, dass Mama auch nichts gehört hat.«

»Und was machst du, wenn deine Mutter ihre depressive Phase hat?« Ich zupfe auch ein paar Fussel vom Teppich und lege sie zu Irinas Sammlung dazu.

»Was soll ich schon machen? Ich gehe einkaufen und sorge dafür, dass das Gefrierfach voll ist. Ich mache nachts den Fernseher aus und decke sie auf dem Sofa zu, und ansonsten schaue ich, dass ich möglichst wenig zu Hause bin. Wobei, wenn sie so auf dem Sofa rumliegt, ist es nicht das Schlimmste. Die andere Phase ist schlimmer, da ist sie viel unberechenbarer, und ich kann nie voraussehen, was sie als Nächstes macht.« Sie seufzt. »Aber lass uns jetzt nicht die ganze Zeit über meine Mutter reden. Und du brauchst bestimmt auch kein Mitleid mit mir haben, das kann ich nämlich nicht ausstehen.«

»Ich habe kein Mitleid«, versichere ich ihr, aber zur Hälfte ist das gelogen. Ich finde das, was sie erzählt, ziemlich beklemmend und kann mir gar nicht vorstellen, wie sich das anfühlt, wenn man als Kind auf seine Mutter aufpassen muss.

»Na, dann ist ja gut, du sahst nämlich gerade ziemlich nach Mitleid aus.« Irina nimmt den Haufen Fussel zwischen ihre Hände und fängt an, eine Kugel daraus zu formen.

»Wie denn?«

»Na so!« Irina zieht eine mitleidige Grimasse.

»So scheiße kann ich gar nicht aussehen«, grinse ich, greife noch mal nach dem Cure-Album und halte mir das Cover neben das Gesicht. »Meinst du, so eine Frisur würde mir stehen?«

Sie fängt an zu lachen. »Ganz bestimmt. Ich finde, wir sollten das gleich ausprobieren.«

Sie springt auf, zieht eine Kiste mit Kosmetikutensilien aus dem Regal und breitet die Sachen auf dem Teppich aus.

»Das war ein Scherz!«

»Ich weiß, aber lass uns mal das Zeug hier durchprobieren.« Sie reicht mir einen Eyeliner.

»Ich weiß gar nicht, wie man das macht.«

»Ich zeig es dir.«

Wir knien uns zusammen vor ihren großen Schrankspiegel, und Irina malt mit ruhiger Hand ein paar feine Striche auf meine Augenlider, direkt über den Wimpern. Ich betrachte mit einem offenen Auge ihre vor Konzentration gekräuselten Lippen und muss kichern.

»Jetzt halt still«, ermahnt sie mich und holt ein Etui mit Lidschatten aus der Kiste.

Nachdem ich mich daran gewöhnt habe, dass sie an meinem Gesicht rumfummelt, finde ich es sogar ganz schön. Irinas Finger, die vorsichtig über meine Haut tupfen, ihr warmer Atem, der meine Wangen streift, und ihr professioneller Blick, der mein Gesicht interessiert mustert.

»Ich habe wirklich kein Mitleid mit dir«, versichere ich ihr noch einmal, diesmal flüsternd, und diesmal meine ich es auch ernst.

Als ich mich eine Stunde später an der Haustür von ihr verabschiede, berührt sie meine Wange und verwischt noch ein bisschen von dem Rouge dort. »Vielleicht werde ich mal Kosmetikerin«, überlegt sie. »Gut siehst du aus.«

»Danke.«

Wir umarmen uns zum Abschied etwas länger als eine gewöhnliche Abschiedsumarmung dauert, wie um zu bekräftigen, dass wir uns heute ein ziemliches Stück näher gekommen sind.

Beflügelt schwinge ich mich auf mein Rad und fahre vor mich hin pfeifend nach Hause, doch auf halber

Strecke überlege ich es mir anders, drehe um und mache mich auf den Weg zum Baumarkt, um zu sehen, ob Enzo dort ist.

Keine Ahnung, warum es mich so sehr enttäuscht, ihn dort nicht anzutreffen. Wenn er krank ist, dann wird er vermutlich auch nicht arbeiten. Trotzdem gebe ich mich noch nicht ganz geschlagen und fahre vom Baumarkt direkt zur Pizzeria *Romantica*. Ich stelle mein Rad an der Laterne ab und trete in das Restaurant, in dem um diese Uhrzeit fast alle Tische besetzt sind. Eigentlich will ich mich nur schnell und unauffällig umsehen, aber Onkel Lorenzo steht hinter dem Tresen und hat mich schon entdeckt.

»Aaaah, Enzos Freundin!«, ruft er quer durch den Raum. Das hat mit Sicherheit jeder gehört. Ein paar Gäste blicken auch direkt zu mir, und ich lächle verlegen und eile zum Tresen, damit Onkel Lorenzo nicht noch mehr Peinlichkciten durch die Gegend brüllt.

»Hallo«, flüstere ich in der Hoffnung, er möge seine Lautstärke an meine anpassen.

»Buonasera«, ruft er unverändert laut aus.

Ich beuge mich über den Tresen und flüstere immer noch. »Ist Enzo hier?«

Lorenzo schüttelt den Kopf. »Seid ihr verabredet? Hat er dich versetzt?«

»Nein, nein«, beruhige ich ihn. »Ich dachte bloß, er wäre vielleicht hier.«

Lorenzo schwingt mit einer Hand die Tür zur Küche

auf und steckt seinen Kopf rein. »Maria! Hast du Enzo gesehen?«

Oh Gott, was habe ich mir bloß dabei gedacht, hierherzukommen?

»Ist er nicht krank? Ich dachte, er wäre krank?«, kommt es aus der Küche.

Lorenzo kommt zurück und greift nach dem Telefon. »Maria sagt, Enzo ist krank. Ich rufe mal bei Antonio an.«

»Nein, nein, bitte nicht.« Ich lege meine Hände zusammen, wie zu einem Gebet, und es fällt mir nichts anderes ein, als zu lügen. »Ich fahre da selber vorbei.«

»Weißt du die Adresse?«

»Klar«, winke ich ab und sehe ihm dabei nicht in die Augen.

»Na, dann ist ja gut.« Er legt das Telefon wieder zur Seite und greift stattdessen nach einer Tasse. »Willst du vorher noch einen Cappuccino?«

»Vielen Dank, aber ich fahre besser gleich.« Es ist zwar ziemlich unhöflich, abzulehnen, aber ich habe Angst, mich in Lügen zu verstricken, also winke ich schnell und trete den Rückzug an.

Draußen atme ich erleichtert aus. Ich überlege kurz, wirklich bei Enzo vorbeizufahren – wenn er krank ist, würde ihn ein Besuch bestimmt freuen, aber dann entdecke ich in der Fensterscheibe der Pizzeria mein Spiegelbild. Irina hat beim Schminken etwas übertrieben. Ich erkenne mich selbst kaum wieder, und was wird

Enzo dann erst denken? Also mache ich mich lieber, wie ursprünglich geplant, auf den Weg nach Hause.

Die nächsten Tage ist Enzo immer noch nicht in der Schule. Ich verbringe die Unterrichtsstunden damit, ihm einen Brief zu schreiben, fange ein paarmal an, aber es klingt alles ziemlich schnulzig, und ich weiß, wenn so ein Brief erst mal abgeschickt ist, gibt es kein Zurück mehr, also knülle ich die Zettel zusammen und werfe sie in meinen Rucksack.

»Was machst du da?«, fragt Melanie mit zusammengezogenen Augenbrauen, und ihre Glöckchen-Ohrringe klimpern leise.

»Ach nichts.«

»Nichts? Komisches Nichts. Für mich sieht das eher nach Liebesbrief aus.«

»Quatsch.« Ich schüttele heftig den Kopf. »Das ist bloß … ein Gedicht, für … so einen Wettbewerb.«

»Du schreibst Gedichte? Echt?« Ihr Gesichtsausdruck wirkt leicht angewidert.

»Na ja, manchmal.« Stimmt gar nicht, aber mir ist lieber, Melanie erzählt rum, ich würde Gedichte schreiben als Liebesbriefe.

Ich versuche, mir vorzustellen, wie Enzo meinen Brief liest, eingekuschelt in eine warme Decke, mit einem Schal gegen die Halsschmerzen und einer dampfenden Teetasse neben sich. Würde ihm ein Lächeln über die Lippen huschen? Würde er sich hinreißen lassen, am Papier zu riechen? Oh Gott, was für ein Kitsch! Natürlich werde ich ihm keinen Brief schicken, höchstens eine SMS. Später, oder morgen vielleicht.

Am Nachmittag bin ich wieder bei Irina, die irgendwann eine Wasserpfeife hinter ihrem Schreibtisch hervorzieht, ein Geschenk von Johnny, das er mal aus dem Urlaub mitgebracht hatte. Wir rauchen zusammen, bis uns schlecht wird. Der Duft vom Apfeltabak wabert durch das Zimmer, und ich lasse mich aufs Bett fallen. Alles dreht sich.

»Musst du kotzen?«

»Ja. Nein. Warte … nee, ich glaube nicht.«

Sie läuft trotzdem schnell aus dem Zimmer und kommt mit einem Eimer wieder, den sie vorsichtshalber neben das Bett stellt.

Dann liest sie mir Gedichte von Arthur Rimbaud vor, die ich nicht wirklich kapiere, ständig geht es um Teufel und Weihrauch und Feuerwalzen und dauernd um halb nackte Frauen.

»Und?«

»Und was?«

»Wie findest du den?«

»Ich weiß nicht.«

»Ich weiß nicht? Wie kann man bei Rimbaud *ich weiß nicht* sagen?«

»Mir ist schwindelig, ich konnte mich gar nicht richtig konzentrieren«, nöle ich.

»Ich mach dir einen Tee«, schlägt sie vor und springt schon wieder auf.

Ich greife nach ihrer Hand. »Nein, warte, lies mir einfach weiter vor, etwas anderes.«

Sie holt aus dem Regal ein Spiderman-Comic raus und legt sich zu mir ins Bett.

»Spiderman? Echt jetzt?«

»Hat mir Johnny dagelassen.«

»Oh.«

»Schon okay. Du musst jetzt nicht immer *oh* sagen, wenn es um Johnny geht. Ich bin drüber weg.«

»Wirklich?«

»Natürlich nicht. Aber *oh* sagen brauchst du trotzdem nicht.«

»Okay. Aber sag mal, war das wirklich bloß Apfeltabak, den wir da geraucht haben?«

Irina sieht amüsiert auf mich herab, dann streicht sie mir die Haare aus der Stirn. »Ich les dir jetzt mal was vor. Konzentrier dich einfach auf meine Stimme und mach die Augen zu.« Zur Sicherheit zieht sie den Eimer noch ein Stück näher zu mir ran.

Am nächsten Mittwoch schwänzen wir gemeinsam den Wandertag. Während unsere Klasse fünf Käffer weiter einen Freizeitpark besucht, sitzen wir im Bushäuschen an der Landstraße, an dem der Bus nur zweimal täglich hält, und machen eine Fotosession. Irina hat eine alte Polaroid-Kamera und Sachen zum Verkleiden mitgebracht: Hüte, Schmuck, Federn, einen Regenschirm, Stoffblumen – alles Requisiten aus der Zeit, als ihre Mutter noch Theater gespielt hat, erklärt sie. Ich lasse mich wieder von ihr schminken und bin völlig hin und weg, wie verrucht ich aussehen kann. Wir fotografieren uns abwechselnd in verschiedenen Posen, wedeln mit den Fotos durch die Luft und lachen wie bescheuert, sobald das Motiv erscheint. Ein paarmal winken wir Autofahrern zu, denen fast die Augen aus dem Kopf fallen, weil es das Letzte ist, was sie an diesem gottverlassenen Bushäuschen erwarten – oder womöglich, weil sie uns für Prostituierte halten.

»Wir benehmen uns echt kindisch«, stelle ich fest.

»Kann schon sein. Aber wäre das Leben nicht langweilig, wenn man sich nicht danebenbenehmen würde?«

Für das letzte Foto stellen wir uns nebeneinander, Gesicht an Gesicht, und Irina drückt auf den Auslöser. Dann lassen wir uns auf die Plastiksitze der Haltestelle fallen und essen Apfelkuchen mit Zuckerguss, den Irinas Mutter gebacken hat.

»Ich bin noch nie in meinem Leben an einer Bushaltestelle abgehangen.«

»Und? Was für ein Gefühl ist das?«, fragt Irina schmatzend, während sie sich mit dem Ärmel Krümel von den Lippen wischt.

»Ist gar nicht so übel, wie es sich anhört.«

Wir strecken unsere Gesichter in die Sonne, und Irina zieht ihr Kleid hoch und streckt die nackten

Beine aus, was dazu führt, dass gleich mehrere vorbeirauschende Autofahrer auf die Hupe drücken.

Manchmal sitzen wir auch an unserem Bach, werfen Steine ins Wasser, liegen im Moos und beobachten die Wolken am Himmel. Irina erzählt mir mehr von Johnny und warum sie ihn mochte. Weil sie mit ihm lauter verrückte Sachen machen konnte, und wegen seinen starken Oberarmen, mit denen er sie immer hochgehoben und über die Schulter geworfen hat, wegen seiner sexy, heiseren Stimme, die eigentlich von irgendwelchen Knötchen auf den Stimmbändern kam, und wegen seinen Träumereien von einem Hausboot, mit dem er durch die Welt fahren wollte.

»Was ist dir denn an einem Typen wichtig?«, fragt sie und greift nach meiner Hand. Dieses Händchenhalten ist schon ganz normal geworden.

»Hab noch nie darüber nachgedacht.«

»Waaas?« Sie zeigt mir einen Vogel. »Ich glaube dir kein Wort!«

»Wirklich nicht!« Stimmt natürlich nicht ganz, aber wenn ich über Typen nachdenke, dann ist das immer so ein vages Gefühl, eine Ahnung von etwas, das ich nur schwer in Worte fassen kann.

»Du bist echt schräg.«

»Du bist schräg.«

»Nee, du bist schräg.«

Und so geht das eine Weile weiter.

Ich höre auf über mein altes Zuhause zu reden, denn obwohl ich fast jeden zweiten Abend mit Marlene telefoniere, habe ich nicht den Eindruck, dass Irina etwas davon wissen will. Sie stellt zumindest kaum Fragen und scheint mir sowieso eher ein Mensch zu sein, der nur im Hier und Jetzt lebt.

Wenn ich doch einmal zu Hause bin, bearbeite ich meine Eltern wegen der Reise nach Italien. Sie sind nicht begeistert, lehnen es aber auch nicht sofort ab.

»Ich werde mit Marlenes Mutter telefonieren«, verspricht Mama, und ich nerve sie bei jedem Frühstück mit einem erwartungsvollen Blick. »Ich sag dir dann schon Bescheid!«, vertröstet sie mich.

Als Enzo nach über zwei Wochen wieder in die Schule kommt, fühle ich mich hin und her gerissen. Irina und ich haben mittlerweile unsere festen Rituale. In den Hofpausen hören wir Musik auf der Bank, im Unterricht wechseln wir verschwörerische Blicke und nach der Schule gehe ich meistens zu ihr. Ich habe das komische Gefühl, dass Enzo mir aus dem Weg geht, oder dass er es zumindest nicht darauf anlegt, den meinen zu kreuzen. Ich fühle mich schuldig und weiß nicht recht, weshalb. Ich kann mich doch nicht schon wieder mit einer CD entschuldigen, sonst tut er es noch als irgendeine Masche ab.

In der Schule ist nicht mehr viel los. Wir bringen ein

paar letzte Tests hinter uns, und die meiste Zeit verteilt Frau Kloppig irgendwelche Alibiaufgaben, z.B. Gedichte in eigenen Worten wiedergeben. »Ihr könntet ja so einen netten Rap-Song daraus machen.« Dafür erntet sie natürlich wildes Gelächter.

»Wie kann man eigentlich nur Lehrer werden?«, fragt Melanie in der letzten Freitagsstunde flüsternd, und ich zucke mit den Achseln. »Meinst du, man bekommt in der Ausbildung die abartigen Klamotten gleich mit dazu?«

»Du meinst diese piefige Lehreruniform?«

»Echt jetzt, ich kann mir nicht vorstellen, dass jemand sich solche Klamotten freiwillig kauft«, sagt sie, beugt sich zu ihrer Tasche runter und holt einen weißen Umschlag raus, den sie mir rüberschiebt.

»Was ist das?«, flüstere ich und lasse mich von ihren Marienkäferohrringen ablenken, die ihr das Ohr hochzukrabbeln scheinen.

»Mach doch auf«, fordert sie mich mit einem aufgeregten Lächeln auf und schielt zum Lehrerpult, ob wir nicht beobachtet werden.

Unter dem Tisch löse ich vorsichtig die Klebefläche und fange in dem Moment einen Blick von Irina auf. Sie zwinkert mir zu, dann legt sie den Kopf auf dem Tisch ab, gähnt und schließt die Augen. Ich hole eine Einladungskarte aus dem Umschlag. Vorne drauf sind ein paar Ballons und Luftschlangen in knalligen Neonfarben.

»Das soll lustig sein, also, nicht ernst gemeint, ironisch, verstehst du?«, erklärt Melanie und läuft dabei rot an.

»Ah, okay«, sage ich und drehe die Karte um. Es ist eine Einladung für morgen, Samstag, zu Melanies Party, die ab 20 Uhr im Partykeller ihrer Eltern steigt. Trinken ist da, Essen kann mitgebracht werden.

»Also Chips oder Kuchen oder so«, erläutert sie.

»Und du bist sicher, dass ich kommen soll?« Mein erstaunter Blick scheint sie zu irritieren.

»Wenn du nicht willst …« Sie verdreht die Augen.

»Doch, doch … ich …« Keine Ahnung, ob ich auf Melanies Party will. Ich weiß nicht einmal, was ich mir darunter vorstellen soll. Werden die Jungs dort auch an ihren Mofas schrauben und die Mädchen ihnen dabei über die Schulter sehen? Oder gibt es ein großes Besäufnis, peinliche Wahrheit-oder-Pflicht-Spielchen und Rumgeknutsche in den Ecken?

»Du kannst auch jemanden mitbringen.«

»Ja, cool, ich überleg mal.«

»Melanie! Laura! Soll ich euch vielleicht auseinandersetzen?«

Wir sehen mit einem unschuldigen Blick zu Frau Kloppig und schütteln synchron die Köpfe.

»Will ich doch meinen. Wir sind schließlich nicht mehr in der Grundschule. Also Schluss jetzt!«

Wir senken die Köpfe und starren auf die Gedichtzeilen, die vor uns liegen. Eigentlich ist es echt nett von Melanie, mich einzuladen, überlege ich. Und ich möchte mich ja auch nicht das komplette nächste Jahr von allen aus meiner Klasse abkapseln, auch wenn sie auf dem Netto-Parkplatz abhängen.

»Danke für die Einladung. Ich komme gerne«, sage ich so leise, wie ich kann, und Melanie nickt.

Nach Unterrichtsende warte ich vor dem Schulgebäude auf Irina, die noch aufs Klo wollte. Ich drehe die Einladungskarte zwischen meinen Fingern und bin echt gespannt, was sie dazu sagen wird.

»Hey.« Enzo kommt gerade die Treppe runter.

»Hey.« Mit ihm habe ich jetzt am allerwenigsten gerechnet und ich suche verzweifelt nach einem Gesprächsthema.

»Mann, du warst aber lange krank.«

»Ja.« Er kratzt sich am Kopf und scheint irgendwie verlegen.

»Geht es dir jetzt besser?«

»Viel besser.«

Es entsteht eine längere unangenehme Pause.

»Ich … ähm, ich fahre nach Italien im Sommer. Also wahrscheinlich. Ist noch nicht ganz sicher. Aber in dein Heimatland sozusagen.«

»Ist nicht mein Heimatland, nur das von meinem Vater«, antwortet er etwas kühl.

»Ja, klar, ich weiß.« Ich schlage mir übertrieben mit der Hand vor die Stirn und wieder macht sich Schweigen breit.

»Ist aber ganz schön da, in Italien«, sagt Enzo schließlich. Dann deutet er mit dem Kopf auf die Einladung in meiner Hand. »Gehst du hin?«

»Ich weiß nicht.« Ich ziehe eine Grimasse. »Gehst du?«

»Wahrscheinlich. Oder auch nicht. Mal sehen«, antwortet er betont gleichgültig, doch als Irina durch die Tür stürmt, verdüstert sich seine Miene. Er wirft seinen Rucksack über die Schulter. »Hm. Ein Déjà-vu«, und macht sich dann, ohne ein Wort des Abschieds, auf den Weg. Ich seufze.

»Was war das denn?« Irina hakt sich bei mir unter.

»Keine Ahnung.« Ich schüttele traurig den Kopf. Kann doch nicht sein, dass wir immer wieder in dieselbe unangenehme Situation kommen.

»Zu mir?« Sie zupft mich am Shirt.

»Nein, heute nicht. Ich hab meinem Vater versprochen, dass ich mein Zimmer endlich fertig streiche, aber guck mal, was ich hier habe.« Ich reiche ihr die Karte.

Sie liest aufmerksam, dreht die Karte um, schüttelt den Kopf über die Ballons und Luftschlangen, liest dann noch einmal, erstaunlich lange, so als müsse sie sich erst mal sammeln.

»Ich soll jemanden mitbringen«, greife ich vor.

»Hat sie alle anderen eingeladen?«

»Ich weiß nicht, keine Ahnung, wärst du sauer deshalb?« Es ist das erste Mal, dass ich bei ihr so etwas wie Unsicherheit entdecke.

»Nein. Ach was. Ich werde nie zu deren Partys eingeladen seit der ganzen Geschichte damals, nur …« Sie sucht nach den richtigen Worten. »Dass sie dich einlädt, obwohl ihr nichts miteinander zu tun habt, mich aber nicht einlädt, obwohl sie weiß, wie viel wir zwei miteinander zu tun haben … das ist irgendwie schräg.«

»Ich soll ja jemanden mitbringen«, versuche ich noch einmal.

»Du willst dahin?« Irina beugt sich über mein Fahrrad und schließt mein Schloss auf. Sie kennt meine Nummernkombination, ohne dass ich sie ihr verraten hätte.

»Na ja, weiß nicht …«, sage ich, ohne ihr dabei in die Augen zu sehen. Irina wirkt traurig. Und wenn es wirklich so ist, dass sie als Einzige nicht eingeladen wurde, dann will ich ihr als Freundin nicht in den Rücken fallen.

Sie steigt auf mein Rad und überprüft die Luft in den Reifen. »Könntest du auch mal wieder aufpumpen.«

»Hm.« Offensichtlich will sie nicht länger über die Party reden.

Wir laufen ein Stück gemeinsam bis zur Kreuzung, wo sich unsere Wege trennen.

»Lass uns hingehen!«, platzt sie plötzlich heraus.

»Was, ehrlich?« Ihre Stimmungsschwankungen erstaunen mich immer wieder, obwohl ich es mittlerweile besser wissen sollte.

»Wir könnten uns echt einen großen Spaß daraus

machen.« Wir bleiben an der Ampel stehen. Irina ist ganz aufgeregt. »Ich klaue aus Mamas Barschrank einen schweineteuren Wein, und dann zeigen wir denen, wie man Party macht.«

Meine Augenbrauen schnellen nach oben. Ich bin nicht sicher, ob das ein guter Plan ist. Vielleicht ist es auch eine Falle von den anderen, vielleicht haben sie uns nur eingeladen, um sich über uns lustig zu machen. Als ich meine Bedenken äußere, winkt Irina ab.

»So ein Quatsch! Und selbst wenn, ich lasse mir schon was einfallen, dass denen die Kinnlade runterfällt.«

»Da bin ich sicher.« Unsicher bin ich nur, ob ich da wirklich dabei sein will.

»Komm schon«, drängt sie. »Was sollen wir morgen sonst machen?«

Na ja, was Besseres fällt mir tatsächlich nicht ein, und vielleicht wird es ja doch lustig. Meine Mutter würde sagen, dass jeder mindestens eine Chance verdient.

»Okay«, gebe ich mich geschlagen, und Irina hüpft einmal im Kreis. Dann umarmt sie mich zum Abschied und drückt mir einen ziemlich feuchten Kuss auf die Wange.

»Ich gehe morgen auf eine Party«, lasse ich meine Eltern wissen. Papa sitzt im Garten auf einem Plastikstuhl und sieht Mama dabei zu, wie sie einen Tisch mit Mosaiksteinchen beklebt. Sie ist die ganze Zeit am Machen.

Jedes Mal, wenn ich von der Schule heimkomme, hat sich irgendwas im oder am Haus verändert. Ich setze mich neben Papa ins Gras und streife meine Flipflops ab. Die Hühner gackern fröhlich vor sich hin und laufen in ihrem Gehege umher auf der Suche nach etwas zu essen.

»Was für eine Party?« Mama schaut zu mir rüber.

»Von Melanie, einer aus meiner Klasse. Bei ihr zu Hause.« Ich versuche, nicht zu viel Blickkontakt herzustellen, sonst wird Mama das mit dem Wein gleich spitzkriegen, so was kann sie echt gut.

»Na, das ist doch schön. Eine Party ist eine gute Gelegenheit, um das Eis zu brechen. Gehst du mit diesem Jungen hin, dem aus dem Baumarkt?«

Papa und sie wechseln einen kurzen Blick.

Ich schüttele den Kopf. »Mit Irina.«

Papa atmet erleichtert aus.

»Ich geh dann mal hoch, die Wände warten.« Ich rappele mich auf, bevor sie auf die Idee kommen, noch mehr Fragen zu stellen.

In meinem Zimmer ist es schön kühl. Ich greife lustlos zum Pinsel und bessere zwei Ecken aus, bevor ich Musik anmache und mich auf die Matratze schmeiße.

In Gedanken gehe ich meinen Kleiderschrank durch und probiere dann ein paar Outfitkombinationen an. Keine Ahnung, warum es mir so schrecklich wichtig ist, morgen besonders gut auszusehen. Während ich mich im Spiegel betrachte, fällt mir Enzo wieder ein und dass es komisch war vorhin – als wäre alles Vertraute, was wir an dem Abend in der Pizzeria hatten, einfach verschwunden.

Liegt das daran, dass er länger nicht in der Schule war? Oder liegt es an mir? An meiner Freundschaft zu Irina und der vielen Zeit, die ich mit ihr verbringe? Ich frage mich, ob Onkel Lorenzo ihm erzählt hat, dass ich nach ihm gesucht habe. Vielleicht hätte ich ihn wirklich besuchen sollen? Oder ihn zumindest mal anrufen? Aber jetzt ist es zu spät.

Wenn er morgen auf diese Party kommt, werde ich ihn mir schnappen und mit ihm reden, in einem ruhigen Moment, wo Irina nicht gleich jeden Moment reinplatzen und ihn in die Flucht schlagen kann.

6

Ich treffe mich mit Irina um 19 Uhr auf dem Hügel vor dem Netto, weil es von dort nicht weit ist zu Melanies Haus. Der Parkplatz ist so gut wie leer, weil hier abends kaum noch jemand einkaufen fährt, und es hängen auch keine Jungs mit ihren Mofas herum.

Irina hat wie versprochen einen Rotwein von ihrer Mutter geklaut. Sie fummelt umständlich mit dem Korkenzieher herum, der Korken zerbröselt und die Hälfte davon fällt in die Flasche rein.

»So ein Scheiß!« Sie hat sich richtig aufgebrezelt. Noch mehr Schminke als sonst, noch mehr Löcher in der schwarzen Seidenstrumpfhose, und um ihre Handgelenke klimpern Silberarmreife. Neben ihr komme ich mir mehr als unscheinbar vor, dabei habe ich schon meine besten Klamotten rausgekramt. Eine schwarze Skinny-Jeans, ein hellgraues Shirt mit dunkelgrauen Fransen an den Ärmeln und meine grünen Lederstiefel, die natürlich viel zu warm sind für diese Jahreszeit, aber einfach mal richtig gut aussehen. Ich habe mir von Mama eine alte Kette geliehen, die sie von ihrer Großmutter hat. Altgold mit einem durchsichtigen hellgrünen Stein als Anhänger, passend zu den Schuhen.

»Du siehst toll aus«, sagte Mama, als ich die Treppe runterkam. »Ach, ich hätte auch mal wieder Lust auf eine gute Party.«

»Im Vereinsheim gibt's sonntags Seniorentanztee«, zog ich sie auf und warf noch einen letzten Blick in den Spiegel.

»Dir geht's wohl zu gut!«, rief Papa in gespielter Empörung aus der Küche.

Ich war froh, dass zwischen uns dreien wieder alles in Ordnung war, und auch ein wenig erstaunt darüber, wie schnell ich mich an mein neues Leben gewöhnt hatte.

Irina nimmt ein paar Schlucke von dem Wein und spuckt jedes Mal ein Stück Korken ins Gras, dann reicht sie die Flasche an mich weiter. Noch zu Hause habe ich gedacht, ich würde den Wein nicht anrühren, weil ich Alkohol eigentlich gar nicht mag, aber gerade habe ich große Lust, mit Irina komplett über die Stränge zu schlagen. Es kann nicht schaden, sich ein bisschen Mut anzutrinken, wer weiß, was uns auf dieser Party erwartet.

Ich nehme drei große Schlucke – gar nicht so schlecht, der war wahrscheinlich wirklich teuer. Irina nickt zufrieden.

»Merkt deine Mutter nicht, wenn der Wein fehlt?«, frage ich, als ich ihr die Flasche zurückgebe.

»Und wenn schon, ich streite alles ab.«

»Das würde bei meinen Eltern nicht funktionieren.«

»Stellst du mich eigentlich mal deinen Eltern vor?«

Irina nimmt noch einen Schluck vom Wein und drückt ihn mir dann wieder in die Hand.

»Willst du denn?« Ich wäre nie im Leben auf die Idee gekommen, dass Irina Interesse an meinen Eltern hat.

»Ich bin gespannt, wie sie sind.«

»Du versteckst mich ja auch vor deiner Mutter.«

»Zu deinem eigenen Schutz!«

»Ach komm, so schlimm kann sie gar nicht sein. Wenn sie so schrecklich wäre, wärst du doch kaum so toll.« Der Wein lockert mir offensichtlich die Zunge.

»Du findest mich toll?«

»Das weißt du.«

»Ja?«

»Ja.« Ich lasse mich ins Gras fallen und verschütte dabei etwas Wein.

»Hey! Das ist unser Einziger! Pass bloß auf.«

Ich kneife meine Augen zusammen und starre in den klaren Abendhimmel. »Eigentlich echt cool. Seit ich hier bin, hat es nicht ein einziges Mal geregnet.«

»Siehst du, du machst Fortschritte! Du hast etwas Positives gesagt. Noch ein bisschen und du wirst hier nie wieder wegwollen.« Sie legt sich zu mir und grapscht nach der Flasche.

»Was ist mit dir? Willst du hier irgendwann weg?« Ich drehe mein Gesicht zu ihr und betrachte die Windungen ihrer Ohrmuschel. Irinas Ohren sind mir schon so vertraut, genau wie ihre leicht spitze Nase und diese vollen roten Lippen. Ohne darüber nachzudenken, berühre ich eine ihrer Locken und streiche sie ihr hinters Ohr.

»Ein Haus am Meer wäre schön. Oder Käse machen auf der Alm. Vielleicht mache ich auch ein Bestattungsunternehmen auf.« Irina rollt sich auf die Seite.

»Merkwürdige Wünsche hast du da.«

»Und du? Mach mal einen besseren Vorschlag!«

»Ich werde mit Marlene eine WG gründen, mit Kronleuchtern und sonst möglichst nichts drin, damit viel Platz zum Tanzen bleibt, morgens so mit der Cornflakesschüssel in der Hand … So was in der Art. Vielleicht magst du ja mit einziehen?«

»Nee …« Irina rümpft die Nase. »Diese Marlene und ich … das würde nicht gut gehen.«

»Woher willst du das denn wissen? Du kennst sie doch gar nicht!« Ich richte mich auf, hole mir die Flasche zurück und trinke gierig.

»Das, was du mir von ihr erzählt hast, reicht schon.«

»Ich habe dir gar nicht viel erzählt.«

»Na, das wird schon seinen Grund haben.«

»Du bist echt überheblich.« Ich schüttele den Kopf.

»Eben war ich noch toll.« Sie lacht.

»So schnell kann das gehen!« Beim Versuch, wieder auf die Beine zu kommen, strauchele ich kurz, was hoffentlich nicht so sehr am Wein liegt, sondern eher an den Absätzen meiner Stiefel. »Wollen wir jetzt auf diese Party?«

»Ich kann es kaum erwarten!« Irina springt auf und zupft ihre Strumpfhose zurecht, streicht ihren Rock glatt und tut überhaupt ganz vornehm, was mich zum Lachen bringt. »Du bist betrunken!«

»Blödsinn!« Aus Trotz nehme ich noch einen großen Schluck.

Wir laufen im Slalom den Berg runter. Irina hat ihre Arme ausgebreitet und brummt laut. Eben noch feine Dame und jetzt imitiert sie ein Flugzeug. Ich kann gar nicht mehr aufhören zu lachen.

Bevor wir an Melanies Tür klingeln, trinken wir mit hastigen Schlucken die Flasche leer und stellen sie kichernd in die leere Ausfahrt des Nachbarhauses.

Also gut, angetrunken bin ich in jedem Fall!

Melanie öffnet in einem hautengen türkisen Kleid mit einem ziemlich gewagten Dekolleté und natürlich farblich passenden Glitzerohrringen. Sie sieht echt hammermäßig aus, das muss ich ihr lassen. Sie wirkt eigentlich nicht besonders überrascht, dass ich Irina mitgebracht habe. Trotzdem scheint Irina sich rechtfertigen zu wollen. »Wenn ich wieder gehen soll, musst du es nur sagen.«

»Quatsch. Wir können das echt mal langsam hinter uns lassen.« Diese Melanie erstaunt mich immer wieder. Wahrscheinlich wäre sie tatsächlich eine nette Freundin, wenn man sie im Einzelpack haben könnte. Aber weil an ihr noch so ein Rattenschwanz von zickigen Mädchen dranhängt, werden wir uns wohl nie besonders nahekommen.

»Rein mit euch. Schuhe könnt ihr hierlassen.« Sie deutet in den Flur, wo sich schon haufenweise Sneaker und Sandalen stapeln. Schade um meine schönen Stiefel, ohne die ist mein Outfit nur halb so viel wert.

Wir werden von Melanie durch das schicke Haus geführt, aus dem Wohnzimmer sind Fernsehgeräusche zu hören, und ich betrachte im Vorbeilaufen die Familienfotos, die im ganzen Flur hängen. Lächelnde Gesichter vor dem Weihnachtsbaum, vor dem Eiffelturm und vor den Pyramiden von Gizeh. Solche Bilder gibt es von meiner Familie gar nicht. Meine Mutter hat eine Abneigung gegen Fotos im Allgemeinen, besonders aber gegen gestellte.

Eine steile Treppe führt runter in den Keller, und das Stimmengewirr lässt erahnen, dass bereits ein ganzer Haufen Leute da ist. Aus den Lautsprechern tönt Plastikmusik, aber darauf war ich schon vorbereitet. Als es erneut an der Tür klingelt, rennt Melanie wieder nach oben. »Sorry, Trinken steht an der Bar, bedient euch ruhig«, ruft sie uns zu und ist schon verschwunden.

»Sie ist doch ganz nett«, flüstere ich Irina zu, während wir die Stufen hinabsteigen.

»Ja, nett bestimmt.«

»Ach komm, wir werden uns schon amüsieren.«

»Natürlich werden wir das!« Sie greift nach meiner Hand, und so treten wir in den Partyraum, wo eine Discokugel von der Decke baumelt und den Raum in bunte Pünktchen taucht. Alle Sitzgelegenheiten sind bereits besetzt, und neben bekannten Gesichtern von den Leuten aus meiner Klasse, gibt es auch ein paar, die ich nicht kenne. Natürlich werden wir mehr als neugierig gemustert, und ein paar Mädels stecken gleich die Köpfe zusammen, aber auch darauf war ich vorbereitet. In einer Ecke entdecke ich Enzo, der sich mit einem Mädchen unterhält. Wir wechseln einen kurzen Blick, und ich hebe meine Hand zum Gruß, den er mit einem halben Lächeln erwidert, um sich dann gleich wieder seiner Gesprächspartnerin zuzuwenden. Keine Ahnung, ob es das ist, was mich für einen Moment aus der Bahn wirft, oder das ungewohnte Bild, ihn inmitten so vieler Leute zu sehen. Eigentlich ist er eher ein Einzelgänger. Ist er vielleicht wegen mir gekommen? Und wenn ja, warum hat er sich nicht mehr gefreut, als er mich gesehen hat. Oder will er mir mit diesem Mädchen sogar zeigen, dass ich ihm egal bin?

Ich hole aus meiner Tasche Tortilla-Chips und Salsa-Dip raus und lege beides auf die Bierbank, die als Buffet dient. Irina zerrt mich zum Tresen und beäugt kritisch die Getränke, die dort fein säuberlich aufgereiht wurden. Ich spüre deutlich die Blicke der anderen in meinem Rücken.

»Bier?« Irina nimmt eine Flasche Becks Gold vom Tresen und schnipst verächtlich gegen das Etikett. »Ich meine, Baby-Bier?«

Ich schüttele den Kopf und gieße mir stattdessen einen Becher Cola ein. *Bier auf Wein, das lass sein*, diesen

Spruch habe ich irgendwo aufgeschnappt. Ich bin kurz davor, auch Irina davon abzuraten, aber dann lasse ich es bleiben, schließlich bin ich nicht ihre Babysitterin.

»Jetzt pass mal auf…« Irina setzt die Flasche an ihre unteren Schneidezähne an und hebelt damit den Kronkorken aus.

Ich schaue sie verblüfft an, und irgendwo auf der anderen Seite des Raumes sagt ein Typ: »Gott, ist die bescheuert.« Plötzlich weiß ich nicht, was wir auf dieser Party wollen. Die Musik ist Schrott, die Leute sind uns nicht wohlgesonnen, und sogar Enzo tut, als hätte er Besseres zu tun, als sich mit uns abzugeben.

Ich nippe an meiner Cola und überlege krampfhaft, was wir als Nächstes tun könnten. Melanie kommt mit zwei pummeligen blonden Jungs zurück, die sie als ihre Zwillings-Cousins vorstellt, die heute die DJs machen werden. Der eine dreht gleich die Anlage lauter, und Melanie klatscht in die Hände und macht ein paar Schritte in Richtung Tanzfläche. Ein paar von den Mädchen aus unserer Klasse folgen ihr, und die Jungs zücken sofort ihre Handys, um das mit der Kamera aufzunehmen. Ich schiele noch einmal unauffällig zu Enzo, aber der ist immer noch ins Gespräch vertieft. Das Mädchen steht vor ihm, mit zur Seite geneigtem Kopf, und wickelt sich eine Haarsträhne um den Finger. Wenn ich mich nicht irre, habe ich sie schon mal im Flur der Oberstufe gesehen.

»Oh Mann, wenn nicht gleich was passiert, schlafe

ich ein.« Irina stützt ihren Ellenbogen auf den Tresen und kaut an ihrer Unterlippe.

Ich habe Angst, dass sie vor lauter Langeweile auf dumme Gedanken kommt und irgendwas anstellt, deshalb zupfe ich an ihrem Ärmel und deute mit dem Kopf zur Tanzfläche.

»Du willst tanzen? Im Ernst?«

»Ist doch eine Party, oder?«

Irina zuckt mit den Schultern. Als wir uns der Mädchengruppe nähern, wechseln Melanie und ich ein höfliches Lächeln. Ich denke eigentlich, dass ich ganz gut tanzen kann, aber bei dieser Musik muss ich erst mal den Rhythmus finden.

Irina ist da weniger gehemmt, sie schleudert ihre Arme in die Luft und kreist mit den Hüften, als ob sie für einen Striptanz üben würde. Irgendwelche Typen pfeifen aus den dunklen Ecken. Die Mädchenclique rutscht vorsichtshalber an den Rand. Ich schließe die Augen und versuche zu vergessen, dass ich hier auf Melanies Party bin, mitten auf dem Dorf, im Partykeller ihrer Eltern, der voll ist mit Leuten, die mich eigentlich nichts angehen. Wenn Enzo nicht so gleichgültig tun würde, könnte ich mir einbilden, dass er mich beobachtet, so aber fühle ich mich plötzlich ziemlich einsam.

Irgendwann dann, zwei Lieder später, greift Irina nach meiner Hand. Ich weiß, dass sie es ist, und öffne lächelnd die Augen, und weil es ein langsameres Lied ist, rücken wir näher zusammen. Melanie und die anderen Mädels zerren die Jungs von den Sofas auf die Tanzfläche, und die Jungs tun zunächst so, als fänden sie es schrecklich albern, haben dann aber sichtlich Freude dabei, beim Klammerblues ihre Hände in Richtung Hintern zu schieben. Einer der pummeligen Cousins nimmt die Situation zum Anlass, eine alte *Kuschelrock*-CD aufzulegen. »The Power of Love« von Frankie Goes to Hollywood ertönt, und ich versuche vergeblich, mich gegen diese schmalzigen Streicher zu wehren. Keine Ahnung, warum dieses dämliche Lied mir voll in die Magengrube boxt. Ich könnte auf der Stelle losheulen und schaue Hilfe suchend zu Irina.

»Was ist?«, flüstert sie.

»Keine Ahnung …«

Und da passiert es.

Sie greift mit ihrer Hand meinen Hinterkopf und zieht mein Gesicht ganz nah an ihres, sodass unsere Nasen sich berühren.

»Was machst du …?«, wispere ich und merke, wie ein Schauer über meinen Rücken läuft.

»Pssst.«

Und da legt sie ihre Lippen auf meine.

Flame on burn desire. Love with tongues of fire, singt Frankie, und mir fällt nichts Besseres ein, als meine Augen wieder zu schließen, der Situation zu entfliehen und mich ihr gleichzeitig hinzugeben. Ich öffne meine Lippen und Irinas Zunge sucht sich sanft den Weg in meinen Mund. Ich kralle meine Finger in ihren Rücken, um Halt zu finden, denn der Boden unter meinen Füßen scheint zu schwanken wie auf einem Schiff bei hohem Wellengang. *Ich hätte den Wein nicht trinken sollen,* schießt es mir durch den Kopf, und ich höre irgendwo weit weg, wie irgendwer kichert und ein anderer »Ach du scheiße« sagt. Irina presst ihren Oberkörper an meinen, und als unsere Brüste sich berühren, komme ich endlich wieder zur Besinnung.

»Lass uns hier verschwinden«, hauche ich eher, als es wirklich zu sagen, und ziehe Irina durch den Raum, ohne nach rechts und links zu schauen, nur zu Boden, wo die Pünktchen der Discokugel tanzen wie wild.

»Hey! Macht doch weiter!«, grölt Marcel, aber wir hasten die Treppe hoch, und ich schlüpfe mit zittrigen Händen in meine Stiefel und stolpere durch die Haustür nach draußen, um mich sofort in den Rhododendron zu übergeben.

Irina rennt wieder ins Haus und kommt wenige Sekunden später mit einer Wasserflasche zurück. Sie reicht sie mir, und ich spüle meinen Mund aus, dann zerrt sie mich aus dem Vorgarten.

»Aber … ich muss das doch wegmachen …«

»Du musst gar nichts.« Sie reicht mir ein Taschentuch und ich wische mir den Mund trocken.

Wir laufen mit schnellen Schritten die Straße runter, überqueren eine Ampel bei Rot, und fangen schließlich an zu rennen, raus aus dem Dorf, in Richtung Wald, zu unserem Plätzchen am Bach. Erst im Schutz der Bäume verlangsamen wir, und ich atme keuchend mein Seitenstechen weg, als würde ich ein Kind bekommen. Ich erwarte gleich, einen Spruch von Irina zu hören, aber sie läuft stur geradeaus, den Blick auf den Boden gerichtet. Ich krame einen Kaugummi aus meiner Tasche, wickele das silberne Papier auf und werfe es achtlos auf den Waldboden. Der Kaugummi schmeckt irgendwie bitter.

Wir schweigen den ganzen Weg über, und auch noch, als wir uns in das weiche Moos setzen. Dafür kreischen irgendwelche Vögel durch die Dämmerung. Ich würde am liebsten ins Wasser steigen, um diese Übelkeit loszuwerden, bin aber zu fertig, um meine Stiefel auszuziehen, und so bleibe ich einfach sitzen und höre Irina beim Schweigen zu. Mir fällt ja selbst nichts ein, was ich sagen könnte. Also starren wir durch die Baumkronen in den Himmel, der mit jeder Minute ein wenig dunkler und von Hunderten von Sternen überzogen wird. Das Wasser plätschert lauter als tagsüber. Ich konzentriere mich auf das Geräusch, um mich von meinen Tränen abzulenken, die lautlos an meinen Wangen runterlaufen.

Erst als es ganz dunkel geworden ist, rückt Irina näher an mich ran. »Wein doch nicht.«

»Ich weine nicht.« Ich lege meine Hand auf ihre. »Bist du betrunken?«

»Ich fürchte schon, aber das war kein Witz …« Ihre Finger verschränken sich mit meinen.

»Was war es dann?«

Sie zuckt mit den Schultern. »Zu kurz auf jeden Fall.«

»Meinst du das ernst?« Es ist mittlerweile so dunkel, dass ich mich traue, ihr ins Gesicht zu sehen.

»Ich hatte das nicht geplant, falls du das denkst«, erklärt sie, und ich hoffe, dass da noch mehr kommt, aber es kommt nichts weiter außer ein leiser Seufzer.

Ich stütze meine Stirn in die Hände und versuche, meine Gedanken zu ordnen, aber in meinem Kopf fährt alles wirr durcheinander. »War es das, womit du sie alle schocken wolltest?«, rutscht es mir heraus.

»Eben nicht.« Sie fährt nervös mit der Hand über die Löcher ihrer Strumpfhose.

Ich kann nicht sagen, was das für Gefühle sind, die sich in mir drinnen ausbreiten und sich einen Kampf liefern, aber ich fange an zu zittern, und damit das aufhört, lehne ich mich an Irina und vergrabe mein Gesicht in ihren Locken. Ich spüre, wie sie den Atem anhält, und dann wendet sie mir ihr Gesicht zu und unsere Lippen finden wieder zusammen. Ich streichle mit meiner Hand ihren Hals, und sie drückt mich vorsichtig zu Boden und legt sich mit ihrem Oberkörper auf mich. Mein Shirt wird hinten nass von dem feuchten Boden, aber da mein ganzer Körper glüht, ist es mir egal. Unsere Küsse halten mich warm. Immer noch scheint sich alles um mich herum zu drehen, aber es macht mir keine Angst mehr. Hier im Dunkel der Nacht, im weichen Moos liegend, geschützt von den dichten Bäumen, habe ich den Eindruck, in einer Parallelwelt zu schweben.

Ich kann nicht sagen, wie viel Zeit vergeht. Wir küssen uns, und wenn wir das nicht tun, dann berühren wir unsere Gesichter, streichen sanft über die Augenbrauen und wandern mit den Fingern den Nasenrücken entlang bis hin zu den Lippen. Ich habe das Gefühl, wir beide wissen, dass wir jetzt nicht reden dürfen, sonst würde dieses zarte Etwas, das da zwischen uns ist, trotz des weichen Untergrunds in tausend Scherben zersplittern.

7

In den ersten Augenblicken, die ich am Sonntag aufwache und den Kaffeeduft rieche, fühle ich mich leicht wie eine Feder. Da ist sogar ein Lächeln auf meinen Lippen, das ich aus dem Schlaf mitgebracht habe. Und eine vage Erinnerung an einen Traum, eine Ballonfahrt zwischen den Wolken, meine Haare im Wind, Sonne im Gesicht. Aber als ich dann das eine Auge öffne und kurz darauf das zweite, fühle ich den Schmerz in meinem Kopf pochen, schmecke den merkwürdigen Geschmack in meinem Mund und höre meine innere Stimme, die sagt: »Was hast du getan?«

Es war schon nach zwölf, als ich gestern nach Hause kam. Mama saß noch im Wohnzimmer auf dem Sofa und las beim schwachen Schein der kleinen Nachttischlampe. »War es schön?« Sie rieb sich die Augen.

Ich nickte bloß, weil ich den Eindruck hatte, meine Stimme verloren zu haben, dabei hätte ich ihr gerne gesagt, wie nett ich es fand, dass sie keinen Aufstand wegen meines Zuspätkommens machte. Stattdessen schickte ich ihr bloß einen Luftkuss und verschwand in meinem Zimmer. Ich weiß noch, dass ich die blöde Idee hatte, mitten in der Nacht ein Stück Wand zu streichen.

Ich mühte mich mit dem Deckel ab, der durch die getrocknete Farbe am Eimer festgeklebt war, aber dann kleckerte ich bloß, tunkte den Pinsel in die Farbe und ließ ihn nach zwei Strichen erschöpft wieder sinken. Alles drehte sich – in meinem Magen, in meinem Kopf, und am allermeisten war wohl das Herz betroffen. Ich schaffte es nicht einmal, mir die Zähne zu putzen.

Ich schiele rüber zu dem Chaos, das ich gestern veranstaltet habe, und ziehe dann die Bettdecke über den Kopf. Meine Eltern werden mit mir zusammen frühstücken wollen. Aber wie soll ich ihnen überhaupt in die Augen sehen? Was sich gestern im Wald so magisch angefühlt hat, scheint auf einmal ganz unwirklich und beängstigend. Irina und ich haben nicht mehr darüber gesprochen. Irgendwann, als wir beide nicht mehr aufhören konnten zu zittern, und zwar vor Kälte, standen wir auf, klopften uns Blätter und Moos von den Klamotten und liefen schweigend nach Hause. Wir machten einen großen Bogen um sämtliche Straßenlaternen, und als uns von Weitem zwei Menschen entgegenkamen, blieben wir instinktiv hinter einem Baum stehen und warteten, bis sie außer Sichtweite waren. Auf dem Marktplatz dann eine schnelle Umarmung, weil das leichter war, als etwas zu sagen. Und als Irina dann weg war, hatte ich plötzlich furchtbare Angst vor der Dunkelheit. Das Bellen der Hunde in der Ferne kam mir bedrohlich vor, so als wollten sie mich vor etwas warnen. Ich lief, so schnell ich konnte, und mein Herz schlug wie wild, ich bekam wieder Seitenstechen und musste irre dringend pinkeln, aber ich traute mich nicht anzuhalten. Erst als unser Haus schon in Sichtweite war, knöpfte ich hektisch meine Hose auf, hockte mich an den Feldrand und hatte das panische Gefühl, mein Plätschern müsste das ganze Dorf wecken.

»Laura?«, ertönt Papas Stimme hinter meiner Zimmertür, und dann ein leises Klopfen.

Ich könnte so tun, als würde ich noch schlafen. Bis elf würden sie mir das durchgehen lassen. Ich strecke den Kopf unter der Bettdecke hervor und sehe auf meinen Wecker.

10:53.

Verdammt!

Ein weiteres Klopfen.

»Ja?«

Papa streckt den Kopf durch die Tür. »Laura, wir würden dann frühstücken«, flüstert er, und sein Blick fällt auf den Farbeimer und die Kleckse am Boden. »Hm«, grummelt er.

»Ich mach das wieder weg«, krächze ich und bin erstaunt, dass da überhaupt eine Stimme ist, mit der ich sprechen kann.

»Möchtest du ein Frühstücksei?«

»Bäh, nein!« Bei der bloßen Vorstellung dreht sich mir der Magen um. »Nur Toast. Danke.«

Bevor Papa die Tür wieder schließt, schaut er noch mal missbilligend auf die Farbkleckse und schüttelt den

Kopf, wie Eltern es immer tun, wenn es nicht so läuft, wie sie es sich vorstellen.

Ich mühe mich von der Matratze runter, der Kopfschmerz wird bei jeder Bewegung stärker. Ich stelle mich unter die Dusche und drehe den Wasserstrahl auf kalt. Tausend kleine Nadelstiche auf meiner Haut, aber es hilft.

Als ich wieder in meine Klamotten von gestern steigen will, bemerke ich die vielen Flecken, die ganz offenbar vom Waldboden kommen und die ich meinen Eltern schlecht erklären kann. Ich ziehe rasch ein geblümtes Sommerkleid aus dem Schrank, das ich eigentlich schon längst wegschmeißen wollte, weil ich darin aussehe wie die Unschuld vom Lande, und wenn eins nicht geht, dann das.

»Guten Morgen!« Das klang jetzt übertrieben fröhlich, aber ich will das Frühstück schnell hinter mich bringen, ohne durch eine allzu grüblerische Miene Zielscheibe von zu vielen Fragen werden. Ich tue auch mal so, als würde der Geruch von Rührei mich nicht anekeln. »Ich glaub, ich werde heute den ganzen Tag mit meinem Zimmer beschäftigt sein, Papa hat es ja schon gesehen, es gibt noch einiges zu tun, und Sonntag ist ein guter Tag dafür. Hatten sie nicht Regen angesagt? Bis jetzt hat es kein einziges Mal geregnet. Bestimmt werden die Felder dann ganz matschig und wir müssen Gummistiefel tragen …« Ich plappere vor mich hin, als hätte mich jemand aufgezogen.

»Es wird nicht regnen, ich habe den Wetterbericht auf vier Kanälen gesehen. Wir bekommen heute übrigens Besuch.« Mama setzt sich an den Tisch und stellt die Pfanne auf einen Untersetzer.

»Besuch?« Meine Stimme überschlägt sich, weil ich fürchte, etwas Wichtiges vergessen zu haben.

»Unsere Nachbarn kommen vorbei.«

»Muss ich da dabei sein?«, quengele ich.

»Es wäre nett«, sagt Papa, und ich frage mich, ob er wohl irgendwann damit aufhört, so laut in seiner Teetasse zu rühren.

»Wirklich? Mama?« Meine Eltern lassen sich nicht oft gegeneinander ausspielen, aber den Versuch ist es auf jeden Fall wert. Mama guckt zu mir, dann zu Papa, dann auf das Rührei und dann wieder zu Papa, der daraufhin mit den Schultern zuckt.

»Ich kenne die doch gar nicht und ich muss wirklich mein Zimmer streichen, und außerdem, ich glaube nicht, dass es denen wichtig ist, sich mit mir zu unterhalten.« Das stimmt sogar, denn wenn die erst mal zu ihrem Lieblingsthema *Hühner* kommen, kann ich nichts dazu beitragen.

»Aber das Zimmer wird jetzt mal fertig!« Papa nimmt endlich den Löffel aus seiner Tasse.

»Versprochen!«

»Und du sagst wenigstens kurz Hallo.« Mama greift nach der Marmelade.

»Versprochen.«

Und damit ist das Thema vom Tisch. Ich knabbere an meinem Toast herum und schaue aus dem Fenster. Papa schmatzt. Mama steht auf und macht das Radio an. Die Stimme des Moderators berichtet von einem schweren Autounfall auf der A4. Papa schnalzt mit der Zunge. Mama schüttelt den Kopf. Wenn ich heute den ganzen Tag mit den Wänden in meinem Zimmer beschäftigt bin, habe ich auch gleich eine Ausrede, nicht bei Irina vorbeizugehen. Ich wüsste grad gar nicht, wie ich dort aufkreuzen sollte. Mit einem Strauß Blumen vielleicht?

Mama räuspert sich. »Ich habe gestern mit Marlenes Mutter telefoniert.«

»Wirklich?« Ich versuche, in ihrem Gesicht zu lesen, wie die Antwort ausfallen wird, doch sie lässt mich einen Moment zappeln, versteckt sich hinter ihrem Pokerface.

»Wenn du einen Teil der Reise selbst finanzierst, darfst du mit.«

»Yes!« Ich strecke meine geballte Faust in die Höhe. In meiner Sparbüchse, einer alten Blechdose mit komischen Schriftzeichen drauf, habe ich noch das Restgeld von meinem Geburtstag, außerdem werde ich mein Taschengeld sparen, und vielleicht darf ich ja doch bei Enzo im Baumarkt aushelfen. Ich erstarre.

Enzo!

Den habe ich völlig vergessen. Er war doch auf der Party gestern. Was wird er jetzt von mir denken?

»Was ist?«, fragt Mama.

»Nichts. Gar nichts. Ich … Kann ich aufstehen und Marlene anrufen gehen?«

»Willst du nicht erst mal was essen?«

»Ich hab wirklich keinen Hunger.«

Mama seufzt und nickt mit dem Kopf Richtung Tür, was ich als Zustimmung deute.

»Hat sie gestern etwa getrunken?«, höre ich Papa sagen, als ich schon im Flur bin, und Mama sagt Ja. Ich frage mich, woher sie das so genau wissen will. Das wird bestimmt noch ein Gespräch geben, auf das ich mich jetzt schon freuen kann. Aber nicht heute! Nicht, wenn Besuch kommt. Und wenn ich es schaffe, dem Ganzen lange genug aus dem Weg zu gehen, vergessen sie es vielleicht.

Marlene geht nicht an ihr Handy. Auch unter der Hausnummer ist niemand zu erreichen. Schade, ich hätte jetzt gerne mit ihr von Italien geschwärmt. Am liebsten wäre ich jetzt schon dort. Aber weil das nicht geht, schnappe ich mir den Pinsel und lege los mit meiner Alibiarbeit.

Italien!

Ich habe noch nicht viel von der Welt gesehen. Manchmal werde ich richtig traurig bei dem Gedanken, dass die Welt so riesig ist und dass ich sie niemals ganz sehen werde. Ach, nicht mal ansatzweise! Den Regenwald, der immer mehr verschwindet, die Polarlichter, die Chinesische Mauer, die Inkastadt, all die Wüsten dieser Welt und was es da nicht noch alles gibt …

Aber immerhin Venedig! Ich kann meinen Eltern echt dankbar sein.

Der Tag verfliegt ziemlich schnell. Der Farbeimer leert sich allmählich. Ich begrüße die Nachbarn, lächle höflich und hebe entschuldigend meine farbverkrusteten Finger. Ich schmiere mir in der Küche ein Brötchen mit Butter, mehr geht immer noch nicht. Ich lege Musik auf, Ben Howard, und schließe die Fenster, damit die Erwachsenen im Garten sich nicht gestört fühlen. Bloß nicht auffallen.

Und während ich mit monotonen Bewegungen die Wände endlich schick mache, fühle ich, wie von irgendwo in meinem Inneren ein Wort langsam aufsteigt und Form annimmt und sich in meinem Kopf festsetzt und dort eine Weile vor sich hinpocht, bis ich es schließlich leise ausspreche.

»Lesbisch.«

Ich verharre mit dem Pinsel in der Hand.

LESBISCH.

Ich lege den Pinsel vorsichtig auf einem Stück Zeitungpapier ab.

LESBISCH.

Ich gehe zur Tür und schließe sie ab, setze mich dann aufs Bett, klappe meinen Laptop auf und gebe bei Google *Bin ich lesbisch?* ein.

Gleich das erste Ergebnis ist ein Test.

Obwohl ich es jetzt schon dumm finde, klicke ich

drauf und beantworte brav die zehn Fragen. Ob ich einen Freund habe? NEIN. Ob ich schon mal eine Frau geküsst habe? Offensichtlich JA. Ob es mir peinlich wäre, wenn ein Mädchen mir sagt, dass sie mich liebt? Und so weiter. Eine Frage blöder als die andere.

Und das Ergebnis: *Sie sind zu 40% lesbisch.*

Oh Mann. Und was soll das überhaupt bedeuten? Ich schließe die Seite und klicke noch ein paar Links zu Ratgeberseiten und Erfahrungsberichten an, sowie eine Seite, auf der ich lesbische Frauen aus der Umgebung kennenlernen könnte. Als dort nach wenigen Sekunden eine Chat-Anfrage aufploppt, schließe ich schnell alle Tabs, lösche den Verlauf und fahre meinen Rechner runter.

Es geht gar nicht darum, dass ich schrecklich geschockt wäre, wenn ich wirklich lesbisch wäre. Es geht auch nicht darum, dass ich Angst hätte, es meinen Eltern zu sagen, oder Marlene. Es ist bloß, dass es so unerwartet kommt. Ich habe noch nie darüber nachgedacht, lesbisch zu sein, und schon gar nicht darüber, ernsthaft ein Mädchen zu küssen, und dann plötzlich braucht nur »The Power of Love« zu laufen und alles ist anders.

Ich versuche es noch einmal bei Marlene, aber sie geht immer noch nicht ran.

Eine Wand wartet noch auf mich, Papa wird nicht meckern können. In der Ecke steht der letzte Umzugskarton, auf den ich mich am meisten freue, mit Bildern und Postern, die ich über meinem Bett aufhängen will, sobald die Farbe getrocknet ist. Auch die Polaroid-Fotos, die ich mit Irina gemacht habe, wollte ich gerne einrahmen und aufhängen. Ich ziehe die Schreibtischschublade auf und hole sie raus, um sie mir noch einmal anzusehen.

Tatsächlich: Herzklopfen.

Was, wenn es für sie nur ein großer Spaß war? Der Wein und das Bier und die Blicke der anderen. Und das im Wald? Ich streiche mit dem Zeigefinger über das Foto, auf dem wir beide uns unter den Regenschirm quetschen. Irinas Arm, der die Kamera hält wirkt größer als ihr ganzer Körper. Eine Locke von ihr verdeckt mein linkes Auge und ich lache so ausgelassen in die Kamera wie selten auf Bildern.

Ich lege die Fotos schnell zurück in die Schublade, fange an, die Pinsel und Rollen auszuwaschen, und beschließe, dass die letzte Wand so bleibt, wie sie ist, mit der altmodischen Blümchentapete. Hat ja auch was, retro und so.

Ich lehne mich aus dem Fenster, lausche kurz dem Gespräch der Erwachsenen – es geht tatsächlich um Hühner – und rufe dann nach unten, dass ich noch eine Runde mit dem Fahrrad drehe.

»Und dein Zimmer?«

»Fertig!«

»Und das Abendbrot?«

»Bin ich wieder da!«

Ich fahre zu den Gänsen. Wie immer hocken sie auf dem Feld und tun nichts weiter außer schnattern. Wie meine Eltern mit den Nachbarn im Garten.

Ich hätte große Lust, mich heranzupirschen, oder noch lieber, kreischend über das Feld zu rennen, damit sie laut mit ihren Flügeln aufschlagen. Aber ich habe ihnen ja versprochen, mich zu benehmen. Also steige ich wieder auf mein Fahrrad und fahre nirgendwohin. Trotzdem lande ich auf dem Marktplatz mit Blick auf die Pizzeria. Ich schiebe es auf den Zufall, aber wo ich schon mal hier bin, kann ich in sicherer Entfernung Stellung beziehen und schauen, wer da so alles kommt und geht.

Ich lehne mich an mein Fahrrad und betrachte erstaunt meine gebräunten Arme. In der Stadt bin ich nie so braun gewesen. In der Stadt hat es viel öfter geregnet. Außerdem habe ich dort die meiste Zeit drinnen verbracht: in Kinosälen und Bibliotheken oder in Marlenes Zimmer. Erschrocken stelle ich fest, dass die Stadt zeitlich gesehen schon ganz schön weit weg scheint und dass ich mit Ausnahme von Marlene kaum jemanden vermisse. Es interessiert mich auch nicht sonderlich, was die Jungs gerade machen oder ob Kati wieder Streit mit ihren Eltern hat. Wahrscheinlich geht es ihnen ähnlich, seit Wochen kam keine Mail oder SMS. Und ich bin nicht einmal sauer deshalb.

Bevor ich michs versehen konnte, hat mich das Leben hier mit voller Wucht getroffen und komplett eingespannt. Und das was gestern Nacht passiert ist… Ich wage es gar nicht weiterzudenken, aber mein Magen rumort sofort, und ich fühle mich ganz zittrig.

Als die Tür des Restaurants aufgeht, bin ich gleichzeitig erleichtert und enttäuscht, dass es nicht Enzo ist.

Was könnte ich ihm bloß sagen? Erwartet er überhaupt eine Erklärung von mir? Oder ist er gerade sowieso bei einem Rendezvous mit diesem Mädchen von gestern und denkt kein Stück mehr an mich?

Ich sollte hier nicht rumlungern, keine Ahnung, was ich mir dabei gedacht habe. Trotzdem kann ich mich nicht aufraffen, woanders hinzufahren. Ein schreckliches Gefühl von Einsamkeit überkommt mich und ich stehe wie angewurzelt am Rand des Marktplatzes und knabbere an meinen Nägeln. Und wie ich so in mich hineinhorche, merke ich, wie schon die ganze Zeit »The Power of Love« als Dauerohrwurm in meinem Kopf rumgeistert, als würde er nur darauf warten, mich ganz zu verschlingen. Bilder tauchen vor meinem inneren Auge auf. Melanie, wie sie über mich den Kopf schüttelt, die Discokugel, die sich immer schneller dreht, Jungs, die auf den Sofas fläzen und uns anglotzen. Irina, ihre schwarzen Locken, ihr Mund, der sich in die Richtung meiner Lippen bewegt.

»Hallo, Laura.«

Erschrocken drehe ich mich um und mein Fahrrad fällt scheppernd zu Boden.

»Oh, Entschuldigung, wir wollten dich nicht erschrecken.« Enzos Papa bückt sich und hebt das Fahrrad auf, während Enzos Mama mich freundlich anlächelt und mir über die Schulter streicht. »Wartest du auf jemanden?«

»Nein, eigentlich nicht, ich … ich stehe hier, weil …« Ich habe beim besten Willen keine Ahnung, warum ich hier eigentlich stehe, deshalb greife ich verlegen nach meinem Lenkrad.

»Wir gehen bei meinem Bruder essen, Enzo kommt in zehn Minuten nach, vielleicht willst du dich uns anschließen?« Enzos Papa hält immer noch die andere Seite des Lenkers.

»Das ist nett, wirklich, aber ich kann nicht«, lüge ich. Obwohl, eigentlich lüge ich nicht. Wie könnte ich jetzt an einem Familienessen teilnehmen, mit den Eltern von dem Typ, mit dem ich zwar geflirtet, ihn aber dann komplett vernachlässigt und gegen meine Freundin eingetauscht habe, weil ein dämlicher Frankie-Goes-to-Hollywood-Song meine lesbische Seite entfesselt hat?

Ich komme mir plötzlich so mies vor, dass ich mich mit einem angestrengten Lächeln verabschiede, auf mein Fahrrad setze und so schnell es geht davonflitze.

»Du hättest Bescheid sagen können, dass du Besuch bekommst, dann hätte ich mir zum Abendbrot etwas Besonderes einfallen lassen.«

Ich sehe verdattert zwischen Irina und meiner Mutter hin und her. »Ich … ich wusste nicht, dass …«

»Wir hatten das nur so lose dahingesagt«, entschuldigt sich Irina für mich und legt meiner Mutter die Hand auf den Arm, als würden sie sich schon ewig kennen. Irgendwas daran stört mich gewaltig.

Mein Vater schiebt seinen Stuhl vom Tisch weg und fängt an, die Kaffeetafel abzuräumen. »Was ist mit der einen Wand?«, fragt er in das Geschirrklappern hinein. Also ist er tatsächlich gleich kontrollieren gegangen.

»Das muss so.«

»Aha.« Er stapelt die Teller und verschwindet damit durch die Terrassentür in die Küche.

»Ich hoffe, es gibt keinen Streit hier wegen der Wand.« Mama blickt Papa hinterher und sieht mich dann an.

»Nein, aber es ist doch meine Sache, wie diese Wand aussieht. Immerhin habe ich sie nicht schwarz gestrichen.« Dieser bockige Tonfall in meiner Stimme gefällt mir nicht. Ich weiß nicht, ob es wegen Irina ist. Will ich ihr beweisen, wie unabhängig ich bin?

»Ich würde die Wand gerne sehen«, sagt Irina, und ich glaube ihr kein Wort, aber es ist zumindest ein Vorwand, von hier zu verschwinden. »Und vielen Dank für den Kuchen.«

»Sehr gerne.« Meine Mutter und Irina lächeln sich an, dann folgt sie mir ins Haus.

»Euer Haus ist toll eingerichtet«, bemerkt sie, als wir schon auf der Treppe sind.

»Hm«, antworte ich einsilbig, weil ich jetzt bestimmt kein Gespräch über Innenarchitektur anfangen werde.

»Bist du sauer, dass ich gekommen bin?«

»Nein, nein. Bestimmt nicht, nur überrascht vielleicht. Ich habe nicht damit gerechnet.« Ich öffne die Zimmertür und lasse Irina zuerst eintreten. Sie bleibt in der Mitte des Raumes stehen und sieht sich mit großen Augen um. »Wie viele Quadratmeter sind das?«

»Ich weiß nicht. Fünfunddreißig?« Ich verriegele die Tür.

»Wow! Ist ja fast größer als unsere Wohnung!«

»Jetzt übertreibst du.«

»Aber fast, wenn man die Küche abzieht …«

»Oh Mann, Irina, wir reden um den heißen Brei herum.« Ich weiß, dass wir zwei da jetzt durchmüssen, also warum nicht gleich.

»Du willst über gestern reden?« Irina lässt sich auf der Matratze nieder.

Ich nicke, hole noch einmal die Fotos aus der Schublade und reiche sie ihr. Sie schaut sich jedes einzelne aufmerksam an. »Das war ein toller Tag.«

»Ja.«

»Hör mal, ich habe das vorher auch noch nie gemacht.«

»Was? Polaroid-Fotos?«, frage ich, obwohl ich natürlich weiß, dass sie das nicht meint.

»Ich bin nicht lesbisch.«

»Ich auch nicht.« Ich setze mich ihr gegenüber auf den Boden, aber einander in die Augen zu sehen, fällt uns beiden schwer.

»Und trotzdem …« Sie zögert und legt die Fotos auf den Nachttisch.

»Was?«

»Wir haben es getan.«

»Ich werde so einen Scheiß wie Wein nicht mehr anrühren«, rechtfertige ich mich und reibe über die Dielen, als müsste ich sie polieren.

»Tu jetzt nicht so, als wäre der Wein schuld.«

»Sollen wir es einfach vergessen?« Sobald ich es ausspreche, habe ich Zweifel, ob ich das will, aber vielleicht ist es für Irina eine Option.

»Wie soll man so etwas vergessen?«

Ich zucke mit den Schultern.

Irina schluckt schwer und streicht mit der Hand über das Laken. »Ich konnte die halbe Nacht nicht schlafen. Ich musste die ganze Zeit an dich denken. Ich habe mich gefragt, ob du auch wach liegst. Dann hatte ich plötzlich die Idee, zu dir zu kommen. Ich hatte schon die Schuhe an und bin auf Zehenspitzen zur Tür geschlichen, aber dann … Was hätte ich denn gemacht? Steinchen an dein Fenster geworfen? Ich hätte ja nicht einmal gewusst, welches dein Fenster ist. Außerdem, was hätte ich sagen sollen? Ich weiß es ja jetzt nicht mal. Ich bin bloß gekommen, weil es mir falsch vorkam, dich heute nicht zu sehen. Ich habe gewartet, ob du dich vielleicht meldest, aber dann bin ich einfach losgegangen. Und jetzt bin ich hier, in deinem Traumzimmer, und ich fühle mich unsicher, was eigentlich nicht mein Markenzeichen ist.«

»Ich habe dafür gut geschlafen.«

»Ach ja?« Sie wirkt verletzt.

»Nein … also ja, aber so habe ich das nicht gemeint. Ich … ich wollte nur sagen, es ist schön, dass du hier bist.« Jetzt kann ich ihr in die Augen sehen.

»Wirklich?«

»Ja.«

Sie legt sich auf den Rücken, streift die Schuhe von den Füßen und schnappt sich mein Kissen, um sich daranzukuscheln. »Kannst du dir vorstellen, wie die sich auf der Party das Maul über uns zerrissen haben, nachdem wir weg waren?«

»So ungefähr.«

»Das wird morgen nicht leicht in der Schule.«

»Hm. Ich weiß gar nicht, ob ich morgen hingehe.« Darüber habe ich noch überhaupt nicht nachgedacht.

»Irgendwann musst du sowieso wieder hin.«

»Ja.«

»Sind wir jetzt ein Paar? Ich meine, ich fände das irgendwie komisch.«

»Natürlich sind wir kein Paar.« Das kommt wie aus der Pistole geschossen. Aber was sind wir dann?

»Knutschfreundinnen vielleicht?« Irina lacht.

Es erleichtert mich, dass sie die ganze Sache mit Humor nehmen kann. »Wir müssen es ja nicht komplizierter machen, als es ist«, schlage ich vor und krabbele zu ihr, die Tür ist ja verschlossen. Sie greift nach meiner Hand und wir legen uns auf den Rücken und starren zur Decke.

»Du hast recht. Man muss ja nicht alles kaputtreden. Und gegen ein bisschen Rumknutschen ist doch nichts einzuwenden.« Irina dreht eine Locke um ihren Finger.

»Passiert vielleicht nie wieder.«

»Genau. Oder es ist unser Pakt.«

»Unser Pakt?«

»Anstatt Blutsschwesternschaft zu schließen.«

Ich denke eine Weile darüber nach. Ich glaube nicht, dass wir uns mit einem Pakt da rausreden können. Ein Pakt ist etwas, das man bewusst macht, etwas das man sich vornimmt, ein Ritual. Dieser Kuss auf der Party und die danach im Wald waren alles andere als geplant.

»Es ist auf jeden Fall gut, dass du jetzt hier bist«, sage ich leise. Und das trifft noch lange nicht alles, was ich Irina gerne sagen würde oder was ich gerne von ihr hören möchte, aber es gibt einen Bruchteil meiner Gefühle wieder.

»Erinnerst du dich, wie ich dir ganz am Anfang gesagt habe, dass ich auf eine wie dich lange gewartet habe.«

»Ja.« Ich erinnere mich noch genau. Gleich am ersten Tag in der Schule, als sie mich auf eine Zimtschnecke auf der Rathaustreppe eingeladen hat.

»Ich glaube, ich habe damals etwas gesagt, das ich selbst noch gar nicht verstanden habe und das jetzt aber wahr wird.«

Und nachdem sie das gesagt hat, drehen wir einander das Gesicht zu und schauen uns lange in die Augen.

Irinas unglaublich blaue Augen mit den dunklen Wimpern. Sie drückt meine Hand fester, und ich drücke zurück, so geht das eine Weile hin und her, ernst und konzentriert, als sei das gerade das Wichtigste auf der Welt. Dabei bewegen sich unsere Köpfe im Zeitlupentempo aufeinander zu, mit jedem Druck unserer Finger ein Stück weiter, bis unsere Nasen sich schließlich berühren. Wir halten inne und ich merke, wie meine Atmung flacher wird. Irinas Mundwinkel schnellen nach oben. »Wenn du mich nicht wegschubst, küsse ich dich wieder«, flüstert sie.

»Ich schubse dich nicht weg.«

Sie lässt meine Hand los und legt ihren Arm um meine Hüfte. Ich denke noch mal an den Moment zurück, als ich die Tür abgeschlossen habe. Einmal den Schlüssel nach rechts gedreht, vielleicht sogar zweimal. Gut. Dann spüre ich Irinas Lippen auf meinen.

8

Dass wir kein Paar sind, hilft uns in der Schule nicht weiter.

»Ihr habt meine Scheiß-Party gesprengt!« Das waren Melanies einzige Worte am Montagmorgen. Seitdem herrscht zwischen uns Funkstille. Einmal tritt sie mich unterm Tisch, ohne eine Miene zu verziehen, und ich weiß nicht, ob es aus Versehen oder mit Absicht passiert. Jedenfalls war sie am Freitag noch sehr viel netter zu mir. Ist das wegen Irina oder weil ich in ihren Garten gekotzt habe?

Die anderen kriegen sich gar nicht mehr ein. Selbst welche, die gar nicht auf der Party waren und in ganz andere Klassen gehen, stehen auf dem Hof in Grüppchen zusammen, lästern laut, schauen zu uns rüber, kichern oder schütteln die Köpfe. Zwei Typen aus der Parallelklasse laufen an uns vorbei und tun so, als müssten sie in die Faust husten, dabei würgen sie mehrmals das Wort *Lesben* raus.

Irina fährt prompt den Mittelfinger aus.

»Genau das wollen sie doch«, ermahne ich sie, stoße aber auf taube Ohren.

»Wenn sie das wollen, dann kriegen sie es auch!«

»Das ist Kindergarten.«

»Und was ist dein Vorschlag?«

»Ignorieren.«

»Du meinst, dich verstecken.«

»Nein, das meine ich nicht.«

Blöderweise kriegen wir uns wegen solcher Dinge in die Haare.

Am Nachmittag spazieren wir zusammen zu unserem Bach und gehen den Schultag durch.

»Sie reden alle über uns. Ist ja auch echt kein Wunder, passiert ja sonst nichts hier.« Irina taucht ihre dunkelrot lackierten Zehen ins Wasser.

»Ist es nicht das, was du magst? Im Mittelpunkt stehen?«

»Aber nicht so. Ich plane so was normalerweise im Voraus. Und das hier war echt nicht geplant.«

»Ich überlege die ganze Zeit, wie das eigentlich passiert ist.«

Immer wieder habe ich heute während des Unterrichts diesen Moment vor meinem inneren Auge ablaufen lassen und nach Hinweisen gesucht, die ich übersehen habe, ich finde aber keine. Ich gehe auch weiter zurück, ein paar Tage, ein paar Wochen, sogar zurück zu der Zeit, als ich noch in der Stadt gewohnt habe. Ich versuche, mich zu erinnern, ob ich mich je nach Mädchen umgeguckt habe. Ich weiß noch, dass Marlene und Katja mal bei einer Party auf der Toilette rumgealbert und sich ein paar Sekunden lang auf den Mund geküsst haben. Ich weiß, dass ich mir komisch dabei vorkam, ihnen zuzusehen. Aber ich glaube, es wäre auch komisch gewesen, Marlene und Max oder Flo oder welchem Typen auch immer zuzuschauen.

»Ich wusste das schon von Anfang an.« Irina wirft mir einen herausfordernden Blick zu.

Ich blicke verblüfft auf. »Wie meinst du das?«

»Ich meine, als ich dich das erste Mal gesehen habe, auf dem Mädchenklo, da wusste ich es eben.« Sie hebt einen Kiefernzapfen auf und zerbröselt ihn zwischen den Fingern.

»Also doch geplant!«

»Nein! Ich wusste nicht, dass DAS passieren wird, aber ich wusste, dass irgendetwas passieren wird. Ich kann solche Dinge fühlen.«

Ich weiß nicht, ob ich darüber lachen oder mir Sorgen machen soll. »Das klingt aber ziemlich eso.«

»Na und?« Irina zuckt mit den Schultern. »Für mich ist das keine Beleidigung, falls du das denkst.«

»Ich will dich nicht beleidigen.«

»Weißt du, Laura, du kannst jetzt noch tausend Jahre darüber nachdenken und die Sache analysieren und aufdröseln. Aber Fakt bleibt doch, dass es passiert ist, und wenn du das nicht glauben willst, dann unterhalt dich doch mit den Idioten aus unserer Klasse, die haben das nämlich noch ganz genau auf dem Schirm.«

Ich lege mich auf die Seite, stütze den Kopf auf meiner Hand ab und beobachte Irina, wie sie mit ihren

Haarsträhnen spielt. Nein, sie ist nicht esoterisch. Im Grunde verstehe ich auch, was sie meint. Ich erinnere mich ja auch noch genau, wie ich am ersten Tag auf dem Marktplatz im Auto saß und sie zum ersten Mal gesehen habe, als sie aus der Bäckerei rauskam. Sie hatte sofort meine volle Aufmerksamkeit, und ich hab ihr hinterhergeguckt, bis sie um die Straßenecke verschwunden war. Und ich kann es jetzt nicht wirklich beschwören, aber sie war mir schon an diesem Tag nicht mehr egal. Es soll das ja geben, dass man einen Menschen sieht und sofort weiß, dass es da eine Verbindung gibt.

»Hast du mit jemandem über uns gesprochen?« Ich streiche mit meiner Hand über die feuchte Erde und berühre dabei wie zufällig Irinas Bein.

»Ha! Guter Witz. Mit wem denn?« Sie greift sich meine Hand, legt sie auf ihren Oberschenkel und fängt an mit ihrem Finger ganz zart meinen Handrücken zu streicheln. Ich bekomme sofort eine Gänsehaut.

»Hast du überhaupt jemanden, mit dem du über Dinge redest?«

»Dich. Früher mit Johnny und noch früher sogar mit Enzo.«

Als sie Enzo sagt, ist es wie ein kleiner Stich, aber ich versuche, das zu ignorieren.

»Vermisst du ihn?« Ich rutsche näher an sie heran und wage es, mit meinen Fingern über Irinas glattes Bein zu fahren.

»Enzo?«

»Nein, Johnny.«

Sie hält inne, legt sich zu mir auf den Boden und sieht mir in die Augen. »Wärst du beleidigt, wenn es so wäre?«

Ich schüttele den Kopf. »Natürlich nicht.« Aber ich bin mir nicht sicher, ob das wahr ist.

»Vielleicht ein bisschen. Es war wirklich toll mit ihm, weißt du. Wir haben viel Scheiß zusammen gemacht. In der Schule den Feueralarm ausgelöst und uns im Bio-Raum zum Rummachen versteckt, während die Lehrer panisch nach uns gesucht haben. Wir sind auch mal nachts bei Lucy in die Scheune eingebrochen, als da gerade eine Malergruppe zum Workshop war. Wir haben zwei Leinwände vollgemalt und mit Picasso unterschrieben und im Heu übernachtet. So Sachen eben. Johnny war das Gegenteil von einem Spielverderber. Egal was für eine dumme Idee ich hatte, er hat immer mitgemacht.«

»Das hört sich schön an«, sage ich leise und merke doch, wie sich meine Brust zusammenzieht, denn an so jemanden komme ich natürlich nicht ran. Ich bin nicht gerade die Spontaneität in Person.

»Ja, war es. Aber er hat mich trotzdem sitzenlassen.« Sie berührt mit ihrem Finger meine Nase, fährt den Nasenrücken entlang bis runter zu den Lippen, lässt ihn so lange dort liegen, bis ich schließlich meine Lippen öffne und mit meiner Zungenspitze ihre salzige Haut berühre.

»Lass uns nicht mehr über Johnny reden«, flüstert sie in mein Ohr.

»Okay«, hauche ich zurück und schließe meine Augen.

Als wir am Donnerstag früh in die Klasse kommen, hängt in der Mitte der Tafel ein vergrößertes Foto von unserem Kuss auf der Party. Irgendwer muss es mit seinem Handy geschossen haben. Oben drüber steht mit Kreide *BITCHES* geschrieben und zwei Pfeile zeigen auf unsere Köpfe.

Als ich es von der Tafel reißen will, hält Irina mich zurück und zerrt mich am Arm aus dem Klassenraum.

»Was soll das?« Ich reibe über die rote Stelle auf meinem Oberarm.

»Lass das dort hängen, verdammt!«

»Wozu soll das gut sein?«

»Wenn Frau Kloppig kommt, wird sie fragen, wer das war, und dann wissen wir es wenigstens.«

»Aber keiner wird das zugeben«, widerspreche ich.

»Na und? Dann wird eben die ganze Klasse nachsitzen müssen oder eine Strafarbeit bekommen, bei Mobbing ist Frau Kloppig ganz engagiert.«

»Ist doch albern!«

»Ist es nicht! Ich kann viel besser schlafen, wenn ich weiß, dass die Idioten einen Aufsatz über Ausgrenzung oder so einen Scheiß schreiben müssen. Die müssen sich dann richtig abrackern, das dauert nämlich schon 'ne Weile, ehe sich aus deren kleinen Hirnen ein Gedanke rausquetscht.«

Ich zucke mit den Schultern. »Von mir aus. Das ist zwar total bescheuert, aber wenn es dich glücklich macht …«

Wir gehen wieder zurück in den Klassenraum und ich setze mich ohne zur Tafel zu schauen auf meinen Platz.

»Tut mir leid«, murmelt Melanie, ohne mir in die Augen zu sehen.

»Weißt du, wer das war?«

»Nee, echt nicht. Hing schon hier, als ich in die Klasse kam.« Sie schlägt ihr Buch auf und fährt mit dem Finger über die Buchstaben, als müsse sie dringend lesen.

Ich tue unbeeindruckt von dem Bild und auch von dem Geflüster aus den hinteren Bänken, aber plötzlich komme ich drauf, dass Frau Kloppig in ihrem ganzen Engagement vielleicht unsere Eltern in die Schule bestellen und Mama und Papa auf diese Weise erfahren könnten, dass zwischen Irina und mir etwas ist, das ich selbst nicht erklären kann. Ich will schon wieder aufstehen und zur Tafel laufen, als Enzo durch die Tür kommt. Er wirft einen schnellen Bick auf das Foto, reißt es von der Tafel, knüllt es zusammen und stopft es in den Mülleimer.

»Vollpfosten«, zischt er in die Klasse, bevor er sich an seinen Platz setzt.

Ich drehe mich zu ihm um und forme mit meinen Lippen ein lautloses *Danke*.

Kurz sehen wir uns in die Augen, bevor er mit seinem Kopf unter dem Tisch verschwindet, um Bücher aus seinem Rucksack zu holen.

Irina dreht sich zu mir um und schüttelt den Kopf.

»Was? Ist doch besser so«, flüstere ich.

»Nee. Der muss sich immer einmischen«, sagt sie, leider nicht ganz so leise, und ich kann nur hoffen, dass er es nicht gehört hat.

Als Frau Kloppig pünktlich mit dem Klingeln das Klassenzimmer betritt, findet sie nur das gekrakelte *BITCHES* an der Tafel, aber sie scheint keine Lust zu haben, näher darauf einzugehen, sie tunkt bloß den Schwamm in den Eimer und wischt es kommentarlos weg.

Später, auf dem Schulhof, mache ich mich aber auf die Suche nach Enzo. Ich schaue auf dem Sportplatz nach und auch bei den Bänken, wo er manchmal sitzt, aber dort ist er nicht. Ich laufe den gesamten Schulhof ab und entdecke ihn schließlich in der Ecke bei den Mülltonnen, wo die Raucher sich manchmal verstecken. Obwohl es mich Überwindung kostet, gehe ich auf die Gruppe zu, bei der Enzo steht und zu der auch das Mädchen aus der höheren Klasse gehört, mit dem er auf der Party die ganze Zeit geredet hat.

Als er mich sieht, laufen seine Wangen sofort rot an, er löst sich hastig aus der Gruppe und kommt auf mich zu. »Was machst du hier?«

»Ich wusste nicht, dass du rauchst.«

»Ich rauche nicht. Aber bei den Rauchern gibt es immer die interessantesten Gespräche, weißt du doch.«

»Ist das so?«

»Meistens.«

»Hm.«

»Wolltest du etwas Bestimmtes?« Er dreht sich kurz zu seinen Freunden um und lächelt entschuldigend.

Es gibt so ungefähr tausend Sachen, die mich an seinem Verhalten verletzen. Erstens spricht er mit mir, als wäre ich jemand, der in einen Laden kommt und was kaufen will. Zweitens scheint er mich auf keinen Fall seiner neuen Clique vorstellen zu wollen. Drittens wirkt er insgesamt sehr distanziert. Viertens lässt er mich hier ziemlich blöd dastehen. Fünftens …

Aber dann fällt mir ein, dass er sich wahrscheinlich genauso gefühlt hat, als ich ihn habe stehen lassen, um mit Irina davonzuziehen. Ich kann ihm das also gar nicht verübeln.

»Ich wollte nur noch mal Danke sagen, wegen vorhin, wegen dem Foto, du weißt schon.« Ich muss mich sehr zusammenreißen, um nicht auf der Stelle loszuheulen, weil ich einerseits gerührt davon bin, was er gemacht hat, und auf der anderen Seite so verletzt wegen seinem Verhalten jetzt, und am allermeisten, weil ich auf dieses ganze Durcheinander nicht vorbereitet war und mich deshalb schrecklich dumm fühle und naiv.

»Kein Ding.«

»Okay. Danke trotzdem.«

»Ja, ist gut.«

Und weil ich ahne, dass hier nicht mehr viel passieren wird, ich aber nicht ganz bekloppt dastehen will, hebe ich rasch meine Hand zum Abschied. »Also, ich muss dann.«

Enzo nickt und wendet sich wieder seiner Gruppe zu.

Ich laufe mit schnellen Schritten über den Schulhof und halte nach Irina Ausschau. Wahrscheinlich übertreibe ich, aber gerade jetzt habe ich den Eindruck, dass alle tuscheln und kichern, wenn ich an ihnen vorbeilaufe, und sich tierisch darüber freuen, dass die »Großstadt-Tussi« es hier ordentlich verkackt hat.

Ich finde Irina schließlich auf der Toilette, derselben, auf der wir uns zum ersten Mal begegnet sind.

»Was ist los? Du bist total blass.« Sie greift in ihren Rucksack und holt eine Wasserflasche raus, die sie mir hinhält.

»Nein danke.« Ich schaue in den Spiegel und finde tatsächlich, dass ich krank aussehe. »Vielleicht habe ich Fieber.« Ich lege meinen Handrücken auf die Stirn, dann drehe ich den Wasserhahn auf und schütte mir kaltes Wasser ins Gesicht.

»Sollen wir woanders hin?«

»Wohin denn?«

»Weiß nicht. Zum Bach?« Sie reicht mir eine Handvoll Papiertücher, mit denen ich mein Gesicht abwische.

Es gibt nichts Verlockenderes, als mit Irina zu unserem Bach abzuhauen, weg von Enzo, weg von den idiotischen Bemerkungen und weg von irgendwelchen Fotos an der Tafel. Aber ich weiß auch, dass ich, wenn ich jetzt gehe, nicht wiederkommen kann, und das wiederum werde ich meinen Eltern nur schwer erklären können.

»Nein, lass uns bleiben. Sonst sieht es so aus, als würden wir weglaufen«, sage ich und klopfe mir mit den Fingern gegen die Wangen, damit die wieder Farbe bekommen.

»Du bist immer so vernünftig«, lächelt Irina und sieht mich mit einem liebevollen Blick an. »Aber wahrscheinlich hast du recht.«

Wir verlassen die Toilette und betreten erhobenen Hauptes das Klassenzimmer.

Trotzdem gewöhnen wir es uns seit diesem Tag an, uns in den großen Pausen in der Toilettenkabine einzuschließen. Während Irina sich auf der zugeklappten Klobrille ihre Nägel schwarz, grün und blau lackiert, sitze ich auf dem Boden auf meinem Rucksack und mache Hausaufgaben oder höre Irinas Playlist auf dem iPod. Wir küssen uns nie in der Schule, halten auch nicht Händchen, berühren uns überhaupt nicht, auch nicht zufällig.

Nur am Nachmittag, wenn wir in Irinas Zimmer oder an unserem Bach sitzen, kommen wir uns wieder näher. Dort probieren wir die verschiedenen Kuss-Geschmacksrichtungen durch. Küsse mit Kaugummi, ohne Kaugummi, mit Salbeibonbons und Gummibärchen, mit weißer und dunkler Schokolade, und am besten schmecken die, nachdem wir frische Erdbeeren gegessen haben.

»Findest du nicht, dass man nur vom Küssen leben könnte?« Irina kramt in ihrer Tasche nach einer neuen Geschmacksrichtung.

»Wie meinst du das?« Ich lege mich in das weiche Moos und vergrabe meine Finger darin.

»Ich meine, dass Küssen so großartig ist … In jedem Film ist der Kuss der absolute Höhepunkt, dieses sich in die Augen schauen, und die Lippen sind kurz davor, sich zu berühren, aber man hält noch inne, wartet auf den Augenblick, bevor die Bombe hochgeht, bevor es einen in Stücke reißt! Keine Ahnung, warum die Leute so Ersatzzeug brauchen wie Bungeejumping oder Koks oder Paintball. Sie müssten einfach mehr küssen.«

»Kannst ja einen Knutsch-Verein gründen, vielleicht gibt es das noch nicht. Es gibt auf jeden Fall einen Lach-Verein. Ich habe da mal eine Doku drüber gesehen. Da stehen die Leute dann so im Kreis, es gibt einen Vorlacher, und alle machen mit. Wirkte ein bisschen durchgeknallt, aber ich glaube, die Vorlacherin hat gutes Geld verdient.«

»Wenn ich dann die Vorküsserin sein darf …« Irina hält mir einen Apfelbonbon hin und steckt sich selbst einen in den Mund. »Aber es dürfen nicht alle zum Kuss-Workshop kommen. Ich mache eine Art Casting. Die Hässlichen dürfen natürlich nicht.«

»Du bist gemein.«

»Ach ja? Willst du jemand Hässlichen küssen?«

»Nein, natürlich nicht. Aber es gibt bestimmt welche, die die Hässlichen schön finden.«

»Na dann machen wir eben zwei Gruppen. Eine für die Hässlichen und eine für die Schönen.« Sie legt sich neben mich, und ich höre, wie der Bonbon zwischen ihren Zähnen knirscht.

»Aber dann hast du bestimmt irgendwelche Menschenrechts-Aktivisten an der Backe, die gegen deinen Verein protestieren werden.«

»Mein Gott, sei doch keine Spielverderberin.«

»Ich meine ja bloß.«

Und da rollt Irina sich auf die Seite, beugt sich über mich, sodass ihre Locken auf mein Gesicht fallen, und küsst mich. Wir lassen die Bonbons zwischen unseren Mündern hin und her wandern. Apfelgeschmack ist auch nicht schlecht.

Irina schummelt sich jetzt öfter in meine Träume. Manchmal sind das ganz gewöhnliche Träume, wir sitzen irgendwo rum und schauen in die Wolken oder müssen uns eigentlich auf eine Klassenarbeit vorbereiten, haben aber unsere ganzen Bücher verloren und suchen eine Bibliothek, die aber nicht dort ist, wo sie sein sollte, weshalb wir durch irgendeine Stadt irren und in Züge steigen, ohne zu wissen, wo die uns hinbringen …

Manchmal sind das aber auch andere Träume. Träume, die mit Sex zu tun haben. Damit, dass Irina mich zu sich einlädt und wieder mit Wein abfüllt, mich dann gegen die Wand drückt und ihre Hand in meine Unterhose schiebt.

Aus diesen Träumen wache ich meistens völlig verschwitzt auf, mit diesem Kribbeln im Bauch, das ich auch jedes Mal habe, wenn Irina mich in echt mit ihren warmen Fingern berührt.

Das passiert immer, wenn wir knutschend in ihrem Zimmer oder am Bach daliegen und unsere Küsse immer wilder werden. Dann lässt Irina ihre Hand unter mein Shirt gleiten, streichelt meinen Rücken und dann die Seite, schließlich den Bauch. Und ich wünsche mir in dem Moment so sehr, dass sie meine Brüste berührt, und habe gleichzeitig so eine große Angst davor, dass ich meistens anfange zu kichern und so tue, als würden mich ihre Berührungen kitzeln.

Und all diese Träume bereiten mir noch ganz anderes Kopfzerbrechen: Wie schläft eine Frau mit einer Frau?

Google spuckt dazu einen Haufen Artikel und Chats aus. Und egal wie viel ich dazu lese und was ich glaube, was damit gemeint sein könnte, ist es doch bloße Theorie. Ich habe auch deshalb Angst vor der Praxis, weil

Irina schon Sex hatte, wenn auch mit einem Jungen, und ich noch nicht. Es könnte also durchaus sein, dass ich mich blamiere.

Es gibt aber auch Tage, wo wir einfach nur zusammen sind, ohne zu knutschen. Dann reden wir stundenlang, hören Platten oder kochen uns Nudeln mit Käsesoße. Einmal bekomme ich sogar Irinas Mutter zu Gesicht. Sie kommt überraschend früh nach Hause.

»Mom!« Irina springt auf.

»Schätzchen. Ich dachte gar nicht, dass du zu Hause bist. Und wer ist deine Freundin?« Sie schaut mit einem breiten Lächeln zwischen uns beiden hin und her. Sie hat ein nettes Gesicht, vielleicht etwas stark geschminkt, aber sehr freundlich und offen.

»Ähm … ich bin Laura«, sage ich, weil Irina nicht reagiert. Sie scheint ein wenig überrumpelt.

»Laura! Was für ein toller Name!«

»Finden Sie? Ich finde ihn ziemlich gewöhnlich.« Ich lächele etwas verlegen.

»Nein, gar nicht gewöhnlich, ganz wunderbar!«

»Oh, also ich finde Irina ist ein toller Name, den haben Sie gut ausgesucht …«

»Okay«, unterbricht Irina. »Wir haben eigentlich noch was vor, also …« Sie schnappt sich unsere Schuhe und deutet mit dem Kopf Richtung Haustür. Ich wusste zwar nicht, dass wir noch was vorhaben, aber ich merke, dass es Irina unangenehm ist, mit uns beiden hier rumzustehen, also reiche ich ihrer Mutter zum Abschied die Hand. »War nett Sie kennenzulernen.«

»Hat mich auch sehr gefreut. Vielleicht sieht man sich öfter, wenn Irina dann mal aufhört uns voreinander zu verstecken.«

»Mama!«

»Wann bist du heute zu Hause?«

»Ich weiß es noch nicht.« Sie wirkt plötzlich so ganz anders, als ich sie bisher kannte. Verhuscht und unsicher. Wir verlassen die Wohnung und Irina knallt die Tür hinter sich zu. »Gott«, schnaubt sie, aber das bleibt erst mal das Einzige, was sie sagt.

Wir laufen eine Weile planlos durchs Dorf.

»Sie wirkte sehr nett, finde ich«, sage ich schließlich, weil es mir komisch vorkommt, nicht darüber zu reden.

»Ach ja?« Irina beschleunigt ihre Schritte.

»Wir hätten uns doch ruhig noch ein bisschen mit ihr unterhalten können, es kam mir unhöflich vor …«

»Na, du kannst dich ja gerne mal mit ihr auf einen Kaffee treffen.«

»Mann, was ist auf einmal los mit dir? Ich weiß doch, was mit deiner Mutter los ist.« Ich greife nach ihrem Arm, damit sie aufhört so zu hetzen.

Sie bleibt stehen und sieht an mir vorbei. »Es zu hören, ist etwas anderes, als es zu sehen.«

»Ich fand es nicht schlimm«, versichere ich ihr.

»Weil wir rechtzeitig gegangen sind«, beharrt sie und macht mich langsam wirklich sauer.

»Hey. Hallo! Jetzt sieh mich schon endlich an!«

Widerwillig schaut sie mir in die Augen.

»Du bist diejenige, die immer sagt, dass wir zusammenhalten müssen, dass du von Anfang an gewusst hast, wie gut wir uns verstehen würden, und dass ich diejenige bin, auf die du so lange gewartet hast. Wenn das stimmt, dann musst du mir auch zutrauen, mit dieser Situation umzugehen. Ich komme damit klar!«

Irina sieht mich weiter an, als würde sie die Worte auf sich wirken lassen, schließlich nickt sie ganz sachte. »Gut. Tut mir leid.«

»Du brauchst dich nicht entschuldigen.« Ich nehme sie in den Arm und halte sie eine Weile nur fest, weil ich denke, dass das mehr bringt, als alles zu zerreden.

»Wenn wir beide jetzt so zusammengehören, dann muss ich dir eigentlich Bert und Lucy vorstellen«, flüstert sie in mein Ohr, und ihr warmer Atem an meinem Hals macht mir Gänsehaut.

»Die mit dem Künstlerhaus?«

Sie nickt. »Meine andere Familie. Wenn meine Mutter mich zu sehr stresst. Sollen wir hin?«

»Können wir da einfach so vorbei?« Wir lösen uns aus der Umarmung, und ich habe das Gefühl, als seien wir uns soeben wieder ein Stück näher gekommen.

»Klar! Ich glaube, gestern ist da eine neue Gruppe angekommen. Wir könnten mal schauen, was die so treiben.«

»Warum ist das deine andere Familie?«

»Weil sie sich um mich kümmern, wenn es mir schlecht geht.« Irina nimmt meine Hand und wir schlendern langsam weiter. »Sie behandeln mich, als wäre ich ihre eigene Enkelin. Sie haben keine eigenen, weißt du. Ich glaube, das ist so ein Geben-und-Nehmen Ding. Sie sind nett zu mir und ich helfe ihnen manchmal bei den Veranstaltungen.«

»Und wie hast du sie kennengelernt?« Ich streiche mit meinem Daumen über Irinas weichen Handrücken.

Irina lacht kurz auf. »Oh Gott, ja. Lucy hat mich einmal heulend auf dem Marktplatz aufgelesen. Ich weiß gar nicht mehr, weshalb ich da geheult habe. Streit mit meiner Mutter. Oder mit Johnny. Keine Ahnung, ist ja auch egal, jedenfalls saß ich mit meiner Zimtschnecke am Brunnen rum und hab geheult, da kam sie vorbei und fragte nicht das übliche Zeug, was alle immer fragen. Sie sagte nur: ›Komm, ich zeig dir etwas, das wird dich aufmuntern.‹ Einen ganz kurzen Moment dachte ich, ob die wohl richtig tickt, aber wirklich nur ganz kurz, und dann bin ich einfach mit ihr mit. Ich wusste damals schon von ihrer Kunstscheune und war neugierig. Und weißt du, was sie mir gezeigt hat?«

Ich schüttele den Kopf.

»Fünf Katzenbabys. Echt winzige Dinger, keine zwei Wochen alt, gerade so die Augen offen und total tapsig unterwegs. Ich konnte gar nicht anders, als wieder lachen. Die waren sooo klein.« Sie lässt meine Hand los und zeigt mit den Fingern die Größe an.

Ich lächle. »Ich hätte nicht gedacht, dass du auf kleine Kätzchen stehst.«

»Hast du mal welche gesehen?«

»Nicht in echt.«

»Na, dann sprechen wir uns wieder, wenn es soweit ist.«

Ich versuche, mir Irina mit fünf Katzenbabys auf dem Arm vorzustellen. Es gibt noch so viel, was ich von ihr nicht weiß: ob sie an Gott glaubt zum Beispiel oder ob sie einen Albtraum hat, der immer wiederkehrt, oder als was sie sich am liebsten zu Fasching verkleidet hat. Ich habe noch keine Kinderbilder von ihr gesehen und sie noch nicht mal gefragt, was sie in den Ferien macht. Manchmal scheint es mir, als würden wir zwei von einem Tag in den anderen hineinleben, als würde das Gestern und das Morgen überhaupt keine Rolle spielen.

Wir überqueren den Marktplatz, winken dem Bäcker zu, der vor der Tür steht und raucht, und biegen in den Veilchenweg ein, wo ganz am Ende ein großes knallorange gestrichenes Haus steht. Im Vorgarten stehen Hunderte Terrakottakübel in unterschiedlichen Größen, aus denen die bunten Blumen nur so überquellen. Der Wein rankt sich an der Hausmauer entlang, und ein kleiner Weg, der mit zerbrochenen Kacheln gepflastert ist, schlängelt sich in den hinteren Gartenbereich. Auf dem Rasen stehen kleine Figuren aus Ton: nackte Frauen, Elefanten mit Perlenaugen, ein Buddha, eine ganze Froschfamilie und noch andere Dinge, vielleicht Engel, vielleicht Elfen. Aus der Scheune, die links neben dem Haus steht, dringt Trommelmusik. Ich bleibe stehen, weil ich den Eindruck habe, hier in etwas reinzuplatzen.

»Komm schon.« Irina winkt mich weiter. An einer Scheunenwand stehen die Bretter etwas weiter auseinander, und wir stellen uns auf die Zehenspitzen, um durch die Lücken zu spähen. Ich kann nicht viel erkennen, einige Frauen, die tanzend vorbeihuschen. Tücher, die durch die Luft gewedelt werden.

»Wer spannt denn da so unverschämt?«

Irina und ich drehen uns erschrocken um.

»Ach, du bist es, Lucy!« Irina greift nach meiner Hand.

Lucy kommt lächelnd die Terrassentreppen runter. »Nett ist das ja nicht gerade, was ihr da macht.« Sie wirkt dennoch nicht böse.

»Was sind das für Leute?«, fragt Irina, und wir laufen Lucy entgegen, dabei lassen wir unsere Hände wieder los.

»Eine Tanzgruppe aus Hannover. Sie haben die ganze Woche gebucht. Sehr nette Frauen, nur essen die alle vegan, da muss ich mich erst mal einlesen, was ich überhaupt kochen kann.« Sie deutet auf das Buch unter ihrem Arm: *Vegan For Fun*.

»Zeig mal.« Irina streckt ihre Hand nach dem Buch aus und fängt dann an darin rumzublättern. »Das ist übrigens Laura. Sie kommt aus der Stadt und ist seit ein paar Wochen in meiner Klasse.«

Das scheint mir eine ziemlich unpersönliche Beschreibung von mir zu sein. Ich weiß nicht einmal, ob Irina das mit uns beiden vor allen geheim halten möchte, darüber haben wir nie gesprochen. Ich beschließe jedoch, mir später darüber Gedanken zu machen, und reiche Lucy höflich die Hand.

»Bleibt ihr auf einen Kaffee?« Lucy deutet auf den Tisch auf der Terrasse.

»Klar«, antwortet Irina und läuft ohne vom Buch aufzuschauen die Treppe nach oben, dann dreht sie sich zu mir um. »Oder? Ich meine, wir bleiben doch?«

»Ja«, antworte ich. Was anderes bleibt mir nicht mehr übrig. Ich frage mich, ob Irinas Eigenschaft, für andere mitzuentscheiden, mir irgendwann auf die Nerven gehen wird, und ob ich ihr das durchgehen lassen würde, wenn sie ein Junge wäre. Ich glaube nämlich eigentlich nicht.

»Bert! Bring doch zwei Tassen mehr raus!«, ruft Lucy in Richtung Haus, doch dann legt sie die Finger auf ihre Lippen. »Ups, wir wollen die Damen nicht bei der Meditation stören.« Sie legt ihre Hand auf meinen Rücken und schiebt mich nach oben.

Da kommt Bert durch die Tür, mit einer Thermoskanne in der einen Hand und klirrenden Tassen in der anderen. »Tach«, grüßt er und stellt das Kaffeezeug auf den Tisch, er und Irina umarmen sich und küssen sich auf die Wangen. Ich reiche wieder höflich meine Hand und stelle mich diesmal selber vor, ich will nicht wie Irinas Anhängsel wirken. Wir nehmen Platz, und Irina versenkt sich wieder in das Buch, sie wirkt so entspannt, als wäre das hier wirklich ihr echtes Zuhause. Bert gießt Kaffee in unsere Tassen.

»Und gefällt es dir hier?« Lucy hält mir einen Teller mit Keksen hin.

»Danke. Hm. Ich weiß nicht, ob *gefällt* das richtige Wort ist. Ich habe mich arrangiert.«

Lucy lacht. »Ja. Das kann ich mir vorstellen!« Und dann fängt sie an zu erzählen, davon, wie Bert und sie hier angekommen sind, vor sechs Jahren, und einen totalen Kulturschock erlebt haben. »Anfangs war es schwer, weißt du, aber Bert hatte diese schreckliche Neurodermitis, und die Abgase in der Stadt haben es immer schlimmer gemacht. Aber hier … keine zwei Monate und schon ging es besser, nicht wahr, Bert?«

»Hmm.«

»Dann hatten wir die Idee mit der Künstlerscheune, einfach um mal andere Leute hier zu sehen. Bert hat das alles ausgebaut, ich habe mich um die Internetseite gekümmert. Die Leute aus dem Dorf kamen zum Gucken. Einige waren skeptisch, wegen Ruhestörung und dergleichen, andere meinten, es sei eine super Idee. Ich habe dann ein kleines Sommerfest organisiert und alle Bewohner eingeladen. Die erste Künstlergruppe war auch gleich mit dabei. Sie haben einen Töpfer-Workshop angeboten. Und so kamen wir alle langsam ins Gespräch, stimmt's, Bert?«

»Stimmt.«

»Aber für so junge Leute wie euch ist das hier nichts, oder Bert?«

»Nein. Nichts für junge Leute.«

Ich lächle in mich hinein, dieser Bert gefällt mir. »Ich werde auch nicht hierbleiben. Nur solange ich muss, wegen der Schule und meinen Eltern. Aber danach bin ich weg.«

»Und wohin?« Lucy tunkt einen Keks in ihren Kaffee.

»Ich weiß es nicht. Hauptsache weg.« Obwohl ich nicht zu Irina gucke, merke ich, wie sie von ihrem Buch aufschaut und mich ansieht. Ein ziemlich bohrender Blick. Ich greife nach noch einem Keks und mustere den Baum zu meiner Rechten, aus dem es bei jedem kleinen Windstoß klimpert. Die Äste sind vollgehängt mit Windspielen aus Holz und Metall. Ich glaube, Mama würde es hier gefallen. Ich könnte mir auch vorstellen, dass sie sich gut mit Lucy verstehen würde.

»Wie wäre es mit Bratreis mit Minz-Sesam-Sauce?« Irina legt das aufgeschlagene Rezept in die Mitte des Tisches.

Bert grummelt etwas, das ich nicht verstehe, und Lucy setzt ihre Brille auf, um sich das Rezept durchzulesen.

»Ich könnte dir helfen«, schlägt Irina vor und sieht mich dabei fragend an.

Aber obwohl ich mich hier wohlfühle, sollte ich mich doch mal wieder zu Hause blicken lassen, meine Mutter würde sich bestimmt auch über Hilfe beim Kochen freuen. »Ich muss leider heim, vielen Dank für den Kaffee.«

»Morgen Abend machen die Damen hier eine kleine Aufführung. Vielleicht wollt ihr zwei auch kommen?« Lucy schaut von Irina zu mir und wieder zurück. »Ist ja nicht so, dass man hier auf dem Kaff was anderes vorhat, richtig, Bert?«

»Richtig.«

Ich stelle mir Bert inmitten der tanzenden Frauen vor und schon allein deshalb muss ich unbedingt kommen. Irina und ich nicken gleichzeitig. »Wir kommen«, versichere ich und greife nach meiner leeren Tasse.

»Lass bitte stehen.«

»Okay. Danke noch mal.« Ich verabschiede mich und laufe die Terrassentreppe runter. Die drei wirken sehr vertraut miteinander und Lucy ist wirklich einer dieser herzlichen, warmen Menschen. Ich freue mich, dass Irina hier einen Platz gefunden hat, doch gleichzeitig fühle ich mich auch ausgeschlossen, ohne sagen zu können, warum.

Am Gartentor fängt mich Irina ab. »Hey, warte …«

Ich bleibe verdutzt stehen.

»Ist alles okay bei dir?«

»Ja. Bei dir nicht?«

»Doch … ich wollte nur …« Sie schaut sich hastig nach allen Seiten um. »Einen Kuss.« Sie drückt mich an den Holzzaun und küsst mich ziemlich ungestüm. Mein Herz fängt an ganz schnell zu pochen, allein der Gedanke, dass uns jemand hier sehen könnte …

»Warum machst du das?«, flüstere ich in den Kuss hinein.

»Es ist bloß so ein Gefühl«, erwidert Irina, ihre Lippen immer noch auf meinen.

»Was für ein Gefühl?«

»Es kam mir gerade so vor, als ob …« Sie beißt sanft in meine Oberlippe, dann lässt sie von mir ab. »Ach, vergiss es. Ich quatsche schon so einen Scheiß wie meine Mutter. Alles gut.«

»Irina?«

»Wirklich, alles gut. Wir sehen uns morgen, ja?« Sie streicht mir über die Haare und lächelt mir beruhigend zu.

»Ja. Morgen.« Ich warte, bis sie wieder hinter dem Haus verschwunden ist, dann mache ich mich auf den Weg nach Hause, jetzt allerdings mit einem komischen Gefühl. Was hat Irina bloß gemeint?

Als ich wieder über den Markplatz laufe, bin ich so in Gedanken vertieft, dass ich erst viel zu spät bemerke, dass Enzo zusammen mit seinem Onkel auf der Bank mitten auf dem Platz sitzt. Wegen seiner Sonnenbrille, erkenne ich ihn auch erst auf den zweiten Blick. Ich könnte schnell den Rückweg antreten, aber ich weiß nicht genau, ob sie mich vielleicht schon gesehen haben, also tue ich am besten so, als hätte ich hier etwas zu erledigen. Ich wische mir schnell über die Lippen, für den Fall, dass Irinas Lippenstift abgefärbt hat.

»Hallo, Laura.« Enzo setzt die Sonnenbrille ab.

Keine Ahnung, wieso, aber ich fange wieder mal an zu stottern. »Äh, ja … ich … ich muss zum Bäcker, wegen … wegen … Brötchen!«

»Ein sehr guter Grund, zum Bäcker zu gehen«, findet der Onkel und zwinkert mir verschmitzt zu.

»Genau.« Mit wahrscheinlich hochrotem Kopf stoße ich die Tür zur Bäckerei auf und bestelle drei Brötchen.

»Deine Eltern waren vor einer halben Stunde hier«, sagt der Bäcker. »Sie haben auch drei Brötchen gekauft.«

»Ach, echt?« Hier hat wohl jeder alles genau im Blick.

»Trotzdem welche?« Er greift zögerlich nach der Papiertüte.

»Ja.« Ich krame das Kleingeld aus meinem Portemonnaie, lege es auf die Theke, schnappe mir die Tüte und stürme aus dem Laden.

»Wo ist dein Onkel hin?« Ich deute auf den leeren Platz neben Enzo.

»Er dachte, er lässt uns zwei mal *alleine*«, antwortet er und macht mit den Fingern Gänsefüßchen in die Luft.

»Ach, wirklich?«

»Lorenzo weiß ganz genau, was sich gehört.«

Es entsteht ein Augenblick unangenehmer Stille.

»Außerdem musste er wieder zurück, nach seiner Pasta sehen.«

»Ah, okay.«

»Alles gut bei dir?« Er schirmt seine Augen gegen die Sonne ab und schaut zu mir hoch.

»Ja«, sage ich und setze mich auf den freien Platz neben ihm. »Wir haben lange nicht mehr richtig gesprochen.«

»Das stimmt.«

»Du hast wohl viel um die Ohren?« Ich knete die Papiertüte auf meinem Schoß.

»Und du?« Er setzt seine Sonnenbrille wieder auf.

»Ja. Hier und da. Ich war mal im Restaurant und habe nach dir gefragt«, gebe ich zu, damit das Gespräch endlich mal in Gang kommt.

»Du kannst mich auch anrufen, weißt du?«

»Ich weiß gar nicht, ob ich deine Nummer … Ist ja auch egal, ich hatte ein bisschen den Eindruck, dass du mir aus dem Weg gehst.«

Er beugt sich nach vorne und stützt seine Ellenbogen auf die Knie, dann schüttelt er den Kopf. »Das stimmt nicht.«

»Nicht? Na ja, kann sein, es kam mir halt so vor.«

»Du hättest mir ruhig sagen können, dass du lesbisch bist«, platzt es aus ihm heraus, und damit habe ich jetzt am allerwenigsten gerechnet. Ich brauche eine Weile, um das zu verarbeiten, und noch eine weitere Weile, um mir zu überlegen, was ich darauf antworte.

»Ich bin nicht lesbisch.« Mehr kriege ich nicht hin.

»Ach nein?

»Nein.«

»Hm.« Enzo macht ein nachdenkliches Gesicht. »Und das mit Irina?«

»Ich weiß es nicht genau.«

Er seufzt. »Tja, auf dem Jungsklo steht mit Edding auf allen Klotüren *Irina und Laura lecken sich die…*«, er zögert, »…na, du weißt schon.«

»Oh Gott!« Ich vergrabe mein Gesicht in meinen Händen und lasse dabei die Brötchentüte zu Boden fallen. Das hier ist mindestens zweihundert Prozent peinlich.

Am liebsten würde ich wegrennen oder losheulen oder wegrennen UND losheulen, und am allerliebsten würde ich gerne irgendwo gegentreten, aber dann müsste ich meine Hände vom Gesicht nehmen, und das kann ich gerade nicht. Ich hasse diese Jungs dafür, dass sie so einen Dreck schreiben. Und weil ich nicht weiß, wer genau das war, hasse ich alle Jungs aus der Schule.

Außer Enzo natürlich. Ich höre, wie er meine Brötchentüte vom Boden aufhebt und sie neben mich legt. »Ich kann das wegmachen, wenn du willst. Aber es wird dann in der nächsten Pause wieder dranstehen.«

»Warum?«, flüstere ich immer noch hinter vorgehaltenen Händen.

»Warum was?« Enzo rückt ein Stück näher an mich ran.

»Warum machen Jungs so dämlichen Scheiß?« Ich lasse die Hände wieder in meinen Schoß sinken, schaue aber vorsichtshalber in die Ferne, bloß nicht in Enzos Gesicht.

»Willst du es wirklich wissen?«

Ich weiß nicht, ob ich es wissen will, sage aber trotzdem: »Ja.«

»Weil es sie total anmacht.«

Jetzt fallen doch ein paar dicke Tränen auf meine Hose, nicht weil es mich so groß überrascht, sondern weil plötzlich ein großer Weltschmerz gegen meine Brust drückt. Warum wollen Menschen anderen Menschen immer alles kaputt machen? Dinge im schlechten Licht dastehen lassen? Billig, eklig, verletzend.

»Weinst du?« Enzo berührt mit seinem kleinen Finger meinen Handrücken.

Ich schüttele den Kopf. »Gleich nicht mehr.«

»Tut mir leid, ich hätte es dir vielleicht lieber nicht sagen sollen.«

»Doch, doch.« Ich wische mir schniefend die Tränen von den Wangen. »Wollen wir woanders hin?«

Ich stehe auf und laufe los, und Enzo antwortet gar nicht, sondern folgt mir mit meiner Brötchentüte. Wir sprechen nicht, laufen nur schnell in die Richtung meines Hauses, machen dann aber einen großen Bogen darum, folgen einem schmalen Trampelpfad, schieben Gestrüpp zur Seite und kriegen ein paar Brennnesseln ab. Schließlich gelangen wir über einen Umweg zum

Gänsefeld und setzen uns dort auf den Boden ins hohe Gras.

»Ich kann dein Haus sehen.«

»Sind wir jetzt eigentlich Freunde oder nicht?« Ich habe mich wieder gefangen, die Tränen haben mich tatsächlich erleichtert.

»Tja. Hm. Ja. Vermutlich. Oder?«

»Du weißt es nicht?«

»Doch. Wir können gerne Freunde sein, ich hatte bloß gedacht … Ach, vergiss es einfach. Wir sind Freunde.« Er rupft einen langen Halm aus dem Boden und wickelt ihn sich um den Finger.

Ich glaube, ich weiß, was er mit *bloß gedacht* meint. Ich kann ihm nur unmöglich sagen, dass es mir auch so geht, schließlich bin ich schuld an diesem ganzen Schlamassel. Es wäre auch nicht fair Irina gegenüber.

»Weißt du, ich habe mir das alles hier ganz anders vorgestellt …« Wenn wir Freunde sind, dann kann ich mich ihm doch anvertrauen. »Ich dachte, ich komme hier an und liege schlecht gelaunt in der Hängematte, verhalte mich in der Schule unauffällig, gehe allen aus dem Weg und ritze in meinem Zimmer Striche an die Wand, so wie im Knast, zähle die Sekunden, bis ich hier endlich wieder wegkann.«

»Das klingt nicht gerade nach Spaß.«

»Stimmt. Und es ist ja auch ganz anders gekommen.« Ich rupfe auch einen Grashalm aus dem Boden und reiche ihn Enzo.

»Das mit dem unauffällig ist jedenfalls gründlich in die Hose gegangen.« Er nimmt den Halm und verknotet ihn mit seinem.

»Ich bin nicht lesbisch, weißt du. Oder zumindest … Ich weiß es nicht. Ich habe da diesen bescheuerten Test im Internet gemacht, oh Gott, das darfst du bitte keinem erzählen!« Ich drücke seinen Arm. »Versprochen?«

»Wem sollte ich das erzählen?« Er schüttelt den Kopf und schaut dabei auf meine Hand, die ich irgendwie automatisch auf seinem Arm liegen lasse.

»Weiß nicht, diesem Mädchen aus der Zwölften vielleicht? Oder deinen Kumpels aus der Raucherecke.«

»Was? Das sind nicht meine Kumpels, das sind nur die erträglichsten Leute von der ganzen Schule. Und Lisa, der gebe ich manchmal Nachhilfe in Mathe.«

»Ich wusste gar nicht, dass du ein Mathe-Crack bist.«

»Jetzt weißt du es.«

»Okay. Du darfst es trotzdem niemandem erzählen!«

»Ist ja gut. Also, was für einen Test?«

»Einen im Internet. Die Fragen waren so bekloppt. Ich weiß gar nicht, warum ich sie trotzdem angekreuzt habe.« Jetzt, mit Abstand, wirkt es noch viel lächerlicher. »Ob ich den Gedanken, ein Mädchen zu küssen, gut finde, zum Beispiel.«

»Ich finde den Gedanken gut!« Enzo grinst über das ganze Gesicht.

Ich glaube, das ist es, was ich am meisten an ihm mag. Seinen Humor und diese unkomplizierte Art. Jetzt wo wir hier so sitzen, habe ich das Gefühl, ich könnte ihm alles sagen. Und alles, was zwischen uns schiefgelaufen ist, spielt gar keine Rolle mehr.

»Hast du schon mal darüber nachgedacht, einen Jungen zu küssen?«, frage ich und nehme endlich meine Hand von seinem Arm.

Er seufzt, fährt sich mit beiden Händen durch die Haare und überlegt eine Weile. »Es würde dich wahrscheinlich beruhigen, wenn ich Ja sage, aber ganz ehrlich … noch nie.«

»Hm.«

»Hast du denn schon mal einen Jungen geküsst?«

»Klar!«, platzt es übertrieben laut aus mir heraus. »Ich meine, ja. Da wo ich herkomme, ich hatte da so Freunde, wir waren drei Mädchen und drei Jungs, da haben wir schon manchmal rumgeknutscht, auf Partys oder so.«

»Das klingt aufregend.«

»Nein, gar nicht«, gestehe ich. »Das war eher so zum Spaß.«

»Verstehe.«

»Irina und ich, wir sind nicht zusammen.« Es ist mir wichtig, dass er es weiß. Und obwohl es auch stimmt, habe ich trotzdem gerade den Eindruck, Verrat zu begehen.

»Also ist es auch eher so zum Spaß?«

»Nein. Es ist etwas anderes. Ich kann nur nicht sagen, was.«

»Klingt kompliziert.«

»Es tut jedenfalls gut, mit jemandem darüber zu reden.« Ich sehe zu ihm rüber. »Du magst Irina nicht besonders, oder?«

»Wie kommst du darauf?«

»Na ja, ich bin nicht dumm, weißt du. So etwas merkt man.«

Enzo kratzt sich am Kopf. »Aber es stimmt nicht. Ich mag sie schon. Es geht mir nur gewaltig auf die Nerven, dass sie dieselben Menschen mag wie ich und es ihr viel leichter fällt, sie an sich zu binden.«

»Du meinst Johnny.«

»Auch.«

»Sie hat es nicht einfach, weißt du.«

Er sieht mich verwirrt an. »Ich hab es auch nicht einfach, und du auch nicht. Wir haben es alle nicht einfach.«

»Aber das ist etwas anderes. Ich glaube, sie hat es schwerer als wir beide.« Obwohl ich nur versuche, Partei für Irina zu ergreifen, fühlt es sich nicht richtig an, eher so als würde ich tratschen.

»Hat sie dich beauftragt, mit mir zu reden?« Er wühlt mit seiner Schuhspitze die Erde auf und schiebt sie zu einem Haufen zusammen.

»Nein, nein, hat sie nicht, auf keinen Fall, ich wollte nur …« Ich halte inne, weil ich das Gefühl habe, mich hier um Kopf und Kragen zu reden.

»Sie lässt einen manchmal einfach stehen wie einen Idioten.«

»Ich weiß«, sage ich und fühle mich gleich wieder schuldig, schließlich habe ich mich von Irina von ihm wegziehen lassen. »Es tut mir leid.«

»Du brauchst dich echt nicht für Irina zu entschuldigen.«

»Nein, ich entschuldige mich für mich selbst.«

Enzo schüttelt den Kopf, aber ich merke ganz genau, dass er sehr wohl weiß, wovon ich rede. »Ach, weißt du was, lass uns das doch einfach alles vergessen.«

»Wenn du das kannst, wäre ich wirklich glücklich.«

Er lächelt und nickt. Ich beobachte ihn dabei, wie er die Erde, die er zusammengeschoben hat, mit seinen Händen zu einem Hügel festklopft und dann kleine Steinchen zur Verzierung hineinsteckt. Ich sammele ebenfalls ein paar Steinchen auf und halte sie ihm hin. So sitzen wir eine Weile und schweigen, und je mehr Zeit vergeht, umso mehr habe ich das Gefühl, dass zwischen uns wirklich alles in Ordnung kommen könnte.

»Schau mal, sind das nicht deine Eltern?« Er zeigt rüber zu unserem Garten, wo meine Eltern gerade den Tisch zum Abendbrot decken.

»Verdammt, ich wollte eigentlich nach Hause«, fällt mir wieder ein.

»Kommst du oft hierher?«

»Ab und zu. Wegen der Gänse. Manchmal hätte ich einfach Lust, über das Feld zu rennen, damit sie alle gemeinsam hochfliegen.«

»Das ist total verboten. Ist ein Naturschutzgebiet hier, das weiß du schon, oder?«

»Ja! Ich mache es ja auch nicht, ich hätte bloß große Lust.« In Wirklichkeit wusste ich nicht, dass das verboten ist, aber wenn ich jetzt darüber nachdenke, finde ich es sehr logisch. »Ich muss los, meine Eltern wollen bestimmt gleich essen.«

»Okay.« Er steht schwungvoll auf und reicht mir seine Hand, um mich hochzuziehen. Wir laufen hintereinander den schmalen Weg entlang. Ich betrachte Enzos geraden Rücken, seine blonden Haare, die ihm in den gebräunten Nacken fallen, seine Hände, die er beim Laufen zu Fäusten geballt hat.

»Vielleicht können wir mal zusammen Musik hören«, schlage ich vor.

»Könnten wir. Ich kann aber nicht noch einmal mit dir über Irina sprechen.«

Das *warum* liegt mir schon auf der Zunge, aber ich kann es noch rechtzeitig zurückhalten. Ich weiß ja, warum. Brauche doch wirklich nicht blöder tun, als ich bin. »Einverstanden.«

Er blickt kurz zu mir zurück und lächelt. »Ist nicht böse gemeint.«

»Nein, klar. Ich verstehe schon.«

Seine Schritte werden größer, und ich beeile mich hinterherzukommen, sodass ich ein wenig außer Atem bin, als wir am Haus ankommen.

Wir stehen noch einen Moment vor unserem Gartentor rum, und ich höre die Hühner gackern und meine Eltern mit Besteck klappern.

»Am Montag kommt übrigens eine neue Lieferung Vogelspinnen in die Tierabteilung, vielleicht hast du ja Lust, denen Namen zu geben.« Enzo macht mit seinen Fingern die Bewegung von Spinnenbeinen nach. Mich schaudert es bei der bloßen Vorstellung, dass es jemanden geben muss, der die Spinnen aus dem Karton in das Terrarium tut.

»Hast du schon mal so eine in der Hand gehabt?«, frage ich mit angewidertem Gesicht.

»Einer muss es ja machen.«

»Also hast du?

»Nein. Das ist immer Chefsache. Der steht da irgendwie drauf. Aber ich suche die Namen aus, und wenn du willst, darfst du es diesmal machen.«

Ich nicke, auch wenn Spinnen nicht so mein Ding sind, einfach weil ich es nett von ihm finde. »Du, mein Zimmer ist schon fast fertig. Also wenn es ganz fertig ist, kannst du mich ja mal besuchen und sehen, wie sich dein Affenbrotbaum macht. Kannst ihm ja auch einen Namen geben.«

»Heute noch nicht?« Enzo setzt seine Sonnenbrille wieder auf.

»Nein, heute nicht.« Ich werde den Eindruck nicht los, dass bei allem, was wir sagen, immer etwas zwischen den Zeilen mitschwingt. »Komm gut nach Hause. Und danke noch mal.« Ich greife nach der Klinke.

»Träum schön«, sagt er, und ich könnte schwören, er zwinkert mir zu, aber wegen der Brille kann ich das nicht mit Gewissheit sagen. Lächelnd schlage ich das Tor hinter mir zu.

»Ist das etwa unsere Tochter?« Mama und Papa sehen sich erstaunt an, aber eher so, wie man es auf einer Theaterbühne tun würde.

»Ja, ja, schon gut. Ich habe Brötchen mitgebracht.« Ich lege die Papiertüte auf den Tisch und setze mich zu ihnen.

Meine Mutter reicht mir die Schüssel mit dem Rührei. »Diesmal von unseren Hühnern. Ich glaube, Trixi und Paulinchen haben die gelegt. Oder Emma und Dörte?« Sie sieht zu meinem Vater, aber der zuckt bloß mit den Schultern.

»Wann hast du ihnen denn diese Namen gegeben?«, lache ich.

»Es gibt eine Menge, was du nicht mitbekommst, seit du den ganzen Tag außer Haus bist. Warst du bei Irina?«

»Erst mal, und dann noch mit Enzo auf dem Gänsefeld«, gebe ich zu, denn warum sollte ich sie anlügen? Während ich das Rührei probiere, fallen mir die Augenringe meines Vaters auf. »Du wirkst müde.«

»Die Arbeit.« Er holt ein Brötchen aus der Tüte, bricht das obere Ende ab und fängt an, den Teig rauszupulen, um den Hohlraum gleich wieder mit Ei zu füllen.

»Gefällt es dir da nicht?« Ich nehme den Teig von seinem Teller und knete daraus eine feste Kugel. Das habe ich schon als Kind immer gemacht.

»Doch, es gefällt mir. Ist bloß sehr viel, so am Anfang.«

Mir wird bewusst, dass ich schon lange nicht gefragt habe, wie es meinen Eltern geht. Eigentlich weiß ich momentan nicht viel von ihnen. Ob mein Vater sich Sorgen macht und warum die Hühner komische Namen bekommen. Was meine Mutter eigentlich den ganzen Tag so treibt und ob mein Vater seine Kollegen nett findet. Genauso wenig wissen sie von mir. Dass ich mit Irina rumknutsche zum Beispiel … und dass ich es schön finde und aufregend, aber mit ein bisschen Abstand immer daran zweifele. An mir zweifele, so sehr, dass ich mich bisher nicht mal getraut habe, etwas darüber in mein Tagebuch zu schreiben. Was würden sie wohl sagen, wenn ich das einfach so beim Rührei erzähle? Würden ihnen die Bissen im Hals stecken bleiben oder wären sie ganz cool? Und würde mir vielleicht sogar ein Stein vom Herzen fallen?

»Und stell dir vor, dein Vater hat heute nach der Arbeit sogar dein Bett aufgebaut.«

»Oh wow, echt?« Ich werfe ihm einen erstaunten Blick zu und er deutet auf das Pflaster an seinem linken Zeigefinger.

»Na ja, bis auf das hier hat es erstaunlich gut geklappt.«

»Danke, Papa.« Ich beuge mich zu ihm rüber und drücke ihm einen Kuss auf die Wange.

»Du bist doch morgen zum Frühstück da, oder?« Mama gießt sich Tee ein.

»Ja. Wieso?« Ihr geheimnisvoller Tonfall lässt mich aufhorchen.

»Nur so! Ich will doch nur wissen, für wie viele ich decken soll.«

Ich runzele die Stirn und versuche, ihren Blick zu erhaschen, aber sie schaut absichtlich weg und lächelt so komisch dabei.

9

»Überraschung!!!«

Ich fahre im Bett hoch und greife schnell nach meiner Decke, als wäre sie eine Verteidigungswaffe. »Marlene???« Wahrscheinlich träume ich bloß.

»Jaaaaahhhhh!« Marlene kommt zu mir rübergerannt, wirft sich auf mein Bett und schlingt die Arme um meinen Hals. Kein Traum, sondern ihre echte überdrehte Stimme, ihr echter Duft nach Apfelshampoo und ihre echte Umarmung, bei der einem fast die Luft wegbleibt.

»Was machst du hier? Wie …? Wann …?« Ich reibe mir über die verschlafenen Augen.

»Geil, oder? Meine Mutter und deine Mom haben sich das ausgedacht, letztens als sie telefoniert haben. Schau mal!« Sie springt wieder auf, läuft zu ihrem Rucksack, den sie an der Tür liegen gelassen hat, und holt einen Stapel Prospekte raus, die sie mir aufs Bett wirft: *Italien für Anfänger, Italiens Kulturerbe, Die besten Partys in Italien.*

»Das wird der absolute Hammer!« Sie schmeißt sich wieder aufs Bett und macht es sich darin gemütlich, während ich etwas planlos in einem Prospekt blättere und immer noch nicht so recht glauben kann, dass Marlene jetzt hier ist. Deshalb also Mamas verschmitztes Lächeln gestern beim Abendbrot. Von unten höre ich Stimmen und klapperndes Geschirr.

»Das ist echt irre, dass du hier bist…« Ich mustere ihr Gesicht und versuche dahinterzukommen, was sich eigentlich geändert hat. »Hast du eine neue Frisur?«

»Oh Mann, ich dachte schon, du fragst nie!« Sie wuschelt sich durch die Haare.

»Hey, entschuldige, aber du bist gerade mal zwei Sekunden hier.«

»Ich dachte, es wird mal Zeit für Stufen.« Sie stützt ihr Kinn in die Hand und klimpert lächelnd mit ihren Wimpern.

»Ich überlege auch schon die ganze Zeit, ob ich mir meine abschneide. Also so richtig.«

»Kurze Haare?« Sie rümpft die Nase.

»Warum nicht? Mal was Neues.«

Hm. Das ist ein komisches Gespräch, das wir gerade führen. Normalerweise haben Marlene und ich nie über Frisuren gesprochen, auch nicht über Outfits oder Styling, sondern eher über Bücher und Filme und Jungs und die nächste Demo gegen Tierquälerei. Aber vielleicht müssen wir erst mal mit Frisuren unsere Verlegenheit überwinden. Es fühlt sich nämlich durchaus komisch an, sie hier in meinem Bett zu haben.

»So ganz kurz meinst du? Also so?« Sie rutscht zu mir, greift sich meine Haare und hält sie nach oben. »Dreh dich mal ins Profil.«

»Ich bin noch nicht ganz sicher.«

»Na ja, könnte schon ganz gut aussehen, aber vielleicht wartest du noch bis nach Italien. Ich habe gehört, die italienischen Jungs stehen auf lange Haare.«

»Wo hast du das denn gehört?«

»Weiß nicht mehr. Zeitung, Fernsehen, oder hat mir das meine Cousine erzählt?«

»Es gibt hier auch einen italienischen Typen in meiner Klasse«, sage ich und weiß schon in der nächsten Sekunde nicht, warum. Ich will doch wohl nicht mit Enzo angeben?

»Ist er hübsch?«

Ich zucke mit den Schultern. Aber natürlich ist er hübsch. Obwohl, stimmt nicht. Hübsch ist ein viel zu niedliches Wort. Enzo sieht auf eine besondere Art gut aus. Weit entfernt von einem Schönling, eher etwas mit Charakter. Jedes Mal, wenn ich ihn sehe, fallen mir andere Sachen an ihm auf. Gestern zum Beispiel fand ich die Leberflecken in seinem Nacken ganz irre. Das wird mir jetzt erst klar. »Na ja, nicht schlecht«, lüge ich und hoffe, dass das Thema damit gegessen ist.

Marlene krabbelt aus meinem Bett und sieht sich im Zimmer um. Sie streicht mit ihren Fingern über meine CDs und Bücher und mustert etwas skeptisch die alte Tapete, die ich an der einen Wand drangelassen habe. »Retro?«

»Retro!«

»Ach Mensch, ich finde es echt schön, jetzt hier bei

dir zu sein, aber ich find's immer noch scheiße, dass es so weit weg ist.«

»Wie geht es den anderen?« Ich stehe auf und greife nach der Jeans, die auf dem Boden liegt.

»Gut. Glaube ich. Aber es lebt sich alles gerade ein wenig auseinander.«

»Wirklich?« Damit hatte ich nicht gerechnet.

»Ja, Kati und ich, weißt du, das hat gut funktioniert, weil du da warst. Du warst wie so eine Art Puffer zwischen uns. Mittlerweile gehen wir uns ziemlich auf die Nerven. Ich finde sie manchmal krass zickig. Eigentlich komisch, dass mir das nicht schon früher aufgefallen ist. Und die Jungs, pfff, diese Jungs, keine Ahnung, die sind jetzt im Fitnesswahn oder so. Machen auf Sportler, gucken sich ständig Surfvideos an und gehen ins Solarium. Wahrscheinlich, um genauso auszusehen wie diese Surfer, was natürlich total albern ist. Kannst du dir Max als … Na ja, egal. Flo vermisst dich, das hat er mal durchblicken lassen. Ich glaube, der war in dich verliebt oder so.«

»Quatsch!« Ich hole frische Socken aus der Schublade.

»Doch, doch. Der wusste das wahrscheinlich selbst nicht, aber jetzt wo du weg bist … Tja, jetzt ist es zu spät.«

»Hat er was gesagt?«

»Der sagt öfter solche Sachen wie: ›Wisst ihr noch, als Laura hier war?‹, oder ›Laura hätte jetzt gesagt …‹

und so Zeug. Laura hier, Laura da. Und dann kriegt er immer so einen Hundeblick.« Marlene schaut mich mit ganz treudoofen Augen an und ich muss lachen.

Ich merke, wie sich in mir drin ein ganz komisches Gefühl ausbreitet. Genugtuung trifft es vielleicht am ehesten. Es geht nicht darum, dass ich schadenfroh bin – ich wünsche keinem von meinen alten Freunden etwas Schlechtes –, aber es ist schön, zu wissen, dass mein Weggehen etwas verändert hat, dass ich ein Puzzleteil war, das das Ganze auch zusammengehalten hat, und dass sich durch meinen Abschied Dinge verschobene haben. Aber dass Flo in mich verliebt ist, glaube ich nun wirklich nicht. Ich glaube eher, Marlene sagt das, um mich aufzumuntern. Dabei braucht sie das gar nicht. Ich freue mich aufrichtig, sie hier bei mir zu haben, aber ich merke gleichzeitig, dass ich auch den Absprung geschafft habe, von dem ich dachte, er wäre ganz und gar unmöglich.

»Wie lange bleibst du?«, frage ich, während ich im Bad verschwinde, um schnell die Zähne zu putzen.

»Morgen Vormittag fahren wir wieder. Aber besser als nichts, oder? Sie warten da unten übrigens mit Frühstück auf uns.«

Ich mustere mein Gesicht schnell im Spiegel und frage mich, ob ich mich seit meinem Umzug verändert habe.

Als ich aus dem Bad komme, sitzt Marlene auf meinem Bett und sieht sich die Polaroids von Irina und mir an. »Das sind schöne Bilder. Wer ist das?«

»Irina«, antworte ich und fühle die Hitze in meine Wangen schießen.

»Eine Freundin?«

»Die Einzige.«

»Hast mir gar nichts von ihr erzählt.« Marlene lächelt zwar, aber in ihrem Blick ist etwas Trauriges. Oder bin ich bloß paranoid?

»Ich ... wir ... da gibt es nicht viel zu erzählen.« Und schon wieder, innerhalb kürzester Zeit, begehe ich Verrat.

»Ihr seht aus, als würdet ihr viel Spaß miteinander haben.«

»Wir haben Wein getrunken, die Stimmung war ziemlich locker.« Das stimmt nicht, aber immerhin haben Irina und ich mal zusammen Wein getrunken, also könnte das als halbe Wahrheit durchgehen. Ich weiß auch nicht, warum ich gerade ein Lügengerüst baue, auf jeden Fall behagte mir das Frisurengespräch mehr.

»Sie ist echt hübsch.«

»Ja.«

»Sind das ihre echten Locken?«

»Ich glaube schon. Wollen wir nach unten?«, frage ich etwas angespannt und öffne schon mal die Zimmertür.

Marlene legt die Bilder zurück an ihren Platz und folgt mir die Treppe runter.

In der Küche wird ununterbrochen geredet, allerdings ist Marlenes Mutter die Einzige, die spricht. Selbst als ich sie mit einer Umarmung begrüße, verteilt sie bloß

zwei kurze Schmatzer rechts und links und schwärmt sofort weiter von den Vorzügen von Hot Yoga. Mama und ich wechseln einen kurzen Blick. Ich bin ihr sehr dankbar, dass sie das hier eingefädelt hat, um mich glücklich zu machen, obwohl sich von Marlenes Mutter unterhalten zu lassen, bestimmt nicht zu ihren Lieblingsbeschäftigungen gehört. Papa hat sich anscheinend aus dem Staub gemacht, nur sein krümelbedeckter Teller zeugt davon, dass er auch mal hier war.

»Und, was habt ihr zwei heute vor?« Mama ergreift die Chance, in die Atempause von Marlenes Mutter zu preschen.

»Tja. Ich werde Marlene ein bisschen die Gegend zeigen, und heute Abend ist ein kleines Fest bei Lucy, da werden wir wohl hingehen.«

»Lucy?«, fragen Mama und Marlene gleichzeitig.

»Die Künstlerfrau aus dem Dorf«, erkläre ich und schmiere eine dicke Schicht Nutella auf mein Croissant.

»Ach ja, ich habe schon von ihr gehört. Unser Nachbar ist ein großer Fan von ihrem Haus. Da wollte ich auch mal vorbeischauen.« Mama tut sehr interessiert, offenbar ist sie froh, dass Hot Yoga jetzt vom Tisch ist.

»Vielleicht treffen wir dort den süßen Italiener!« Marlene grinst breit.

»Italiener?« Mama sieht mich verwundert an.

»Enzo. Und er ist auch kein richtiger Italiener, nur sein Vater. Und keiner hat was davon gesagt, dass er süß ist.«

»Ein bisschen süß ist er schon«, sagt meine Mama und zwinkert Marlene zu.

»Oh ja, apropos Italiener. Bei uns um die Ecke hat so ein neues Restaurant aufgemacht, sieht von außen erst mal ganz gewöhnlich aus, aber die Pizza, sage ich euch! Das ist kein normaler Teig, den die da benutzen, der ist so hauchdünn, dass er auf der Zunge förmlich zergeht. Ich habe letztens schon zu Arnold gesagt: ›Ob die mir wohl das Rezept verraten?‹ Ich bewundere ja Leute, die so ausgezeichnet Essen zubereiten können …« Marlenes Mutter hat sich das Gespräch zurückerobert, und meine Mom wendet sich ihr höflich wieder zu, auch wenn ich sehen kann, dass es sie wirklich Überwindung kostet.

Es tut mir gleich doppelt so leid, als Marlene und ich zu unserem Rundgang aufbrechen.

»Du hast was gut bei mir«, flüstere ich meiner Mutter ins Ohr, als die beiden kurz im Gästezimmer verschwinden.

»Oh ja. Ganz bestimmt.« Mama küsst mich auf die Haare. »Und jetzt viel Spaß euch.«

Ich zeige Marlene das Feld mit den Gänsen, aber sie scheint nur mäßig beeindruckt.

»Kacken die nicht alles voll?«

»Ich weiß nicht. Darüber habe ich echt noch gar nicht nachgedacht«, antworte ich und schiele zu der plattgedrückten Grasstelle, wo Enzo und ich gestern gesessen haben.

»Gibt es hier ein Kino?«

»Nein.«

»Einen Jugendclub?«

»Nein.«

»Eine Tankstelle?«

»Ich glaube schon.«

»Oh Gott. Es ist ja noch schlimmer, als ich es mir vorgestellt habe. Tut mir echt leid, also für dich, meine ich.«

»Muss es nicht. Ich finde es nicht so schlimm … nicht mehr. Es ist schwer zu erklären.« Ich könnte ihr von Irina erzählen und davon, wie es sich anfühlt, Mädchenlippen mit Erdbeergeschmack zu küssen, außerdem könnte ich von dem überwältigenden Sternenhimmel schwärmen und von Enzos schiefen Zähnen, die komischerweise wunderschön sind. Das Glitzern der Sonnenstrahlen im Bach und das smaragdgrüne Moos sind auch zwei echte Hingucker. Und das Rascheln der Kornähren in den Feldern hat mittlerweile mein Lieblingsgeräusch der ratternden Straßenbahn abgelöst. Aber wahrscheinlich würde Marlene das nicht verstehen. Ich verstehe es ja selbst kaum.

Wir laufen eine Weile durch das Dorf, die Straßen sind wie immer leergefegt, und ich habe den Eindruck, dass Marlene sich langweilt.

»Die Clique ist also dabei, sich aufzulösen?«, frage ich, während ich uns beide am Marktplatz vorbeilotse. Ich möchte jetzt niemandem begegnen.

»Ja. Glaub schon. Ist aber vielleicht besser so. Ich meine, wir werden älter und wir verändern uns, und seien wir mal ehrlich, Kati, die wird doch in eine ganz andere Richtung gehen.«

»Mag sein«, antworte ich bloß, denn ich will nicht über Kati lästern. Wenn sie in eine andere Richtung gehen will, soll sie das machen. Wird ihr vielleicht auch guttun, aus Marlenes Schatten rauszutreten.

»Du und ich, wir beide passen zusammen. Wie sagt man doch gleich? Wie Arsch auf Eimer!«

»Ach ja?« Ich muss lachen.

»Findest du nicht? Oder hast du keinen Bock mehr auf WG?« Sie runzelt die Stirn.

»Doch, doch … es ist nur … es ist noch so lange hin. Ich habe das Gefühl, in einem Jahr kann so viel passieren.«

Marlene bleibt stehen, fasst mich an den Schultern und blickt mir fest in die Augen. »Was auch immer passieren mag, wir zwei machen eine WG, und jedes Wochenende gibt es einen Brunch, wo wir unsere coolen Uni-Kumpels einladen, am besten nur Typen. Und wir bekleben den Flur mit Zeitungsschnipseln und holen uns auf dem Flohmarkt einen fetten Kronleuchter. Außerdem hätte ich gern ein so großes Bad, dass ein roter Sessel reinpasst. Dann kann ich dir, während du badest, aus Büchern vorlesen und eine Zigarette dabei rauchen …«

»Du rauchst?«, unterbreche ich sie.

»Nein, aber in einem Jahr vielleicht, egal … Ich habe

meiner Mutter schon ihre Nähmaschine abgeschwatzt, das heißt wir können uns unsere eigenen abgefahrenen Klamotten nähen. Außerdem können wir um sechzehn Uhr frühstücken und um sechs Uhr morgens ins Bett gehen – nach einer Hammer-Party, versteht sich. Wir werden natürlich auch selber welche schmeißen, mal sehen, wie unsere Nachbarn so drauf sind, aber das wird schon. So Mottopartys … Was hältst du von einer 007-Party? Oder Burlesque? Oder Bad Taste?«

»Wow. Du hast ja schon einen richtigen Plan.«

»Na klar. Ich kann es echt kaum erwarten, meiner Mutter *Adieu* zu sagen.« Sie lässt meine Schultern los und läuft weiter.

»So schlimm? Ehrlich?« Ich folge ihr, obwohl ich keine Ahnung habe, wo sie eigentlich hinwill.

»Du hast sie doch eben bei euch erlebt. Meinst du, es gibt Momente, wo sie den Leuten nicht mit ihrem Scheiß auf die Nerven geht?«

»Ach, na ja. So schlimm war es doch gar nicht«, lüge ich.

»Sie will mir immer erzählen, was richtig für mich ist. Stell dir vor, sie hat mich einfach ohne zu fragen in diesen scheiß Hot-Yoga-Kurs eingeschrieben.«

»Und?«

»Und? Ich gehe nicht hin! Soll ich etwa mit einem Haufen Menopausen-Weibern um die Wette schwitzen? Hallo?« Marlene tippt sich mit dem Zeigefinger gegen die Stirn.

Die Vorstellung amüsiert mich und meine anfängliche Anspannung fällt langsam von mir ab. Jetzt, wo Marlene hier ist, merke ich erst richtig, wie sehr sie mir gefehlt hat.

»Meine Mutter denkt wirklich, dass ich so ein Leben führen sollte wie sie. Kannst du dir das vorstellen? Ich meine, niemand will so werden wie seine Mutter. Du etwa?«

»Nein, ich denke nicht.« Obwohl mir nichts einfällt, was ich gegen meine Mutter sagen könnte.

»Ist das da hinten ein Netto? Ich brauche dringend irgendwas mit Zucker. Lass uns mal kurz dort reingehen.« Marlene holt ihr Portemonnaie aus der Hosentasche und checkt die Finanzen.

»Wirklich? Wir könnten doch wieder nach Hause gehen, meine Mutter hat bestimmt einen Kuchen gebacken.« Da bin ich mir nicht sicher, Backen ist nicht gerade Mamas Hobby, aber ich will nicht meiner halben Klasse auf dem Parkplatz begegnen.

»Nee, ich brauch jetzt was. Komm schon, dauert bloß 'ne Minute.«

Mir fällt kein vernünftiger Grund ein, um Marlene vom Netto fernzuhalten, also seufze ich leise und folge ihren entschlossenen Schritten.

Und natürlich, ich sehe sie schon von Weitem, ein paar Jungs aus meiner Klasse, von denen ich immer noch nicht alle Namen weiß. Und da fällt mir wieder ein, was Enzo erzählt hat – von den Schmierereien auf

dem Jungsklo. Verdammt. Vielleicht, wenn wir einen großen Bogen machen, werden sie uns gar nicht bemerken. Ich schaue schon mal vorsichtshalber zu Boden, ganz nach dem Prinzip: Wen ich nicht sehe, der sieht mich auch nicht. Wir laufen an den Einkaufswagen vorbei und müssen kurz stehen bleiben, weil eine alte kleine Dame mit ihrem Wagen den Weg blockiert. Ich werde ungeduldig und seufze genervt, weswegen mich Marlene entsetzt ansieht. Und ausgerechnet in diesem Moment öffnet sich die automatische Tür, und Irina kommt heraus, zwei vollgepackte Tüten in den Händen.

»Hey!« Sie lächelt breit, als sie mich sieht, und dann schwenkt ihr Blick zu Marlene, und ich kann genau sehen, dass es Irina Mühe kostet, das Lächeln zu halten.

»Hi … äh … das ist Marlene, ich habe dir doch von ihr erzählt, sie ist hier zu Besuch, also bis morgen. Es ist eine Art Überraschung. Ihre Mutter war so nett und hat sie hergefahren. Wir haben uns seit Wochen nicht gesehen …« Ich plappere viel zu schnell und mein Atem hat Mühe, hinterherzukommen.

Irina stellt eine Tüte auf dem Boden ab und reicht Marlene die Hand.

Marlene lächelt freundlich. »Ich habe schon viel von dir gehört.«

»Ja?« Irina wirft mir einen kurzen fragenden Blick zu.

»Na ja, viel nicht wirklich. Aber ich habe von dir gehört«, korrigiert sich Marlene. »Außerdem habe ich mir heute die Bilder von euch beiden angesehen.«

»Welche Bilder?«

»Unsere Polaroids«, erkläre ich rasch und ärgere mich über mein verkrampftes Lächeln, aber ich kann es gerade nicht abstellen.

»Ey, Irina!!!«, tönt es von der Gruppe Jungs rüber. »Lass gut sein! Deine Lesbenfreundin hat sich eine neue Lesbenfreundin gesucht!«

Ich merke, wie meine Knie weich werden.

»Dieser Vollidiot«, murmelt Irina und ballt ihre Hand zu einer Faust.

»Wer ist das?«, flüstere ich.

»Ich habe dir doch schon von ihm erzählt, ach egal …« Sie wendet sich von mir ab und dem Typen zu. »Weißt du was, Patrick?!« Ich sehe Irina zum ersten Mal rot werden. »Geh doch nach Hause und fick noch ein bisschen mit deiner Lesbenmutter!«

Und dann passiert alles ganz schnell. Ich mache meinen Mund auf und will was sagen, zu Irina und zu Marlene, die uns völlig schockiert anstarrt. Aber bevor mir etwas Gescheites einfällt, ist Patrick von seinem Mofa gesprungen, rennt auf uns zu und donnert seine Faust auf Irinas Nase. Sie lässt die andere Tüte zu Boden fallen, drückt ihre Hand aufs Gesicht, und ich sehe Blut zwischen ihren Fingern hindurchrinnen.

Marlene kreischt auf und schlägt sich die Hände vor den Mund.

»Und? Ist jetzt keine Melanie da, um dich in Schutz zu nehmen, du Schlampe?« Patrick hat echt Hass in

seinen Augen. Ich habe Angst, dass er gleich noch mal ausholt, und sehe mich hektisch nach Hilfe um.

»Alter, bist du bescheuert!?« Marcel und die anderen Mofaschrauber kommen angerannt und ziehen ihn glücklicherweise zur Seite.

Marlene schaut entsetzt zu den Jungs, dann zu Irina, und bückt sich dann schnell, um die rausgefallenen Äpfel vom Boden aufzusammeln.

Ich krame in meiner Tasche nach einem Tempo.

»Hier.« Ich versuche das Blut abzutupfen, aber Irina nimmt es mir aus der Hand und steckt die Zipfel in ihre Nasenlöcher, während sie ihren Kopf in den Nacken legt.

Die Jungs entfernen sich mit schnellen Schritten. Sie reden wild durcheinander. »Seit wann schlägst du Mädels … die ist doch krank im Kopf … ihre Mutter wird dir … ist doch nur ein bisschen Blut, soll sich mal nicht so haben … trotzdem nicht cool …«

Irina schnaubt, zieht dann die Nase hoch und spuckt auf den Boden. Ich stelle mich ihr sicherheitshalber in den Weg, nicht dass sie auf die Idee kommt, hinter den Jungs herzurennen, aber sie macht keine Anstalten, murmelt nur leise etwas vor sich hin, während sie vorsichtig ihre Nase abtastet. Marlene schaut ratlos und legt die Äpfel vorsichtig wieder in die Tüte.

»Alles okay?«, frage ich und weiß, dass es eine blöde Frage ist, aber egal was ich jetzt sage, alles würde blöd klingen.

»Sind die …? Kennt ihr die …? Ich meine …« Marlene ist zum ersten Mal sprachlos.

In diesem Moment starten die Jungs ihre Mofas und brettern vom Parkplatz, das Einzige, was von ihnen übrig bleibt, ist eine stinkende Rauchwolke.

»Magst du vielleicht schon mal reingehen? Ich komme gleich nach.« Ich nehme Marlene die Tüte aus der Hand und sie verschwindet nach kurzem Zögern durch die automatische Tür.

»Tut mir echt leid«, sage ich, mache einen Schritt auf Irina zu und stelle die Tüte neben ihr ab.

»Was kannst du dafür?«, gibt sie etwas unwirsch zurück.

»Nichts. Tut mir trotzdem leid.« Ich nehme sie in den Arm und drücke sie ganz fest. Es dauert einige Sekunden, bevor sie meine Umarmung erwidert.

»Arschlöcher«, flüstert sie.

»Ja«, sage ich und fahre mit meiner Hand über ihre Locken. Ich bin fassungslos, ratlos, wütend, und gleichzeitig fühle ich mich Irina so nah wie noch nie. Ich fühle ihr Herz gegen meine Brust schlagen und halte sie so lange fest, bis ihre Atmung sich wieder beruhigt hat. »Soll ich dich nach Hause bringen?«

»Und deine Freundin?«

»Sie könnte mitkommen oder du kommst zu mir oder …«

»Nein, lass mal. Meine Mutter wartet zu Hause auf ihre Eier. Fürs Omelette, weißt du. Wir wollten mal

ausnahmsweise zusammen essen.« Sie verdreht die Augen.

»Marlene hat auch Probleme mit ihrer Mutter.« Keine Ahnung, warum ich das sage.

»Kommst du heute Abend trotzdem zu Lucy?«, fragt sie und betupft mit dem Tempo ihr linkes Nasenloch.

»Kommst du denn?« Ich deute auf ihre Nase.

»Ein bisschen Make-up, dann geht das schon.«

»Das werden die bereuen!«

»Werden sie nicht, aber egal. Bis heute Abend also?«

Ich nicke. Irina schnappt sich die zwei Tüten, zwinkert mir zu und schlurft dann quer über den Parkplatz. Ich warte noch, bis ich sie nicht mehr sehe, dann gehe ich in den Laden, halte Ausschau nach Marlene und habe jetzt schon Angst vor ihren Fragen.

Sie steht vor dem Süßigkeitenregal und wippt auf ihren Fersen auf und ab. »Irgendwie ist mir der Hunger vergangen.«

»Ja.« Ich greife nach einer Haribo-Tüte, knistere damit, tue so, als würde ich die Zutatenangaben lesen und lege sie wieder zurück.

»Ist sie okay? Ich meine, ist die Nase okay?«

»Ich glaube schon, war wohl nur ein wenig Blut.«

»Sie hätte das nicht sagen sollen.« Marlene greift nach einer Tafel Ritter Sport Mandel.

»Das mit der Mutter?«

»Ist schon ein wenig heftig.«

»Vielleicht, aber es rechtfertigt nicht …«

»Nein, natürlich nicht«, fällt sie mir ins Wort.

»Irina ist so«, sage ich und bereue es sofort, denn es vermittelt ein ganz falsches Bild von ihr. »Aber sie kann auch ganz anders sein.« Doch auch das ist eine ziemlich dämliche Aussage.

Wir laufen gemeinsam zur Kasse, Marlene bezahlt die Schokolade, und ich warte die ganze Zeit auf die Frage wegen dem Lesbischsein. Die kommt aber nicht. Nicht auf dem Heimweg, nicht später in meinem Zimmer und auch nicht nach dem Mittagessen. Stattdessen legen wir beide uns in die Hängematte, schließen die Augen und lauschen dem Gackern der Hühner.

»Gott! Das würde mich auf Dauer verrückt machen.«

»Man gewöhnt sich daran.«

»Wollen wir eigentlich Haustiere in unserer WG?« Marlene lässt ihr Bein aus der Hängematte baumeln, um uns neuen Schwung zu geben.

»Fische vielleicht?«

»Nee, lieber Katzen! Du weißt schon, wegen meiner Mutter.«

»Vogelspinnen könnten auch helfen«, grinse ich und muss an Enzos Einladung denken.

»Spinnst du?« Marlene schüttelt sich.

»›Spinnst du‹ ist in dem Zusammenhang echt gut. Spinnen … Spinne … du verstehst?« Ich kichere.

»Ja, ja, ich verstehe.«

»Ein Papagei wäre doch interessant.«

»Ein Hausschwein.«

»Ein kleines Äffchen.«

Es tut gut, nur über Quatsch zu reden. Ich weiß, dass es tief in mir ganz schön brodelt – wegen dem mit Irina, wegen dem, was auf dem Parkplatz passiert ist, und auch wegen dem, was auf dem Jungsklo steht, aber dafür habe ich grad keinen Kopf. Und Marlene kann mir dabei nicht helfen, dazu müsste ich zu weit ausholen.

Von der Terrasse ist das unentwegte Plappern von Marlenes Mutter zu hören. Vielleicht sollte ich Mama vorschlagen, dass die beiden auch mit zu Lucy kommen, damit sie ein wenig verschnaufen kann. Von Papa nach wie vor keine Spur, er zieht es wohl vor, an einem Samstag Überstunden zu schieben.

»Ich werde mich in Italien so richtig verknallen!«, sagt Marlene und reibt sich die Hände.

»Das weißt du jetzt schon?«

»Das nehme ich mir ganz fest vor. Machst du mit?«

»Tja, keine Ahnung, ich bin nicht sicher, ob das so einfach funktioniert.«

»Also ich stelle mir so einen dunkelhaarigen Typ vor. Ein bisschen älter, nicht viel, zwei Jahre vielleicht. Ein Tattoo am Arm, weißes Shirt, das einen Kontrast zu seiner sexy gebräunten Haut bildet, eine leicht schiefe Nase – ich liebe schiefe Nasen! –, helle Augen wären der Hammer, keine Brille, kaut immer Kaugummi und hat 'ne Kippe hinter dem Ohr stecken, die er aber nie anzündet, weil er gar nicht raucht.«

»Wahnsinn. Du hast echt klare Vorstellungen.« Wo-

bei es bis auf die schiefe Nase ein bisschen nach Katalog klingt. Doch wenn Marlene bei der Jagd nach ihrem Traumitaliener tatsächlich Erfolg haben sollte, könnte es passieren, dass ich alleine in der Gegend rumstehe und mir leidtue. Für diesen Fall sollte ich unbedingt viele Bücher einpacken.

Am Abend machen wir uns schick. Marlenes Tasche ist zum Bersten voll mit Klamotten. Ich leihe mir eine schwarze Bluse, die am Kragen mit goldenen Fäden durchzogen ist.

»Du hast echt ne Macke – für zwei Tage deinen halben Kleiderschrank hier mitzuschleppen.« Ich krame in ihrem Kosmetiktäschchen auf der Suche nach einem passenden Nagellack.

»Was weiß ich denn, was man auf dem Dorf so braucht. Ich habe sogar meine Gummistiefel eingepackt, für den Fall, dass wir hier durch Schlamm waten müssen.« Sie kämmt sich vor dem Badspiegel die Haare.

»Warum sollten wir durch Schlamm waten?« Ich drehe ein Fläschchen auf und streiche blauen Lack auf meinen Daumennagel. Diese Farbe wird Irina gefallen.

»Ich war mir nicht mal sicher, ob ihr hier Straßen habt!«

»Du lebst echt auf einem anderen Planeten.«

»Jetzt tu mal nicht so, vor ein paar Wochen hast du genauso geredet.«

Da hat sie natürlich recht. Ich weiß auch nicht,

warum ich plötzlich das Bedürfnis habe, dieses Kaff hier zu verteidigen. Ich lackiere die restlichen Nägel und puste dann die Farbe trocken. Marlene kommt mit zwei geflochtenen Zöpfen wieder aus dem Bad.

»Wow! Goldmarie!«, ziehe ich sie auf und wedele meine Finger trocken.

»Ich passe mich eben meiner Umgebung an.« Sie dreht sich einmal um sich selbst und fischt dann eine Folklorebluse aus der Tasche. Als sie ihr Shirt über den Kopf zieht und plötzlich nur im BH vor mir steht, merke ich, wie ich rot werde, und drehe mich weg.

»Was ist denn jetzt los?« Marlene wirft mir das Shirt an den Kopf.

Ich fange es auf, setze mich auf die Bettkante und beginne damit, es mit leicht zittrigen Händen zu falten, den Blick starr auf den Stoff gerichtet. »Du hast gar nicht gefragt.«

»Was gefragt?« Aus den Augenwinkeln sehe ich, wie Marlene sich endlich ihre Bluse über den Kopf zieht.

»Wegen dem, was die Jungs gesagt haben.«

Ich höre, wie Marlene seufzt. Dann kommt sie zu mir rüber und setzt sich neben mich aufs Bett. »Dass du eine Lesbe bist?«

»Würde dich das schockieren?« Jetzt, wo ich angefangen habe, gibt es kein Zurück mehr.

Marlene zuckt mit den Schultern. »Bist du denn eine?«

»Ganz ehrlich? Ich weiß es nicht. Ich habe Irina ge-

küsst. Nein, warte … sie hat mich geküsst, zuerst. Später habe ich sie dann geküsst.« Vor lauter Aufregung fange ich an, das säuberlich zusammengelegte Shirt in meinen Händen zu kneten.

»Hast du denn mit ihr …? Ich meine …«

»Nein!« Ich schüttele heftig den Kopf. »Ich wüsste gar nicht, wie das geht.«

»Na ja, das weiß man dann schon, wenn es so weit ist.«

»Ach ja?«

»Ehrlich gesagt, ich habe mir schon so etwas gedacht, als ich die Fotos von euch beiden gesehen habe.« Marlene nimmt mir das Shirt aus der Hand und legt es zwischen uns beiden aufs Bett. »Keine Ahnung, irgendwas ist da zwischen euch. Und ich gebe zu, ich war gleich eifersüchtig, weil ich dachte, du hättest jetzt eine neue beste Freundin. Aber als dieser dämliche Kerl dann vor dem Laden so ausgerastet ist, da hat sich das Puzzle plötzlich gefügt. Ist es nicht total schrecklich, hier so auf dem Dorf, wo einen jeder beobachtet?«

»Es gibt nichts zu beobachten. Wir zwei sind kein Paar. Wir knutschen nicht auf der Straße rum. Wir halten auch nicht Händchen. Nur bei Irina daheim … Und wir haben da so eine Stelle am Bach, wo wir hingehen.« Es tut schrecklich gut, das alles zu sagen.

»Tja, anscheinend wissen die anderen aber Bescheid. Willst du denn, dass ihr ein Paar seid?«

Ich überlege eine Weile. »Ich weiß es wirklich nicht.«

Marlene löst einen ihrer Zöpfe und fängt an ihn neu zu flechten. »Ich habe neulich in der *Brigitte* von meiner Mutter gelesen, dass Entscheidungen zu treffen, die schwierigste Aufgabe im Leben ist.«

»Du machst dich immer lustig darüber, dass deine Mutter die *Brigitte* liest«, erinnere ich sie.

»Ja, ich weiß, aber auf dem Klo, wenn mir langweilig ist …«

»Du wirst doch wie deine Mutter.« Ich grinse sie an.

»Weil ich auf dem Klo in der *Brigitte* blättere? Werd ich nicht!« Sie tippt sich an die Stirn.

»Aber so was von!«

»Hör auf damit!« Marlene knufft mich in die Schulter.

»Sonst was?«, lache ich und knuffe zurück.

»Sonst das!« Marlene drückt mich mit einem Grinsen auf die Matratze, beugt sich über mich und tut so, als wollte sie mich erwürgen.

Ich winde mich kichernd unter ihr. »Das wirst du bereuen!«

»Ach ja?« Sie stemmt sich lachend mit ihrem ganzen Gewicht gegen meinen Oberkörper, dann weicht das Lachen plötzlich, ihr Gesichtsausdruck wird ernst und sie lässt von mir ab, hüpft vom Bett runter und fängt an in ihrer Tasche zu kramen. »Entschuldige«, murmelt sie.

»Ist doch nichts passiert.« Ich richte mich wieder auf und ordne mir die Haare. Doch Marlene weicht mei-

nem Blick aus. »Hey, es ändert sich doch nichts zwischen uns beiden? Oder?«

»Nein … äh, nein, nein« stottert sie, schaut mich aber immer noch nicht an.

»Marlene!«

Endlich hört sie auf in der Tasche rumzukramen und sieht in meine Richtung. »Nein, es ändert sich nichts! Es war nur … du und ich in deinem Bett … das fühlte sich auf einmal komisch an.«

»Oh scheiße.« Ich vergrabe mein Gesicht in den Händen.

»Nein! Jetzt fühlt es sich nicht mehr komisch an, es war nur ein kurzer Moment. Ich muss mich doch auch erst mal daran gewöhnen.« Sie kommt wieder zum Bett und setzt sich zu mir. »Laura. Es ändert sich nichts, wirklich. Jeder kann doch machen, was er will. Wenigstens bist du verliebt. Bei mir klappt das irgendwie nie.«

Ich zögere einen Augenblick, lege aber schließlich meine Arme um sie. »Ich glaube, wenn du endlich aufhörst, dich ständig verlieben zu wollen, dann klappt es bestimmt.«

Sie kichert. »Das klingt jetzt aber so, als hättest du zu viel *Brigitte* gelesen.«

»Probier es trotzdem mal.«

»Vielleicht, wenn wir aus Italien zurück sind. Aber bei einem dieser Betreuer muss ich es vorher noch mal versuchen.«

»Mädels!!!«, ertönt von unten die Stimme meiner Mutter.

Wir hüpfen vom Bett, überprüfen gegenseitig unser Outfit und machen uns dann mit unseren Müttern auf den Weg zu Lucy.

Bei Lucys Künstlerscheune ist es voller, als ich erwartet habe. Während ich in meiner bisherigen Anwesenheit in diesem Kaff kaum jemanden zu Gesicht bekommen habe, scheint sich jetzt das halbe Dorf hier versammelt zu haben. Zwischen den Bäumen hängen Girlanden und neben der Scheune ist sogar ein Buffet aufgebaut. Überall stehen Leute in kleinen Grüppchen zusammen, reden und lachen und mustern neugierig die Neuankömmlinge. Auf der Terrasse ist eine Anlage aufgebaut, aus der karibische Klänge dudeln. Dort entdecke ich auch Irina. Sie sortiert CDs von einem Stapel auf den anderen und unterhält sich dabei mit Bert, der am Geländer lehnt und eine Pfeife pafft.

»Na, das ist doch mal nett hier! Nicht wahr, Marlenchen?« Marlenes Mutter befingert jede einzelne Blüte, die ihren Weg kreuzt, und schnuppert auch dran, sodass Marlene wieder nicht umhin kann, mit den Augen zu rollen.

»Du sollst mich nicht Marlenchen nennen!«

»Ach, was ich alles nicht soll …«

Mama und ich treten ein Stück zur Seite und lassen die beiden ihren Knatsch alleine austragen.

»Wollen wir zum Buffet?«, schlage ich vor, aber Mama schüttelt den Kopf.

»Ich kann mir doch nicht den Bauch vollschlagen, bevor ich mich nicht den Gastgebern vorgestellt habe.« Mama ist da immer sehr korrekt.

Ich halte Ausschau nach Lucy und entdecke sie bei den Rosenbüschen mit zwei anderen Frauen. »Komm, ich stell sie dir vor.« Ich greife nach Mamas Hand und fühle mich plötzlich sehr erwachsen.

»Ach, Laura, wie schön, dass du gekommen bist!« Lucy begrüßt mich sofort mit einer Umarmung. »Pardon, ich meine natürlich, dass *ihr* gekommen seid.« Sie wendet sich meiner Mutter zu.

»Das ist meine Mutter. Mama, das ist Lucy«, stelle ich die beiden einander vor, und sie reichen sich die Hände.

»Das sind wirklich wunderschöne Rosen«, eröffnet Mama das Gespräch, und als sich die Frauen den Blumen zuwenden, betrachte ich meine Pflicht als getan und seile mich ab.

Irina ist immer noch mit den CDs beschäftigt und wirkt schon von Weitem irgendwie schlecht gelaunt.

»Hey.« Ich stelle mich auf die unterste Stufe der Terrasse.

»Hey«, antwortet sie, ohne zu mir aufzuschauen. Bert schaut kurz irritiert zwischen uns beiden hin und her und verschwindet sofort ins Haus.

»Können wir reden?«

»Ich muss hier eigentlich den DJ machen.« Sie starrt auf das CD-Cover.

»Später dann?« Es ist nicht zu übersehen, dass sie sauer auf mich ist. Ich weiß bloß nicht, weshalb. Weil sie einen Schlag auf die Nase bekommen hat? Oder wegen Marlene? Hab ich vielleicht etwas Blödes gesagt?

Sie seufzt. »Okay. Wir können reden, lass mich das nur mal kurz auf Repeat stellen.« Sie drückt ein paar Knöpfe und dann endlich sieht sie mich an. »Hinter dem Schuppen?«

Ich nicke. Als sie zu mir runterkommt, streift sie kurz meine Hand. Wir laufen über die Wiese an den ganzen Leuten vorbei. »Ich wusste gar nicht, dass das so ein großes Fest wird«, sage ich in der Hoffnung, die Stimmung zwischen uns aufzulockern.

Aber Irina antwortet nicht, sie begrüßt im Vorbeilaufen ein paar Leute und marschiert schnellen Schrittes an der Scheune vorbei. Ich drehe mich noch einmal nach Mama um und nach Marlene, aber beide sind in Gespräche vertieft und achten überhaupt nicht auf mich. Sobald wir hinter der Scheune verschwunden sind, holt Irina eine zerknautschte Schachtel Zigaretten aus der Hosentasche und zündet sich eine an. Ich werde den Eindruck nicht los, dass sich etwas zwischen uns beiden geändert hat.

»Ist alles okay mit deiner Nase?«

Sie hockt sich ins Gras und lehnt sich mit dem Rücken an die Bretterwand, dann fasst sie sich an die Nase.

»Pach, dieser Idiot von Patrick schlägt wie ein Mädchen, es war bloß ein bisschen Blut.«

»Wirklich?« Ich hocke mich zu ihr ins Gras. Ich würde sie gerne umarmen, traue mich aber nicht.

»Ich habe meiner Mutter erzählt, ich wäre gegen einen Laternenmast gelaufen, und die hält mich doch echt für so blöd, dass sie es mir abgenommen hat.«

»Ich hab die ganze Zeit das Gefühl, es wäre meine Schuld.« Ich rupfe ein Grasbüschel aus dem Boden und werfe es wütend vor mich hin.

»Es ist nicht deine Schuld. Es ist auch nicht meine Schuld. Es ist höchstens Patricks Mutter Schuld, dass sie so einen Psychopathen auf die Welt gebracht hat. Obwohl, nee, wahrscheinlich waren es die verkrüppelten Spermien von seinem hässlichen Vater.«

»Das meinst du nicht so.«

»Doch, genauso meine ich das!« Sie schleudert ihre Kippe ins Gebüsch, sieht ein paar Sekunden hinterher, seufzt dann und steht auf, um sie wieder aus dem Gestrüpp rauszuholen und ordentlich auszudrücken. Im Inneren der Scheune rumpelt etwas.

»Gleich geht der Auftritt los, ich muss zurück zu der Anlage.« Sie tritt nervös von einem Fuß auf den anderen.

»Warte …« Ich halte sie am Arm fest. »Du bist trotzdem böse auf mich.«

Irina schüttelt energisch den Kopf.

»Doch, bist du.«

Das Schütteln wird weniger, bis es schließlich ganz aufhört. »Weil du gestern, als wir hier waren, gesagt hast, du würdest sowieso bald weggehen. Als würde ich überhaupt keine Rolle spielen.«

»Aber ich …« Ich bin völlig perplex.

»Das fühlt sich scheiße an, weißt du, als wäre ich bloß so ein Zeitvertreib, der Lückenbüßer, das dämliche Mädchen vom Dorf, von dem du deinen tollen, hippen Freundinnen in der Stadt erzählen kannst, wenn du hier endlich die Kurve gekratzt hast.«

»Irina«, ich drücke ihren Arm fester, »das stimmt nicht! Ich, du … wir haben doch … Wie kommst du nur darauf, dass ich … Es ist doch noch so lange hin!« Meine Stimme überschlägt sich, und ich bin den Tränen nah, versuche mich aber zusammenzureißen.

»Ich meine, auf dem Weg erzählst du mir noch, dass du meine Mutter kennenlernen willst und dass wir uns alles erzählen können und zusammengehören und keine Ahnung, was. Ja, und dann? Dann stelle ich dir meine gestörte Mutter vor und vertraue mich dir an und du haust einfach ab?«

»Es ist noch eine Ewigkeit hin!« Ich bin fassungslos, was ich mit einer kleinen, unbedachten Bemerkung ausgelöst habe.

»Findest du? Finde ich überhaupt nicht. Meiner Meinung nach sitzt du hier bloß wie auf Kohlen, du kannst es gar nicht abwarten, hier abzuhauen.«

»Das stimmt nicht«, wehre ich mich und merke, wie

zu meiner Bestürzung jetzt auch noch Wut dazukommt. Wut über diese Unterstellungen. Wut darüber, so falsch verstanden worden zu sein, und auch Wut über mich selbst, dass ich nicht weit genug gedacht habe.

»Okay, okay. Ich hätte nicht davon anfangen sollen, ist ein blöder Zeitpunkt.« Irina greift nach meiner Hand und verschränkt ihre Finger mit meinen. »Ich komme morgen zu dir, dann setzen wir uns hin und reden in Ruhe darüber. Ist das ein Deal?«

»Ich will nur nicht, dass du denkst…«

»Denk ich nicht«, unterbricht sie mich. »Das ist mir nur so rausgerutscht, du kennst mich. Ich bin gerade ein bisschen neben mir.«

»Warum?« So schnell lasse ich sie nicht davonkommen.

Sie streicht ihre Haare aus der Stirn und atmet laut aus. »Ich weiß nicht. Regelschmerzen. Vorferien-Blues. Mein Bruder, der gestern angerufen und sich schrecklich mit meiner Mutter am Telefon gestritten hat. Sie hat die halbe Nacht geheult. Aber ich muss jetzt echt gehen, ich habe Lucy versprochen, das mit der Technik zu übernehmen. Ich will sie nicht hängenlassen.«

»Ja, okay. Aber vielleicht können wir danach reden«, schlage ich vor.

»Deine Freundin ist doch da.«

»Das stimmt, aber vielleicht…«

»Lass uns das doch morgen ganz in Ruhe machen, okay?«, unterbricht sie mich.

»Okay. Wann kommst du morgen?« Es nervt mich ziemlich, dass ich mich so weinerlich anhöre.

»Am Nachmittag irgendwann. Soll ich was mitbringen? Kuchen?«

»Nein. Kein Kuchen.«

»Also gut, kein Kuchen.« Sie drückt mir einen schnellen Kuss auf die Lippen und ist verschwunden, noch ehe ich was sagen kann. Völlig verdattert lehne ich mich an die Scheunenwand und lasse mich nach unten gleiten. Ich habe Mühe, zu verstehen, was da gerade passiert ist. Ich habe Irina anscheinend verletzt, mit einer nur so dahergesagten Bemerkung, und es ist wohl doch ernster zwischen uns, als ich geglaubt habe. Das Schlimmste aber ist dieses große Chaos in mir, das ich einfach nicht in den Griff kriege. Mir schwirrt der Kopf – Irinas Küsse, wie sie geblutet hat, Enzos Flirts, Marlene, meine Eltern, all die Heimlichkeiten, mein altes Zuhause, Italien, die ganze Aufregung. Und dieses heiße Wetter und das ständige Zirpen der Grillen machen, dass ich keinen klaren Gedanken fassen kann.

Aber im Moment kann ich mich auch nicht darum kümmern, ich muss nach Marlene sehen, und nach meiner Mutter. Also trete ich aus meinem Versteck und halte Ausschau nach ihnen. Am Buffet entdecke ich Enzos Eltern. Auch das noch! Wenn Enzo jetzt hier auftaucht, dann ist das Durcheinander perfekt. Aufgeregt suchen meine Augen die Menge nach ihm ab, können ihn aber nicht entdecken.

Die Tanzfrauen haben sich schon vor dem Scheunentor aufgestellt und warten mit bunten Tüchern auf ihren Einsatz. Irina steht wieder an der Anlage und wartet, bis alle sich gesetzt haben. Ich schleiche mich in die zweite Reihe, wo Marlene mir einen weißen Plastikstuhl freigehalten hat. Sie lächelt mich an, und ich versuche, so gut ich kann zurückzulächeln.

»Versprich mir, dass wir nie so werden«, flüstert Marlene mir ins Ohr und nickt unauffällig zu der Tanzgruppe.

»Ich verspreche es«, antworte ich, lehne mich zurück und lasse das Spektakel über mich ergehen.

10

Mama, Papa und ich stehen am nächsten Morgen auf der Straße vor unserem Haus und winken. Das Auto von Marlenes Mutter wirbelt Staub auf, die Hühner gackern aufgeregt, die Sonne knallt unerbittlich auf uns herab, und für einen kurzen Moment fühle ich mich, als wäre ich nicht auf dem Dorf, sondern im Wilden Westen. Als das Auto hinter dem nächsten Hügel verschwindet, bekreuzigt sich meine Mutter und atmet erleichtert auf.

»Du glaubst doch noch nicht mal an Gott«, sage ich und beuge mich runter zu meinen Chucks, um sie sauberzuklopfen.

»Wenn es eine Situation zum Bekreuzigen gibt, dann diese.«

Ich weiß, dass Marlenes Mutter gestern Abend, als wir von Lucy zurückkamen, noch drei Flaschen Prosecco aus ihrem Kofferraum geholt hat. Was danach war, weiß ich nicht, aber ich kann es mir so ungefähr denken. Meine arme Mama, die sich den ganzen Abend das angetrunkene Gequassel anhören musste.

»Wo warst du eigentlich die ganze Zeit?«, frage ich Papa und sehe ihn mit meinem Detektivblick an.

»Das sind eure Freundinnen, nicht meine!«, stellt er klar und öffnet das Gartentor.

»Ach? Und ich muss aber mit den Nachbarn Kaffee trinken, ja?«, empöre ich mich.

»Das ist etwas anderes. Außerdem, wenn ich mich recht erinnere, musstest du nur Hallo sagen. Und Hallo habe ich auch gesagt.«

»Nun hört schon auf! Ist ja jetzt vorbei. Und immerhin konnten wir so alles Wichtige für die Reise besprechen.«

Ich falle meiner Mutter von hinten um den Hals. »Danke, Mama. Und weißt du was, du legst dich jetzt entspannt in die Hängematte und ich räume die Küche auf.«

»Siehst du! So habe ich mir das gedacht«, sagt sie mit einem schmunzelnden Blick zu meinem Vater, nimmt ihn an der Hand und zieht ihn in den Garten.

Ich flitze in die Küche, verschaffe mir einen Überblick und fange gleich mit dem Frühstückstisch an.

Marlene hat gestern nicht mehr viel gesagt, ich glaube, die tanzenden Frauen haben ihr irgendwie schlechte Laune bereitet, und ich gebe zu, es war eine merkwürdige Veranstaltung. Eine Mischung aus Bauchtanz und rhythmischer Gymnastik zu merkwürdiger Musik, in merkwürdigen Klamotten und mit so einem seligen Lächeln auf den Lippen, als wären die alle bekifft. Ich hatte mich noch ein paarmal nach Irina umgedreht, aber

sie nahm ihre DJ-Aufgabe wirklich sehr ernst und ließ sich durch nichts ablenken. Und später ist sie einfach im Haus verschwunden und nicht mehr aufgetaucht. Ich hatte ein mulmiges Gefühl bei der Sache, aber dort herumstehen und warten, dass sie noch mal auftaucht, wäre albern gewesen, also bin ich gegangen, ohne mich von Irina zu verabschieden.

Als Marlene und ich endlich zu Hause waren, haben wir es uns in meinem Bett gemütlich gemacht und uns auf dem Laptop einen Film mit Joseph Gordon-Levitt angesehen, bei dem wir uns zumindest beide einig waren, dass er schrecklich süß ist.

»Schade, dass der Italiener nicht da war«, sagte Marlene kurz vor dem Schlafengehen.

»Du meinst Enzo?«

»Enzo! Was für ein geiler Name!«

»Ja. Ich glaube, er ist kein Freund von solchen Veranstaltungen«, erklärte ich.

»Aber nächstes Mal, da stellst du ihn mir vor!«

»Ja«, versprach ich und löschte das Licht.

»Du, Laura?«

»Hm?«

»Ich verstehe, warum du diese Irina gut findest«, sagte sie, und ich war froh, dass es dunkel war und wir uns nicht in die Augen schauen mussten.

»Ja?«

»Ja. Wenn ich ein Typ wäre, würde ich die auch gut finden.«

»Verstehe.«

»Wie ist es eigentlich, ein Mädchen zu küssen?« Marlene rollte sich auf die Seite, und ich rückte vorsichtshalber ein Stück weg, nicht dass es wieder zu einem Missverständnis kam. Gleichzeitig kam ich mir blöd vor. Musste ich jetzt bei meiner besten Freundin bei jedem Körperkontakt aufpassen?

»Du hast doch mal Kati geknutscht, du weißt es doch.«

»Ach, das war doch nur zum Spaß. Ich meine, so ehrlich, so mit Gefühlen.«

»Ich weiß nicht, was ich darauf antworten soll«, gab ich zu. »Es ist schön und aufregend, wahrscheinlich nicht anders, als einen Typen zu küssen.«

»Wahrscheinlich?«

»Na ja, um ehrlich zu sein, ich habe auch noch nie einen Typen geküsst, in den ich verliebt war.«

»Weil du gar nicht auf Typen stehst.«

»Da bin ich mir nicht sicher«, sagte ich und musste sofort an Enzo denken und wie ich hinten auf dem Gepäckträger meine Arme um seine Hüften geschlungen hatte. Aber das erzählte ich ihr nicht mehr, denn ich merkte, wie sich mein Magen verkrampfte. Enzo und Irina, sie gingen mir beide nicht mehr aus dem Kopf.

»Italien wird dir guttun, ich glaube, du musst mal ordentlich aufräumen in deinem Gefühlsleben.«

»Ja, das schätze ich auch.« Ich wartete, ob sie noch etwas dazu sagen würde, und lauschte geduldig der Stille, während ich mit offenen Augen in die Dunkel-

heit starrte, aber dann hörte ich schließlich ihren gleichmäßigen Atem und wusste, dass sie eingeschlafen war. Ich kuschelte mich in meine Bettdecke und versuchte, so gut es ging, nicht an Irina und ihre schlimmen Vorwürfe zu denken.

Jetzt ist Marlene aber schon wieder weg, und das nächste Mal sehe ich sie erst, wenn wir im Bus nach Italien sitzen.

Ich räume den Geschirrspüler ein und wische die Krümel vom Tisch, dann gieße ich die Pflanzen und räume das Gewürzregal wieder ein. Ich poliere den Wasserhahn, fege den Boden, sortiere die vergammelten Kartoffeln aus dem Korb, stapele die Zeitschriften ordentlich auf der Fensterbank und kratze die angebrannten Reste vom Backblech runter. Solange ich vor mich hin schrubbe und mit monotonen Bewegungen über den Boden fege, muss ich an nichts denken, nur der Melodie lauschen, die ich leise summe. Aber als ich dann fertig bin, in mein Zimmer hochgehe, alle Fenster öffne und mich aufs Bett lege, strömen die Gedanken wild auf mich ein.

Mittag ist rum und ich warte nervös auf Irina. Wir werden ein ernstes Gespräch führen und bis dahin muss ich meine Gedanken geordnet haben. Ich will nicht wieder unvorbereitet sein, ich will nicht vor mich hin stottern und ich will auch nicht, dass die Gefühle mit mir durchgehen und ich rot werde oder eine zittrige Stimme bekomme. Ich hätte gerne einen echten Plan, aber jedes

Mal, wenn ich glaube, einen guten Anfang für ein Gespräch gefunden zu haben, verpufft er gleich wieder.

Ich hole mein Tagebuch unter der Matratze hervor und blättere eine Weile darin herum, bis ich eine leere Seite aufschlage, dann fange ich an zu schreiben.

WARUM ICH SIE BEIDE MAG

Irina: Sie ist anders als die anderen. Ich mag Leute, die so sind, sie faszinieren mich. Sie ist wunderschön, ihre Locken, ihr Gesicht, ihr Körper, wenn sie sich bewegt. Sie ist offen den netten Menschen gegenüber und zu den anderen ist sie unerbittlich ehrlich und hin und wieder gemein. Aber auch das muss man erst mal können!

Sie ist tapfer, in vielerlei Hinsicht. Wegen ihrer Mutter, wegen ihrem Vater, wegen Melanie, Patrick und den ganzen anderen. Sie hat kein Problem, sie selbst zu sein. Oder doch? Sie hat mein Heimweh vertrieben, sie hat mir die Stelle am Bach gezeigt, sie ist spontan und witzig, und wenn ich mit ihr zusammen bin, fühlt es sich an, als könnte auf der Welt alles möglich sein. Und auch wenn es ein wenig gemogelt ist: Ihre Küsse schmecken nach Erdbeere.

Enzo: Er kümmert sich um mich. Er kümmert sich sogar um Vogelspinnen. Er war die erste nette Person, die mir hier begegnet ist. Ich mag seine blauen Augen, die gleichzeitig sanft und verärgert gucken können, und ich liebe

diese zwei schiefen Zähne. Er ist aufmerksam und nicht nachtragend. In der Art, wie er spricht, ist immer etwas Herausforderndes. Ich weiß nicht genau, wie ich das beschreiben soll, es ist mehr als nur Flirten. Er stellt nie zu viele Fragen, aber auch nicht zu wenige. Genau richtig. Er riecht gut, und ich hätte Lust, zu sehen, wie er lebt, wie sein Zimmer aussieht, welche Bücher er liest, welche Zahnpasta er benutzt, wie er mit seiner Mutter spricht, wenn sie alleine am Tisch sitzen. Und mit ihm zusammen auf dem Fahrrad, ich auf dem Gepäckträger, könnte ich gerne bis ans Ende der Welt fahren.

Fazit: .... keine Ahnung ....

Ich muss mich entscheiden... aber ich will nicht... aber ich muss

Nur – wie soll das gehen?

Seufzend klappe ich das Buch wieder zu. Toll! Viel schlauer als vorher bin ich jetzt auch nicht. Und im Grunde geht es ja auch um eine viel wichtigere Frage, nämlich die, ob ich lesbisch bin. Ich hole aus meiner Schreibtischschublade eine alte Modezeitschrift raus, aus der ich manchmal Bilder ausschneide, um sie dann auf Notizbücher und Kalender zu kleben, und blättere sie durch. Dabei schaue ich mir diese ganzen hübschen Frauen an, die Werbung für Parfum, Faltencremes oder Lippenstift machen, und frage mich, ob die mich irgendwie anmachen. Ihre glänzenden Haare und feuch-

ten Lippen, ihre samtige Haut, die nackten Schultern, der verführerische Blick. Je länger ich ihnen in die Augen schaue und auf etwas warte, umso alberner komme ich mir vor.

Im Garten höre ich meine Eltern lachen. Die Uhr zeigt kurz nach eins. Was meinte Irina wohl mit Nachmittag? Ich rolle mich vom Bett und mache das Radio an. Um meinem Kopf wieder ein wenig Ruhe zu gönnen, fange ich an mein Zimmer aufzuräumen, die Bettwäsche zu wechseln, das Bad zu putzen und über jedes einzelne Blatt des Affenbrotbaumes zu wischen. Wenn Irina nachher kommt, soll alles perfekt sein. Ich lege ein paar Bücher auf den Nachttisch, welche, die ich schon gelesen habe, vielleicht wird Irina etwas darüber wissen wollen. Das Tagebuch verstaue ich wieder unter der Matratze, obwohl ich weiß, dass das ein dummes Versteck ist, andererseits glaube ich nicht, dass meine Eltern mein Tagebuch suchen werden. Ich gehe runter in die Küche und schmiere mir ein Marmeladenbrot, trinke eine Tasse Milch dazu und gucke die Einrichtungszeitschriften durch, ohne mich wirklich darauf zu konzentrieren. Dann sitze ich zehn Minuten einfach bloß am Tisch rum und wackele mit meinen Füßen. Schließlich schnappe ich mir die Schüssel mit Essensresten und gehe damit zum Hühnergehege. Mama liegt faul in der Hängematte, während Papa auf einem Stuhl neben ihr sitzt und irgendwas an seinem Handy macht. Ab und zu schubst er Mama an.

»Was machst du da?«, fragt Mama, als sie das Quietschen der Gehegetür hört.

»Ich gebe den Viechern Essen.« Sobald ich das Gehege betrete, kommen die Hühner auf mich zugerannt.

»Ich wusste, dass ihr noch Freunde werdet!« Mama richtet sich in der Hängematte auf. »Du musst morgens einfach mal die Eier holen gehen, dann weißt du sie richtig zu schätzen.«

»In den Ferien vielleicht.« Ich greife eine Handvoll Küchenabfälle aus der Schüssel und werfe sie auf die Erde. Die Hühner machen sich sofort darüber her. Sobald sie alles vom Boden aufgepickt haben, werfe ich eine neue Portion hin. Ich lasse mir Zeit mit dem Füttern, etwas Besseres habe ich sowieso nicht zu tun. Ich lasse meinen Blick über den Garten und die Felder schweifen. In der Ferne sitzen die Gänse bewegungslos auf ihrer Wiese, als hätte sie jemand ausgestopft und dort platziert.

Als die Hühner satt sind, setze ich mich auf die Terrassentreppe und klopfe den Dreck von meinen Schuhen. Süß eigentlich, wie Mama und Papa da nebeneinander entspannen, ohne zu reden und doch so verbunden. Ich kenne nicht viele Paare wie sie, die so nett und liebevoll miteinander umgehen, immerhin sind sie schon siebzehn Jahre zusammen.

Was kann ich Irina nur sagen, wenn sie gleich kommt?

Irina, es war blöd, zu sagen, dass ich sowieso hier weggehe.

Aber das wäre gelogen. Ich werde hier weggehen. Das wusste ich von Anfang an, und daran hat sich nichts geändert, eher im Gegenteil, Marlene schmiedet schon konkrete Pläne für unsere WG.

Irina, du musst dich jetzt entscheiden, was das mit uns beiden ist.

Das wäre zwar das Einfachste, aber auch schrecklich feige von mir.

Irina, ich habe in meiner Schublade Honigbonbons, damit haben wir noch nie geküsst.

Sofort kribbelt es in meinem Bauch.

»Hast du heute keine Pläne, Schatz? Es ist so ungewohnt, dich so lange im Haus zu haben«, ruft Mama aus ihrer Hängematte rüber.

»Doch, Irina kommt heute noch vorbei, gleich, oder vielleicht auch später.«

»Sollen wir eine Runde Carcassonne spielen?«, schlägt sie vor und klettert umständlich aus der Matte.

Papa zuckt mit den Schultern und ich mache es ihm nach.

»Ach kommt schon! Familiensonntag!«

»Wir hatten schon ewig keinen Familiensonntag mehr«, erwidere ich.

»Ja eben! Wir sind jetzt schon so lange hier, dass es Zeit wird, ein paar Traditionen wieder aufleben zu lassen. Alles was wegen Möbelrücken und Malern und Hühnern auf der Strecke geblieben ist.«

Also holt Mama das Spiel und wir setzen uns um den

Terrassentisch, stapeln die Karten zu kleinen Türmchen und ich teile die bunten Holzfiguren aus. Wir spielen zwei Runden. Ich verliere beide Male haushoch.

»Pech im Spiel, Glück in der Liebe.« Mama zwinkert mir zu und ich ringe mir ein Lächeln ab. Wenn sie wüsste!

Dann ist es drei Uhr und Irina immer noch nicht da.

Ich laufe vor dem Gartentor ein paar Minuten auf und ab, hebe kleine Steinchen vom Boden auf und schleudere sie in die Luft. Mama fragt, ob sie schon was kochen soll, ich schüttele den Kopf. Ich setze mich im Schneidersitz auf den Boden, lehne mich an unseren Gartenzaun und fange an mit einem dünnen Stock Kringel in den Sand zu malen. Eine Weile beobachte ich eine Katze dabei, wie sie sich auf den Feldern an irgendetwas anpirscht, immer wieder zum Sprung ansetzt und sich dann wieder ganz klein macht.

Ich gehe wieder ins Haus, die Uhr zeigt kurz vor vier. Papa wäscht in der Küche Salat. »Ich mache ein bisschen mehr, falls du es dir doch anders überlegst.«

Im Wohnzimmer zappe ich durch die Fernsehkanäle, schaue Nashörnern dabei zu, wie sie sich paaren, dann zwei Verbrechern, wie sie einen Gefängnisausbruch planen, und schließlich bleibe ich bei einer Reisedoku über Italien hängen.

17:30 Uhr.

»Wann wollte Irina denn kommen?« Mama steht in der Wohnzimmertür.

Ich zucke die Achseln. »Ich weiß nicht genau. Warum?«

»Ich wollte nur Bescheid wissen, wegen Abendbrot zum Beispiel.«

»Wir brauchen nichts.«

»Na gut.« Mama geht wieder.

Ich schalte den Fernseher aus, stelle mich vor das Ölgemälde mit der Teegesellschaft und betrachte die einzelnen Gesichter.

17:40 Uhr.

Das ist jetzt aber echt später Nachmittag, vielleicht sogar schon früher Abend. Das hätte Irina ruhig sagen können. Ich stapfe in mein Zimmer hoch, schnappe mir die Kopfhörer und mache laut Musik an. Dann greife ich mir wieder die Modezeitschrift und fange an Bilder auszuschneiden, aus denen ich vielleicht mal eine Collage machen kann. Wenn Irina gleich kommt, kann sie ruhig sehen, dass ich durchaus beschäftigt bin und nicht nur tatenlos auf sie warte.

18:50 Uhr.

Definitiv Abend, obwohl es natürlich noch hell ist, aber als Nachmittag geht das nicht mehr durch.

Ich schaue vorsichtshalber durch das Fenster in den Garten. Vielleicht sitzt sie ja wieder mit meinen Eltern dort und plaudert. Aber da hockt nur Papa an seinem Laptop und tippt.

Soll ich sie anrufen? Ich drehe das Handy in meiner Hand hin und her und entscheide mich dagegen.

Ich will ihr nicht hinterherrennen und ich will ihr auch nicht auf die Nerven fallen.

19:15 Uhr.

20:25 Uhr.

21:58 Uhr.

Mama klopft an meine Tür. »Ich wollte nur Gute Nacht sagen. Kommt Irina denn heute noch?«

»Nein, ich denke nicht.«

»Geht es dir gut?«

»Na ja… ich mag es einfach nicht, versetzt zu werden.«

»Habt ihr euch gestritten?« Mamas Blick ist so mitfühlend, dass ich gleich anfange zu heulen, wenn sie nicht sofort verschwindet.

»Nein, nein.« Ich räuspere mich, weil es schon im Hals kratzt. »Das ist Irina, die ist einfach so.«

»Du solltest sie anrufen und ihr sagen, dass das nicht okay ist«, schlägt Mama vor und lehnt sich an den Türrahmen, als würde sie noch länger bleiben wollen.

»Ja, das mach ich. Gute Idee.« Ich greife nach meinem Handy und halte es hoch, damit Mama sieht, wie ernst es mir damit ist. Sie lächelt, winkt kurz und schließt dann endlich die Tür.

Sobald ich ihre Schritte auf der Treppe höre, werfe ich das Handy auf mein Bett und vergrabe mein Gesicht im Kopfkissen, drücke den Stoff fest gegen meine Augenlider, damit nicht wirklich noch irgendwelche Tränen rauskullern.

11

Den ganzen Schulweg lang übe ich einen gleichgültigen Gesichtsausdruck. Sie hätte wenigstens eine SMS schicken können. Ich konnte ewig nicht einschlafen, habe mich im Bett gewälzt und war abwechselnd sauer, traurig und habe mir auch Sorgen gemacht. Aber ich konnte mich nicht überwinden bei ihr anzurufen, dabei wäre ich mir wirklich zu armselig vorgekommen. Dafür habe ich jetzt unschöne Augenringe und ziemlich miese Laune. Ich trete so fest in die Pedale, dass mir Schweißtropfen die Stirn runterlaufen. Ich werde ihr auf jeden Fall sagen, dass ich es nicht mag, so behandelt zu werden, und dabei werde ich ganz besonders darauf achten, nicht weinerlich zu klingen, sondern bestimmt und selbstbewusst. Irina weiß, wie viel sie mir bedeutet, sie braucht aber nicht zu glauben, sich alles bei mir erlauben zu können.

Am Ende nützen aber weder der gleichgültige Gesichtsausdruck noch meine zurechtgelegte Ansprache etwas, denn Irina ist gar nicht in der Schule. Ihr Platz bleibt leer, und besonders in der großen Pause fällt mir auf, wie verloren ich ohne sie bin. Ich sitze auf der Bank auf dem Hof und tue so, als würde ich mir wich-

tige Notizen machen. Und keine Ahnung, ob ich jetzt überempfindlich oder paranoid bin, aber ich höre die anderen von allen Seiten tuscheln. Ich weiß, wenn ich jetzt hochschaue, könnte ich diesen herausfordernden Blicken begegnen, die nur darauf warten, sich mit mir anzulegen. Und immer wenn die Jungs von der Toilette kommen, habe ich das Gefühl, sie würden über das reden, was auf den Klotüren steht. Enzo hatte recht. Das mit dem unauffälligen Neuanfang ist gründlich in die Hose gegangen.

»Ist deine Freundin krank?«

Ich zucke zusammen. Enzo kommt von hinten um die Bank herum und setzt sich neben mich.

»Sie ist nicht meine Freundin!«

»Nein?« Er hebt die Augenbrauen.

»Doch! Aber nicht so.«

»Wie?«

»Du weißt ganz genau, was ich meine.«

»Ich weiß, dass du traurig aussiehst.« Er rückt näher zu mir ran.

»Ich fühle mich hier gerade total unwohl. Als ob mich alle anstarren, als wäre ich hier total fehl am Platz, als hätte ich was Schlimmes angestellt. Mit Irina ist mir das nie so aufgefallen, aber sich dem ganz alleine zu stellen, ist echt heftig«, sprudelt es aus mir heraus.

»Willst du mit in die Raucherecke?«

»Ein anderes Mal vielleicht.« Eigentlich ist sein Vorschlag sehr nett, aber ich bin gerade zu so einem kleinen

Häufchen Elend zusammengeschrumpft, dass ich es mit Sicherheit nicht schaffe, netten Small Talk mit irgendwelchen Leuten zu halten.

»Wollen wir hier abhauen?«

»Schwänzen?«

»Du hast doch schon mal geschwänzt, oder?«

»Na klar!«

»Ich hol schnell unsere Sachen, und wenn es zum Unterricht klingelt, schleichen wir uns unauffällig davon. Deal?«

»Deal!«

Enzo verschwindet im Schulgebäude und ich knabbere nervös an den Nägeln. Ich stehe auf und laufe zu der Mülltonne, leere meine Hosentaschen und schmeiße ein gebrauchtes Taschentuch in den Eimer, dabei schaue ich mich verstohlen um, ob mich auch niemand beobachtet. Als es zum Pausenende klingelt und alle in Richtung Eingang strömen, verdrücke ich mich hinter die große Kastanie und warte ungeduldig auf Enzo. Ich bin nicht sicher, ob das eine gute Idee ist, aber ich mag auch das aufgeregte Kribbeln in meinem Körper. Enzo schlüpft mit unseren beiden Rucksäcken über den Schultern durch die Tür, er blickt sich nach mir um. Ich winke hinter dem Baum hervor und deute zum Ausgang. Enzo nickt. Mit schnellen Schritten erreichen wir gleichzeitig das Tor.

»Habt ihr keinen Unterricht?« Der Hausmeister steht mit dem Besen da und mustert uns argwöhnisch.

»Notfall. Familie. Sie wissen schon«, antwortet Enzo

ungerührt und zerrt mich am Arm durch das Tor. Wir sprinten los, überqueren den Zebrastreifen, rennen an der Bushaltestelle vorbei, biegen in die nächstbeste Straße ein und werden erst langsamer, als der Asphalt von einem Kiesweg abgelöst wird.

»Wo sollen wir hin?«, fragt Enzo ganz außer Atem.

»Keine Ahnung. Irgendwo, wo niemand ist.« Ich nehme ihm meinen Rucksack von der Schulter. »Der Hausmeister wird uns verpfeifen.«

»Sei nicht so eine Pessimistin. Und selbst wenn, was ist das Schlimmste, was uns passieren kann?«

Ich zucke mit den Schultern. »Weiß nicht, ein Eintrag ins Klassenbuch?«

»Höchstens. Kennst du eigentlich das Sonnenblumenfeld?«

»Nein.« Ich muss lachen.

»Was gibt es da zu lachen?«

»Wenn ich früher geschwänzt habe, sind wir ins Café gegangen oder zum Burger King. *Schwänzen im Sonnenblumenfeld*, das wäre doch ein echt guter Titel für einen kitschigen Roman.«

»Wir können auch in *Daggis Biereck* vorbeischauen, wenn dir das lieber ist«, schlägt er vor, und seine schiefen Zähne blitzen hinter einem Lächeln hervor.

»Bloß nicht. Sonnenblumenfeld ist perfekt.«

»Na dann los. Ist aber ein Stück zu laufen.«

»Ach, verdammt, ich habe mein Fahrrad stehen lassen!« Ich schlage mir mit der Hand vor die Stirn.

»Soll ich es schnell holen?«

»Nein, lass, ich hol es später, oder morgen.«

Wir laufen los, den Kiesweg entlang, an einer Kleingartenkolonie vorbei.

»Wer braucht denn auf dem Dorf einen Schrebergarten?«, wundere ich mich und mustere die Gartenzwerge voller Abscheu.

»Die aus den Plattenbauten.«

»Plattenbauten?«

»Du bist wohl noch nicht so viel rumgekommen, was? Hinter dem Netto gibt es einen ganzen Haufen davon.«

»Echt?«

»Echt. Da wohnen einige Leute aus unserer Klasse.«

»Oh Mann, ich hab echt mal keine Ahnung von denen. Ich weiß bloß, wo Melanie wohnt, und von ein paar kenne ich nicht einmal den Namen. Das ist nach über einem Monat keine besondere Leistung, oder?«

»Ist doch normal, du bist eben neu hier.«

»Ich frage mich nur, ob es meine Schuld ist, ob ich arrogant rüberkomme oder unsympathisch oder ob es wirklich an den anderen liegt.«

»Ich habe auch nicht viel mit denen zu tun, dabei lebe ich hier schon eine Ewigkeit.«

»Und warum ist das bei dir so?«

»Vermutlich aus den gleichen Gründen wie bei dir.« Enzo holt aus einem Rucksack ein Döschen mit Zitronenbonbons und hält es mir hin.

»Danke.« Ich nehme gleich zwei und stecke eins davon in meine Hosentasche – für den Fall, dass Irina und ich jemals wieder Küssen mit verschiedenen Geschmacksrichtungen spielen werden.

»Ist das der Grund, warum du traurig bist, weil du die anderen aus unserer Klasse nicht magst?«

»Nein, natürlich nicht.«

»Sondern?«

Ich überlege eine ganze Weile, bevor ich antworte. »Du wolltest mit mir nicht mehr über Irina reden.«

»Verstehe.« Er fährt sich mit den Fingern durchs Haar. »Na ja, ich kann meine Prinzipien auch mal über Bord werfen.«

Siehst du, Enzo, und deshalb kann ich dich so gut leiden. Könnte ich jetzt sagen, mache ich aber nicht.

»Eigentlich nichts Schlimmes. Sie hat mich gestern versetzt, ich habe den ganzen Tag auf sie gewartet und sie ist einfach nicht gekommen. Und heute ist sie nicht in der Schule, und ich weiß nicht, ob ich mir Sorgen machen muss oder sauer auf sie sein soll.«

»Sei doch sauer auf sie!«

»Findest du?« Ich sehe ihn verwundert von der Seite an.

»Sie stößt gern Menschen vor den Kopf.«

»Ich nehme an, du sprichst aus Erfahrung?«

Er zuckt mit den Schultern.

»Weißt du was, ist ja auch egal. Reden wir nicht über sie. Lass uns über andere Dinge sprechen.«

»Oh ja. Ich habe hier auch ein paar Redekärtchen vorbereitet.« Er greift in seine Hosentasche, tut so als würde er etwas rausholen und fängt an imaginäre Karten umzublättern. »Schauen wir mal. Religion?«

Ich rümpfe die Nase und schüttele den Kopf.

»Politik?«

Ich schüttele meinen Kopf noch heftiger.

»Hm. Oh, hier ist was Schönes, der Hautauschlag von Frau Kloppig!«

»Jaaaaa! Was ist das eigentlich?« Ich ziehe eine Grimasse.

»Burn-out-Pickel? Schüler-Allergie? Sinnkrise-Pusteln?«

»Ich habe mich schon immer gefragt, warum man freiwillig Lehrer wird.«

»Was wirst du denn?«

»Meeresbiologin?«

»Wirklich?« Enzos überraschter Blick bringt mich zum Lachen.

»Natürlich nicht. Hört sich doch aber interessant an.«

»Hätte mich in jedem Fall beeindruckt.«

»Mist. Jetzt habe ich meine Chancen verspielt.« Das rutscht mir einfach so raus.

»Du bist auch so interessant«, sagt Enzo und sieht dabei auf seine Schuhe. Unsere Schritte wirbeln den Sand auf und der Kies knirscht unter den Sohlen. Wir erreichen einen schmalen Feldweg und müssen näher zusammenrücken.

»Im Ernst?«, frage ich, obwohl ich weiß, dass ich mich damit auf gefährliches Terrain begebe.

Mit angehaltenem Atem warte ich auf seine Antwort, aber er sagt bloß »Ja«.

Ich will nicht weiter nachhaken, sonst denkt er noch, ich wäre eigebildet oder fände es toll, eine Lobeshymne auf mich zu hören. Nun ja, ich fände es toll, aber das sind Dinge, die denkt man sich bloß. In der Ferne sehe ich ein gelbes Feld und finde es fast schade, dass unser Ziel schon in Sichtweite ist. Ich könnte den ganzen Tag so weiterlaufen, die Sonne im Gesicht und Enzos Geruch in der Nase.

»Was steht noch auf deinen Gesprächskärtchen?«

Enzo sieht erschrocken auf seine Hände, dann wirft er einen Blick hinter sich und dreht sich einmal im Kreis. »Verdammt, ich hab sie wohl verloren.«

»Sollen wir suchen?«, grinse ich.

»Nein, nein, der Wind hat sie bestimmt davongeweht.«

»Oh warte, ich glaube, ich habe eine!« Ich bücke mich und hebe die unsichtbare Karte vom Boden auf und tue so, als ob ich lese. »Was machst du in den Ferien?«

»Das steht da wirklich drauf?«

»Guck doch!« Ich halte sie ihm hin.

»Tatsächlich. Dabei habe ich die doch längst aussortiert. Hm.« Er tut so, als ob er die Karte nimmt, sie zerreißt und die Schnipsel dann hinter sich schmeißt. »Trifft nämlich einen wunden Punkt, weißt du.«

»Oh.«

Er atmet schwer ein und wieder aus. »Ich mache nichts, gar nichts, außer malochen.«

»Warum?«

»Damit ich bis zum Abi genug Geld habe, um hier zu verschwinden. Gerade gestern habe ich mir ein paar mögliche Ziele in Australien ausgeguckt.«

»Australien? Das ist doch furchtbar weit weg.«

»Es kann gar nicht weit genug sein.«

Auf eine merkwürdige Art und Weise trifft mich das. So sehr, dass ich plötzlich verstehen kann, warum Irina böse ist, wegen dem, was ich auf Lucys Terrasse gesagt habe.

»Aber du wirkst immer so ausgeglichen.«

»Ja?« Er legt den Kopf schräg und sieht mir für einen Augenblick so eindringlich in die Augen, dass ich mich beinahe am Zitronenbonbon verschlucke. »Kann schon sein, aber nur weil man ausgeglichen ist, heißt es nicht, dass man nicht gerne woanders wäre.«

»Kann es sein, dass wir die ganze Zeit darauf warten, dass unser Leben endlich anfängt?«.

»An schlechten Tagen auf jeden Fall. Ich liege manchmal stundenlang in meinem Bett, höre Musik, starre an die Decke und denke: *Nach dem Abi, nach dem Abi auf jeden Fall.*«

»Na ja, immerhin arbeitest du für einen Traum.«

»Ja, und jetzt stell dir mal vor, ich komme da an, in Australien oder wo auch immer, und dann fühle ich

mich genauso – immer auf der Suche nach etwas anderem, etwas Spannenderem.«

Ich schaue ihn an. »Nein, das wird nicht passieren.«

»Bist du sicher?«

»Ich glaube, dass das Unbekannte immer spannend ist. Wenn du das erste Mal einem Känguru begegnest oder einer Vogelspinne in freier Natur, wenn du unter freiem Himmel in der Wüste schläfst oder dich in die Wellen des Ozeans schmeißt. Du wirst sehen, das wird der Hammer!« Ich werde schon allein von dem Gedanken ganz aufgeregt und versuche, mir vorzustellen, wie es wäre, dieses Abenteuer mit Enzo gemeinsam zu erleben.

»Deine Augen glänzen, als wärst du gerade da gewesen.« Er verlangsamt seinen Schritt und lächelt mich so an, als wäre ich das tollste Mädchen auf der ganzen Welt. Und ich kann einfach nichts dagegen tun, dass mein Herz anfängt zu rasen.

Ich wünschte, mein Leben wäre gerade nicht so schrecklich kompliziert. Dann könnte ich das hier genießen und es vielleicht sogar darauf anlegen, dass er mich küsst. So aber wende ich meinen Blick schnell ab und zeige auf das Sonnenblumenfeld. »Das ist ja riesig!«

»Ja.« Enzo wirkt enttäuscht, aber er fängt sich schnell wieder. »Los, wer zuerst da ist!«

Er rennt los, und ich greife mir die Schnallen meines Rucksacks und versuche ihn einzuholen. Sofort spüre ich den Schweiß an meinen Schläfen runterrinnen und

meinen Kopf rot werden. Ich bin nicht gerade der sportliche Typ, aber jetzt packt mich doch der Ehrgeiz. Ich beschleunige, sosehr ich kann, und komme Enzo immer näher. »Ey, schau mal da hinten!«, versuche ich, ihn abzulenken, aber er schüttelt wissend den Kopf. »Vergiss es!«

»Und da oben?«

»Das ist Schummeln, was du da machst«, ruft er, ohne sich nach mir umzusehen.

»Verdammt! Mein Knöchel!«

Und jetzt habe ich ihn. In dem Moment, in dem er zurückschaut und langsamer wird, ziehe ich an ihm vorbei und reiße meine Arme in die Höhe. »Erste!«

»Was für eine Trickserin, ich fasse es nicht!« Er gibt sich schon gar keine Mühe mehr, joggt nur noch bis zum Feld. »Erster!«

Wir stehen vor dem Feld und die Sonnenblumen ragen über uns empor. »Krass!«, sage ich völlig außer Atem.

»Lass mich raten, du hast noch nie Sonnenblumen auf dem Feld gesehen.« Enzo holt eine Taschentuchpackung aus seinem Rucksack, zieht zwei Tempos raus, reicht mir eins und wischt sich mit seinem das Gesicht trocken.

»Das stimmt. Jedenfalls nie aus der Nähe.« Ich berühre den dicken Blumenstängel.

»Sollen wir rein?«

»Da rein?«

»Deswegen sind wir doch hier.« Enzo schiebt ein paar Blumen beiseite und macht mit der anderen Hand eine einladende Geste. Ich zögere, doch dann gehe ich vorsichtig hinein, wobei ich versuche, nichts kaputt zu machen. Unter den großen Blüten wird es sofort kühler. Enzo ist direkt hinter mir, ich fühle seinen Atem in meinem Nacken. Die Blätter rascheln bei jeder unserer Bewegungen und Insekten surren von allen Seiten. Erst als wir etwa in der Mitte des Feldes angekommen sind, halte ich an und strecke meine Hand nach einer der großen gelben Blüte aus. »Das sind fast zwei Meter«, stelle ich erstaunt fest.

»Manchmal braucht es nicht einmal Australien«, sagt Enzo und setzt sich auf den Boden, legt seinen Rucksack ab und holt eine Flasche Wasser raus. »Magst du?«

Ich nehme die Flasche, trinke ein paar Schlucke und setze mich zu ihm. Die Blumen verdecken fast vollständig den Himmel, nur an wenigen Stellen blitzt es hellblau und bildet einen wunderschönen Kontrast zum satten Gelb. Ich ziehe mein Handy aus der Hosentasche und mache ein Foto davon. »Das schicke ich Marlene.«

Enzo nickt.

»Marlene ist die, mit der ich nach Italien fahre, meine beste Freundin sozusagen«, erkläre ich ihm.

»Ihr werdet sicherlich Spaß haben. Das Meer, das Gelato, die leergefegten Straßen am Nachmittag, wenn die Sonne hoch am Himmel steht und den Asphalt flirren lässt.«

»Das hört sich toll an.«

»Die Olivenbäume, die alten Männer mit hinter dem Rücken verschränkten Armen auf dem Marktplatz, der Duft aus den Bäckereien …«, schwärmt er weiter.

»Ich schick dir eine Postkarte, versprochen.«

»Na, da habe ich ja doch was, worauf ich mich in den Ferien freuen kann.« Er zwinkert mir zu.

»Bringst du mir was auf Italienisch bei?«

»Hm. Lass mich überlegen.« Er reibt sich mit dem Finger über die Nasenspitze. »A casa qualcuno mi aspetta.«

»Was heißt das?«

Enzo grinst und winkt dann ab. »Vergiss es. Ciao, prego und grazie reichen vollkommen.«

»Kannst du das bitte noch mal sagen.«

»Ciao, prego, grazie.«

»Noch mal?«

»Ciao, prego, grazie.«

Es hört sich unverschämt sexy an, wenn er Italienisch spricht.

»Ciao, prego, grazie«, wiederhole ich.

»Fast.«

»Fast? Was habe ich falsch gemacht?«

»Du musst noch an deinem R arbeiten. Du musst es mehr rollen.«

»So?« Ich versuche, meine Zunge am Gaumen rollen zu lassen.

»So ungefähr. Rrrrr.«

Er macht es vor, und ich versuche es so gut es geht nachzumachen. So geht es eine Weile hin und her, bis Enzo plötzlich auf sein Handy schaut, aufspringt und seinen Rucksack schnappt. »Mist, ich muss heute noch arbeiten. Wir sollten zurück.«

»Oh, okay.« Ich lasse mir von ihm aufhelfen, und wir schlängeln uns zwischen den Sonnenblumen hindurch, raus aus dem Feld und den Weg zurück, den wir gekommen sind.

»Ich wollte kurz bei meinem Onkel in der Pizzeria vorbei, wenn du magst, gebe ich dir ein Eis aus.«

»Ja gerne, warum nicht.«

Wir laufen denselben Weg zurück, den wir gekommen sind, und die Sonne knallt jetzt unerbittlich auf uns runter. Hin und wieder berühren sich unsere Arme.

»Sorry«, sagt Enzo.

»Kein Problem.«

»Lorenzo macht echt gutes Zitroneneis«, lenkt Enzo ab, und mir scheint, als sei er irgendwie aufgeregt.

»Okay, ich bin gespannt«, versuche ich, ihm zu Hilfe zu kommen, aber auch meine Worte klingen nervös.

Aber bis zu unserem Eis schaffen wir es nicht mehr. In der Schillergasse, kurz vor dem Marktplatz, kommt uns Irina entgegen. Als sie uns sieht, bleibt sie wie angewurzelt stehen. Ich verlangsame meine Schritte und schaue Hilfe suchend zu Enzo, auch wenn ich nicht weiß, wie er mir helfen sollte.

»Ist schon okay. Ein Eis können wir immer essen«, sagt er mit einem Lächeln, aber seine Stimme klingt traurig. Irina setzt sich wieder in Bewegung und kommt auf uns zu.

»Hi«, sage ich, sobald sich unsere Blicke treffen.

»Hi.« Sie sieht mich mehrere Sekunden an, dann schaut sie zu Enzo. »Hi.« Sie hat Ringe unter den Augen, und ihre Wangen sind merkwürdig gerötet, so als hätte sie Fieber.

»Ist alles in Ordnung mit dir?« Ich trete einen Schritt auf sie zu und blicke gleichzeitig zu Enzo, fühle mich schrecklich hin- und hergerissen.

»Es tut mir sehr leid, dass ich störe, aber ich müsste dringend mal mit Laura sprechen.« Es ist das erste Mal, dass ich sie mit Enzo reden sehe.

»Ich stehe da bestimmt nicht im Weg.« Sein Gesichtsausdruck ist ziemlich ernst.

»Laura?« Sie sucht meinen Blick.

»Ich weiß nicht, können wir nicht später …«

»Es wäre echt gut, wenn wir das gleich machen könnten.« In ihrem Tonfall ist etwas Flehendes, und das ist für Irina so ungewöhnlich, dass ich schließlich nicke.

»Okay, ich muss sowieso los«, sagt Enzo, und das kann nicht ganz stimmen, schließlich hatte er gerade eben noch Zeit für ein Eis, aber wahrscheinlich will er uns allen diese unangenehme Situation hier ersparen.

»Danke für die Sonnenblumen.«

»Immer wieder gerne.« Er tippt sich an den Kopf und marschiert mit gesenktem Kopf Richtung Pizzeria.

»Wir haben zusammen die letzten zwei Stunden geschwänzt«, erkläre ich und denke, dass mein Lächeln bestimmt aufgesetzt wirkt.

»Ich habe vor der Schule auf dich gewartet und dann habe ich mir schon so was gedacht.« Sie fummelt nervös an der Kordel von ihrem Parka rum, den sie sich um die Hüften gebunden hat.

»Was ist los mit dir? Bist du krank? Du wirkst ganz fiebrig.«

»Nein, aber es wäre echt gut, wenn wir in Ruhe reden könnten.«

»Hier?«

»Nein. Wollen wir zu mir? Oder nee, lieber nicht, meine Mutter ist wahrscheinlich da. Sie ist wieder in einer verdächtig depressiven Stimmung. Okay, lass mich schnell nachdenken.« Sie dreht sich nach allen Seiten um und überlegt. »Ums Eck ist so ein Haus, das gerade renoviert wird, die haben glaub ich Mittagspause, vielleicht können wir uns da ins Treppenhaus setzen.« Sie läuft los, ohne meine Antwort abzuwarten.

»Hey, du machst mir Angst. Ist was Schlimmes passiert?«

»Nein, nichts Schlimmes. Aber es ist was passiert. Ich weiß nicht, vielleicht ist es doch schlimm.«

»Irina!«

»Nein, nicht schlimm!«

»Du hast mich gestern versetzt«, helfe ich ihr auf die Sprünge.

»Ja, ich weiß. Ich erkläre es dir gleich.«

»Hättest du nicht wenigstens eine SMS schicken können?«

»Ja, tut mir wirklich leid, ich habe irgendwie nicht daran gedacht. Ich hoffe, du wirst es verstehen.«

Ich lasse es, weiter nachzuhaken, sie wirkt echt total durch den Wind. Als wir vor dem Haus ankommen, schaut Irina sich hektisch um, ob wir beobachtet werden, dann schiebt sie den Bauzaun ein Stück zur Seite und quetscht sich durch die enge Lücke. Ich folge ihr, steige über einen Haufen Schutt und konzentriere mich darauf, nicht auf rostige Nägel zu treten. Die Tür ist nicht abgeschlossen und wir huschen schnell hinein. Drinnen riecht es nach feuchten, muffigen Wänden und Staub, und ich muss sofort husten. Die Tür fällt laut hinter uns zu. Irina legt ihren Finger auf die Lippen, und wir stehen einige Sekunden reglos im Treppenhaus und horchen, ob wirklich niemand im Haus ist.

»Okay.« Sie zieht mich zu der Treppe und wir setzen uns auf die unterste bröckelige Stufe.

»Was ist passiert?«, frage ich, weil ich diese Anspannung nicht mehr aushalte.

»Verdammt.« Sie streicht sich ihre Locken aus der Stirn und schaut nach oben. »Ich weiß gar nicht, wie ich es sagen soll.«

»Sag es doch einfach!« Meine Stimme klingt piepsig.

»Johnny ist wieder da.«

In meinen Ohren rauscht es und in meinem Magen bildet sich ein riesiger Klumpen. »Dein Johnny?«

»Mein Johnny.«

»Also dein Ex-Johnny?« Ich will nur noch mal sichergehen, dass ich richtig verstanden habe, was sie mir von ihm erzählt hat. Er hat sie sitzen lassen, wenn ich mich recht erinnere.

»Ja. Und nein. Es ist ganz furchtbar kompliziert.« Sie will nach meiner Hand greifen, aber dann überlegt sie es sich doch anders, sie lässt ihre Hand wieder sinken und rutscht unruhig auf der Stufe hin und her.

Ich weiß nicht, was ich sagen soll.

»Ich wollte gestern wirklich kommen, und dann stand er plötzlich vor meiner Tür, und ich habe die Tür zuerst zugeknallt, aber als ich sie drei Minuten später noch einmal geöffnet habe, da stand er immer noch da.«

»Verstehe«, sage ich nur. Komischerweise weiß ich schon, was jetzt kommt, weswegen ich plötzlich ganz ruhig werde. »Du musst mir nichts erklären.«

»Natürlich muss ich!«

»Nein, wirklich, ich verstehe schon. Du hast mich geküsst, und jetzt …«

»Moment!«, unterbricht sie meine Worte. »Ich habe dich vielleicht zuerst geküsst, aber später, wenn mich nicht alles täuscht, hast du mich auch ganz oft geküsst, und zwar ganz freiwillig.«

»Von mir aus«, gebe ich zu. Wenn ich jetzt eins nicht

will, dann eine schlechte Verliererin sein, allerdings merke ich schon, dass ich nicht weit davon entfernt bin.

»Hör mal, Laura …« Jetzt greift sie doch nach meiner Hand und streicht mit ihren Fingern über meinen Handrücken. »Wir haben doch von Anfang an gesagt, dass wir kein Paar sind, und dass es früher oder später so kommt, war doch auch klar.«

»Ja?« Verdammt, jetzt muss ich auch noch gegen Tränen ankämpfen. »Für mich war das nicht so klar, eigentlich ist mir gar nichts klar.«

»Aber komm, du und Enzo …«

»Lass Enzo da raus!«, fahre ich sie an.

Sie lässt meine Hand los. »Ja, von mir aus, aber das sieht doch ein Blinder.«

Ich stehe auf und laufe über den Flur. Überall liegen Bretter und Steine und leere Zementpackungen. Ich komme mir auf einmal schrecklich dumm vor, weil ein Blinder anscheinend mehr sieht als ich. Wann ist das alles passiert? Wann habe ich die Kontrolle über meine Gefühle verloren und das Gespür dafür, was ich will und was nicht?

»Laura?«

Ich reagiere nicht.

»Laura? Setz dich doch bitte wieder hin.«

»Und wenn ich nicht will?«

»Dann bleib eben stehen, aber hör mir doch wenigstens zu.«

Ich lehne mich mit dem Rücken an die kühle Wand,

verschränke die Arme vor der Brust und schaue Irina wieder an.

»Danke.« Sie probiert es mit einem Lächeln. »Das hört sich jetzt bestimmt alles doof an und abgedroschen, aber ich habe es ernst gemeint, als ich sagte, dass ich auf eine wie dich gewartet habe. Das ist doch etwas Besonderes zwischen uns, findest du nicht?«

»Wir hätten uns nicht küssen sollen«, sage ich, aber noch im selben Moment fühle ich, dass es nicht wahr ist, denn obwohl es für ein ganz schönes Durcheinander in meinem Inneren gesorgt hat, hat es sich auch wunderbar angefühlt

»Wir haben es aber getan.« Irina hebt einen Stein vom Boden auf und schleudert ihn gegen die Tür.

Eine ganze Weile sagt keine von uns ein Wort.

»Bist du wieder mit Johnny zusammen?«, breche ich schließlich das Schweigen und wundere mich, wie leicht mir die Frage über die Lippen geht.

Irina zuckt mit den Schultern. »Wir wollen es vielleicht noch mal probieren. Ich wollte zuerst mit dir sprechen.«

»Aber du brauchst doch jetzt wohl nicht meinen Segen?« Meine Stimme klingt spöttisch, und als ich Irinas verletzten Blick sehe, tut es mir sofort leid. Keine Ahnung, was ich damit bezwecken will, so bin ich eigentlich nicht. Ich rutsche an der Wand runter und setze mich auf den Boden. »Tut mir leid.«

»Mir tut es leid, ganz ehrlich.« Tränen laufen an ihren

Wangen runter, und sofort kommt mir das Bild in den Kopf, wie Patrick ihr eine gehauen hat. Ich denke daran, wie sie Wasser geholt hat, nachdem ich mich übergeben musste, und wie sie mir den Polizeifunk aus Los Angeles vorgespielt hat, um mir mein Heimweh erträglicher zu machen, wie sie vor mir im Bach getanzt und mir düstere Gedichte vorgelesen hat.

»Und jetzt?«, flüstere ich.

»Bleiben wir Freundinnen?«, fragt sie ängstlich.

»Wir können es versuchen, aber ich kann es gerade nicht versprechen.« Jetzt halte ich es nicht mehr aus, ich muss sofort zu ihr und sie in den Arm nehmen, obwohl es so schrecklich wehtut.

»Versuchen klingt doch erst mal ganz gut.« Sie wischt sich mit der Hand über die Augen.

Ich nicke und vergrabe mein Gesicht in ihren wilden Locken.

12

Ich schaffe es, am nächsten Morgen aufzustehen. Ich schaffe es, mir die Zähne zu putzen und dabei gar nichts zu fühlen. Ich schaffe es, runter in die Küche zu gehen, so zu tun, als wäre alles wie immer, und dann schaffe ich es sogar, eine Schüssel Müsli zu essen.

»Nicht mehr lange und dann sind Ferien.« Mama lächelt mich an.

»Ja«, schaffe ich es, zu sagen und dann zurückzulächeln.

Ich schaffe es, rechtzeitig loszugehen, um zu Fuß pünktlich an der Schule anzukommen. Ich schaffe es auch tatsächlich, nach der Eingangstür zu greifen, bin ganz kurz davor, sie aufzuschieben, aber dann fällt mein Blick auf mein Fahrrad, das ich gestern stehen lassen habe, um mit Enzo zum Sonnenblumenfeld zu gehen … und um dann Irina zu begegnen … und dann …

Ich stürme die Stufen wieder runter, öffne mit zittrigen Händen mein Fahrradschloss und fahre so schnell ich kann wieder nach Hause.

»Was ist passiert? Hast du was vergessen?« Mama steht mit der Schüssel Hühnerfutter in der Haustür. Ich sage ihr, dass ich Bauchweh habe, dass ich mich auf dem

Schulweg übergeben musste, was nicht stimmt, aber ich will, dass es überzeugend klingt, und außerdem fühlt es sich so an, als könnte ich mich jeden Moment übergeben.

Mama streicht mit der Hand über meine Haare, fühlt die Stirn und schickt mich ins Bett. »Leg dich bisschen hin. Ich komme gleich nach dir sehen.«

Ich renne die Treppen zu meinem Zimmer hoch, schleudere den Rucksack in die Ecke, werfe mich aufs Bett und ziehe mir die Decke über den Kopf. Ich wiege mich auf der Matratze hin und her, vielleicht Minuten, vielleicht auch eine Stunde, und so schlafe ich schließlich ein.

Als Mama mit einem Fencheltee und Magentropfen nach oben kommt, ist es schon kurz nach zwölf. »Ich war vorhin schon da, aber du hast ganz fest geschlafen.« Sie setzt sich auf die Bettkante, und ich mache einen gequälten Gesichtsausdruck, damit der Schwindel nicht auffliegt. »Besser?«, fragt sie und träufelt dunkelbraune Tropfen auf einen Löffel.

»Ein bisschen«, lüge ich, obwohl es zum Teil auch stimmt, nur dass mein Bauchweh nicht von einer Grippe kommt, sondern von dem gestrigen Tag. Aber vielleicht helfen die Tropfen auch gegen Kummer. Ich nehme den Löffel und schlucke den bitteren Inhalt ohne Murren runter.

Mama reicht mir den Tee und mustert mich. »Du kannst mit mir reden, das weißt du doch.«

»Klar«, antworte ich, senke aber den Blick.

»Na gut, wenn du was brauchst, ich bin im Garten.« Sie geht zum Fenster und öffnet es einen Spaltbreit. »Du brauchst nur rufen.«

»Danke.« Ich trinke ein paar Schlucke von dem lauwarmen Tee, stelle die Tasse auf den Nachttisch, kuschele mich wieder in meine Decke und warte, bis sie gegangen ist. Ich drehe mich zum Fenster und sauge die frische Luft, die ins Zimmer weht, in meine Lungen. Ich sehe dem Vorhang dabei zu, wie er sich vor und zurück bewegt. Währenddessen kratze ich den blauen Lack von meinen Nägeln. Es dauert eine Ewigkeit. Dann steh ich schließlich auf, gehe ins Bad und stelle mich vor den Spiegel. Meine Wangen sind gerötet vom Schlaf, und eigentlich habe ich auch ziemlich Hunger, nur dann würde meine Tarnung wirklich auffliegen. Ich nehme die Bürste vom Waschbeckenrand und kämme mir damit durch die Haare. Irina hatte ein paarmal vorgeschlagen, sie mir abzuschneiden, aber ich hatte mich nie endgültig dazu durchringen können. Jetzt hole ich aus meiner Kosmetiktasche eine Schere und fange an wahllos einzelne Strähnen abzuschnippeln. Erst vorne und dann mithilfe eines zweiten Spiegels hinten. Dunkelblonde Haarbüschel fallen ins Waschbecken, ich lasse Wasser drüberlaufen und beobachte, wie sie sich Richtung Abfluss schlängeln. Kleine glitschige Würmer. Erst als alle Haare runtergespült sind, kommt mir der Gedanke, dass Papa sicherlich sauer wird, wenn ich die Rohre verstopfe. Ich schaue durch das Fenster in den

Garten und sehe Mama am Tisch über einen Haufen Blätter gebeugt, also schleiche ich mich in den Keller und hole eine Flasche Rohrfrei aus dem Schrank mit den Reinigungsmitteln. Zurück in meinem Badezimmer schütte ich eine ordentliche Ladung in den Abfluss und beobachte den zischenden Schaum, der im Abfluss nach oben steigt. Ich setze mich auf die zugeklappte Klobrille und warte etwa zehn Minuten, bevor ich den Wasserhahn aufdrehe. Dann wage ich den Blick in den Spiegel. Dafür, dass ich es selbst geschnitten habe, ist es gar nicht so schlecht. Nicht so radikal, wie ich gedacht habe, aber auf jeden Fall eine Veränderung.

Ich gehe auch am nächsten Tag nicht in die Schule und auch nicht am übernächsten. Keine Ahnung, ob Mama mir meine Beschwerden abnimmt, aber sie lässt mich. Papa ist geschockt von meiner neuen Frisur, und ich versuche gar nicht erst, es zu erklären.

»Ich hätte dir doch Geld für einen Friseur gegeben«, sagt er und schaut verdattert auf meinen Kopf.

»Ich mag das so«, erwidere ich und esse ein paar Löffel Haferbrei mit Banane, den Mama mir gemacht hat, um meinen Magen zu schonen.

Erst als meine Eltern abends vor dem Fernseher sitzen, stibitze ich aus dem Kühlschrank zwei Scheiben Käse, einen Pudding und ein Stück kalte Pizza und esse alles gierig in meinem Zimmer auf. Ich mache leise Musik an, räume ein paar Dinge von einem Ort zum ande-

ren, lese mir noch mal mein Tagebuch durch und schaue mir die Polaroids von Irina und mir an. Als auf meinem Handy eine SMS ankommt, glaube ich schon an Gedankenübertragung, aber dann ist es nur eine Nachricht von Marlene: *Ich zähle schon die Stunden!!!*

Ich auch!!!, tippe ich, um Marlene nicht zu enttäuschen. Dann setze ich mich mit dem Handy auf den Boden und drehe es eine Weile in meiner Hand hin und her. Ach! Was soll's!

Ich brauche noch ein bisschen, aber vielleicht können wir uns am Wochenende kurz sehen. Ich schulde dir noch eine Zimtschnecke. Laura.

Das schicke ich an Irina. Es dauert nicht einmal eine Minute, bevor ihre Antwort kommt.

Das macht mich ganz schrecklich glücklich! Du ahnst gar nicht, wie! :-) *Irina.*

Ich frage mich, ob Johnny jetzt bei ihr ist. Ob die beiden The Cure hören oder sich Nudeln kochen oder vielleicht sogar am Bach sitzen und knutschen. Geht Johnny jetzt eigentlich in unsere Klasse? Das könnte ziemlich komisch werden. Und hat Irina ihm von uns beiden erzählt? Ich kann nicht sagen, ob ich es gut fände oder nicht. Was mir wirklich wehtut, ist, dass Irina jetzt jemanden hat, mit dem sie viel vertrauter ist als mit mir. Dass sie wahrscheinlich sogar Sex miteinander haben. Bei der Vorstellung schnürt sich mir die Brust zusammen. Vielleicht lachen sie sogar über mich.

Aber wenn ich ehrlich bin, kann ich mir das nicht

vorstellen. Irina ist einiges, aber so ist sie mit Sicherheit nicht. Es ist bloß meine Paranoia. Ich bin ja selbst schuld, hier so isoliert rumzusitzen und mir den Kopf zu zerbrechen. Ich muss etwas tun!

Zwischen meinen Schulbüchern liegt die Klassenliste mit den Telefonnummern. Unter Enzo sind zwei Nummern aufgelistet, eine Festnetznummer und eine Handynummer. Ich wähle die letztere, und mein Herz pocht so laut, dass ich fürchte, dass er es hören wird.

»Ja, hallo?«

»Enzo?«

»Laura?«

»Hast du schon geschlafen?«

»Nein.«

»Du hörst dich so an.«

»Ich bin platt von dem heutigen Tag.«

»Ich will dich nicht stören.«

»Du störst nicht. Geht es dir gut? Bist du krank?«

»Nein, eigentlich nicht. Also meine Eltern denken das, aber eigentlich …«

»Ich weiß schon. Johnny ist wieder da.«

»Du weißt es? Na klar weißt du es!«

»Wir waren mal gute Freunde.«

»Ja, das hat mir Irina erzählt.«

»Ach wirklich?«

»Ja.«

»Soll ich dir die Hausaufgaben vorbeibringen?«

»Jetzt?«

»Kommst du morgen in die Schule?«

»Nein, ich denke, für einen Tag lohnt es sich nicht.«

»Dann morgen, nach der Arbeit.«

»Sind die neuen Vogelspinnen angekommen?«

»Ja.«

»Hast du ihnen Namen gegeben?«

»Che, Mustafa und Simone.«

Ich muss tatsächlich lächeln. »Genial!«

»Ich mache ein Foto für dich.«

»Okay.«

Kurz ist Stille auf beiden Seiten der Leitung.

»Laura?«

»Ja?«

»Mach dir nichts draus.«

»Na ja, das ist nicht so einfach.«

»Ich weiß, aber es wird besser.«

Ich würde ihn gerne fragen, woher er das weiß, aber ich habe das Gefühl, das würde jetzt nicht passen. Seine Stimme zu hören, hat mich ganz ruhig gemacht, das reicht für den Anfang.

»Also kommst du morgen vorbei?«

»Gegen sieben.«

»Alles klar.«

»Schlaf schön.«

»Du auch.«

Ich warte, bis er auflegt, und dann horche ich noch eine Weile auf die Stille im Hörer. Wieder huscht ein Lächeln über meine Lippen.

Am nächsten Morgen weckt mich Mama kurz nach sieben. »Willst du nicht wieder in die Schule?«

»Darf ich heute noch zu Hause bleiben?« Ich reibe mir die Augen.

Sie seufzt. »Aber am Montag gehst du wieder hin.«

»Versprochen.«

»Und ich will mit dir reden.«

»Oh … äh. Jetzt?«

»Wenn du richtig wach bist. Ich gehe jetzt nach unten und mache dir Haferbrei.«

»Nein, bitte! Kein Haferbrei!« Ich schlage die Decke zurück und springe aus dem Bett.

»Ach? Hast du etwa wieder Hunger?«

»Ein bisschen«, gestehe ich und denke sofort an Omelett mit gebratenem Speck, an Würstchen in Blätterteig und dicke Käsebrote.

»Müsli«, sagt Mama und verlässt das Zimmer.

Enzo hatte recht. Es wird besser. Heute ist es jedenfalls nicht mehr ganz so schlimm wie gestern. Und bald bin ich in Italien und komme womöglich auf ganz andere Gedanken. Ich begutachte im Spiegel meine neue Frisur und bin immer noch zufrieden. Marlene wird natürlich behaupten, dass sie die Idee gehabt hätte.

Mama sitzt am Tisch, als ich in die Küche komme.

»Und? Worüber möchtest du reden?« Ich hoffe insgeheim, dass es nichts mit mir zu tun hat.

»Ich möchte wissen, was mit dir los ist.«

So viel dazu.

»Was soll los sein?« Ich nippe an dem frisch gepressten Orangensaft, der an meinem Platz steht, und setze eine ganz unschuldige Miene auf.

»Laura. Hältst du mich für blöd?«

»Natürlich nicht!« Das tue ich wirklich nicht.

»Ich beobachte dich seit Tagen. Erst warst du noch so fröhlich, dann zu Tode betrübt, dann grübelst du stundenlang, bist abwesend, dann wieder gesprächig und dann wieder traurig. Und ich weiß eigentlich gar nicht, was du die ganzen Tage so treibst, worüber du so schwer grübelst und warum deine Stimmung so umschlägt. Da mache ich mir eben Sorgen.«

»Das musst du nicht«, versuche ich, sie zu beruhigen, weiß aber schon, dass es nichts nützen wird. Ihre Augenbrauen schnellen nach oben und alleine das ist ein handfestes Zeichen.

»Willst du mir nicht erzählen, was los ist? Hat es noch immer etwas mit unserem Umzug zu tun?«

»Nein.« Ich winke ab und lasse eine Handvoll Müsli in meine Schüssel rieseln.

»Ist es, weil Papa gerade so viel arbeitet?«

Oh Gott, sie kann zwar prima erkennen, wenn etwas mit mir nicht stimmt, aber bei den Gründen ist sie auf der völlig falschen Fährte. Da kann sie einem ja echt leidtun. Und ich weiß nicht, ob es das Mitleid ist oder ob ich im Grunde ahne, dass Reden ein guter Weg zur Genesung ist, auf jeden Fall sprudelt es auf einmal aus

mir raus. Ich erzähle Mama alles: Von Enzo und dem Affenbrotbaum, und von Irina, die erst nur eine gute Freundin war, aber dann kam die schreckliche Party mit dem Wein und dem Kuss und die vielen Küsse danach. Dann das Foto und die Schmierereien, Irinas blutige Nase. Dann wieder Enzo und unser Schulschwänzen. Und schließlich Irina und Johnny. Und ich erzähle ihr auch davon, dass es nicht einfach ist, nicht zu wissen, ob man nun lesbisch ist oder nicht.

Mama hört zu, ohne dazwischenzureden. Sie sieht mich aufmerksam an, an einigen Stellen kräuselt sie leicht ihre Stirn, aber ansonsten verzieht sie keine Miene. Als ich fertig erzählt habe, denkt sie einen Moment nach. In der Zeit pule ich ein paar Rosinen aus dem Müsli und esse sie einzeln. Ich merke, dass mein Magen aufgehört hat zu rebellieren.

»Danke«, sagt Mama schließlich. »Danke, dass du dich mir anvertraut hast.«

»Das ist alles?«, staune ich. »Du hast keine guten Ratschläge für mich?«

»Möchtest du welche?« Meine Mutter hat echt viele dieser Ratgeber über gleichberechtigte Eltern-Kind-Beziehungen gelesen. Das hier ist bestimmt so ein Trick aus einem dieser Bücher.

»Ja!«, sage ich bestimmt. »Ich habe doch mein Herz nicht umsonst ausgeschüttet.«

Mama lacht und pickt sich aus meiner Schüssel zwei Haselnüsse raus. »Also gut.«

Aber das bleibt vorerst das Einzige, was sie sagt. Stattdessen kratzt sie sich eine Weile am Kopf, knabbert an der Nuss rum, wischt Krümel vom Tisch und überlegt.

»Mama!«, ermahne ich sie.

Sie schaut zu mir auf, mit einem Blick, als hätte sie vergessen, dass ich mit am Tisch sitze. »Ich könnte dir etwas erzählen …«, setzt sie an und stockt dann wieder.

Ich sehe sie erwartungsvoll an.

»Vielleicht hilft dir das ein wenig.«

»Nun sag schon!«

»Ich war auch mal eine Zeitlang mit einer Frau zusammen.« Dabei sieht sie mir direkt in die Augen.

»Wie bitte???« Ich merke, wie mir die Kinnlade runterklappt.

Mama lächelt sanft. »Da war ich gerade neunzehn geworden. Kurz danach habe ich deinen Vater kennengelernt.«

Ich glaube, sie will mich auf den Arm nehmen, andererseits ist sie sehr ernst dabei, und immerhin machen Mütter doch nicht solche Scherze mit Töchtern, die ihnen gerade das Herz ausgeschüttet haben.

»Weiß Papa davon?«, frage ich so leise, als würde Papa im Nachbarzimmer lauschen.

Sie nickt. »Ja, er weiß davon. Es war sozusagen ein fließender Übergang.«

»Und er hatte kein Problem damit? Und warum hast

du nie was erzählt? Und hast du dich nicht schlecht damit gefühlt?«

»So viele Fragen.« Sie wechselt den Stuhl, um näher bei mir zu sitzen. »Also eins nach dem anderen. Nein, Papa hatte kein Problem damit. Ich weiß nicht, ob dir das klar ist, aber dein Vater ist ein sehr toleranter Mensch. Und warum ich nie davon erzählt habe? Nun, ich schätze, das ist kein Gespräch, das man einfach so mit seiner Tochter führt.«

»Jetzt schon«, werfe ich ein.

»Ja. Jetzt schon. Und schlecht habe ich mich tatsächlich gefühlt, aber nur kurz. Ich war glücklich, wenn auch überrascht, und dann wurde mir klar, dass ich mich nur schlecht fühlte, weil ich dachte, die Menschen könnten komisch von mir denken. Und mir war schon mit neunzehn klar, dass das Leben zu kurz ist, um es allen recht machen zu wollen. Heute glaube ich das noch viel mehr.«

»Aber wie soll das gehen, erst verliebt in eine Frau, dann in einen Mann. Ich meine … das ist doch total verwirrend!«

»Vielleicht bist du lesbisch, Laura, aber vielleicht auch nicht. Immerhin scheinst du dich zu Enzo auch hingezogen zu fühlen. Du bist noch so jung, und du bist auf der Suche, lass dir Zeit damit.«

Ich bin völlig platt. Ich wusste zwar, dass meine Eltern keine Probleme mit einer lesbischen Tochter hätten, aber das hier habe ich nicht erwartet. Ich weiß nicht

einmal, was ich sagen soll. Aus Mamas Mund klingt das alles so einfach.

»Findest du nicht, dass es letztendlich ein Mensch ist, in den man sich verliebt? Ich verstehe gut, was du an Irina findest, und Enzo scheint auch ein toller Junge zu sein, zumindest nach dem, was du erzählt hast.«

»Ja«, antworte ich mit zugeschnürter Kehle.

»Du solltest auf dich vertrauen. Vielleicht hat das alles mit diesem Umzug zu tun, mit diesem Neuanfang. Vielleicht ist das nur so eine Phase, wer weiß das schon. Die Hauptsache ist doch aber, dass du die schönen Dinge genießt. Verliebt sein, Küssen – das sind wunderschöne Sachen im Leben, die schönsten wahrscheinlich. Ich finde, die solltest du dir nicht verderben lassen, nicht von den anderen und auch nicht von dir selbst.«

Mama schiebt ihren Stuhl an meinen ran und nimmt mich in den Arm. Und jetzt bricht alles aus mir heraus. Die Tränen strömen aus meinen Augen, ich schluchze hemmungslos und drücke Mama, so fest ich kann. Die Gedanken überschlagen sich in meinem Kopf, ich bin gerührt und überrascht, ich bin traurig und glücklich auf einmal. Ich möchte nicht auf Irina sauer sein, ich möchte öfter mit Enzo zusammen sein, ich möchte Papa sagen, dass er ein toller Papa ist, ich möchte Mama am liebsten gar nicht mehr loslassen …

Als meine Tränen allmählich verebben, fühle ich, wie sich eine große Klarheit in mir ausbreitet. Es ist selt-

sam, aber ich habe Lust, dem Leben entgegenzutreten – Hühner zu füttern, Kaffee mit Nachbarn zu trinken, mir neue Klamotten zu kaufen, nach Italien zu fahren, Postkarten zu schreiben, mich zu verlieben, mir eine Vogelspinne über den Arm laufen zu lassen – na gut, jetzt ist es mit mir durchgegangen! Aber dieses Gefühl ist so überwältigend, dass ich glatt noch einmal anfangen könnte zu heulen, vor Freude, bloß sind die Tränen alle aufgebraucht.

»Danke, Mama«, hauche ich ganz benommen.

»Gerne. Nur eine Sache noch ... das mit dem Wein, da kannst du dir gerne noch Zeit lassen.«

»Schmeckt sowieso nicht wirklich.«

Sie wuschelt mir durchs Haar. »Ich mag deine neue Frisur.«

»Ich auch.«

Ich renne in mein Zimmer hoch, krame aus dem letzten Umzugskarton einen Bilderrahmen raus und stecke die Polaroids von Irina und mir hinter das Glas.

Egal was jetzt mit uns passieren wird, sie hat mir geholfen, in diesem Kaff hier anzukommen. Ich mochte sie vom ersten Augenblick an, damals in der Schultoilette, wo sie mir den Fleck von der Wade gewischt hat. Und sie mochte mich auch, das habe ich sofort gespürt. Wir hatten eine tolle Zeit, haben viel gelacht, gute Gespräche geführt, uns alles Mögliche anvertraut. Wir haben uns geküsst und gestreichelt, und Mama hat recht,

es war wunderschön, und das sollten wir uns durch nichts kaputt machen lassen.

Und wer weiß, vielleicht wird es gar nicht so kompliziert, wie ich befürchte. Vielleicht bin ich eines Tages sogar so weit, gemeinsam mit Johnny etwas zu unternehmen. Irgendwie bin ich auch sehr neugierig auf ihn. Irina mag ihn und Enzo mochte ihn. Und wenn die zwei tollsten Menschen hier in meinem neuen Leben so viel von ihm halten, dann dürfte es mir nicht schwerfallen, ihn auch zu mögen.

Ich hänge den Bilderrahmen über meinen Schreibtisch und betrachte eine Weile unsere beiden Gesichter, die mich anlachen. Dann lasse ich den Blick durch mein Zimmer schweifen. Jetzt ist es endlich perfekt.

Pünktlich um neunzehn Uhr steht Enzo in unserem Garten mit einem Stapel Blätter in der Hand.

»Echt jetzt? Wir kriegen wirklich noch Hausaufgaben?«

»Sieht ganz so aus.« Er kratzt sich am Kopf. »Deine Haare sind neu.«

Ich lache. »Ja, so kann man das auch ausdrücken. Willst du deinen Affenbrotbaum sehen?«

Er nickt und ich führe ihn ins Haus. Meine Eltern sind in die nächste Stadt gefahren, um einen Großeinkauf zu machen. Wir haben das Haus für uns allein. Ich zeige ihm die Küche und den Salon, sogar die Tür zum Keller und schließlich mein Zimmer.

»Da steht er ja.« Enzo zeigt zur Fensterbank.

»Da steht er und ist nicht eingegangen.«

»Natürlich nicht. Ich wusste sofort, dass das deine Pflanze ist.«

Wir stehen beide etwas verlegen im Türrahmen rum, und ich überlege, ob es höflich wäre, ihm etwas zu trinken anzubieten, aber eigentlich will ich gar nicht mit ihm hier drin sein, denn anscheinend macht uns das sprachlos.

»Hör mal, ich war lange nicht mehr bei den Gänsen. Wir könnten uns ein kleines Picknick mitnehmen und …«

»Gute Idee!« Und schon ist er auf dem Weg die Treppe hinunter.

Ich packe ein bisschen Obst in eine Tupperdose und schmiere ein paar Erdnussbutter- und Marmeladentoasts.

Enzo schaut durch das Fenster zum Hühnergehege. »Und? Gehen sie dir immer noch auf die Nerven?«

»Die Hühner? Nein. Kann sein, dass ich sie sogar ganz gerne mag. Alles braucht wahrscheinlich seine Zeit.«

»Apropos. Geht es dir schon besser?«

»Mir geht es super!« Ich wickele das Brot in Alufolie.

»Wirklich?« Großes Erstaunen in Enzos Stimme.

»Ich treffe mich morgen oder übermorgen mit Irina. Bloß als Freundinnen, und ich habe auf einmal keine Angst davor.«

»Meinst du, das klappt?«

»Glaubst du nicht?«

Er zuckt mit den Schultern. »Ich habe mit Johnny gesprochen, er will mal mit mir zum Angeln gehen. Na ja, schauen wir mal. Er hat sich verändert, glaube ich. Seine Zeit in Holland hat auf jeden Fall Spuren hinterlassen.«

»Aber ihr wart doch Freunde, ich meine, so richtig gute Freunde«, hake ich nach.

Enzo nickt.

»Dann solltest du dem auf jeden Fall noch eine Chance geben.«

»Ja?«

»Ja. Und weißt du, was ich wirklich lustig finde? Als wir hierhergefahren sind, meine Eltern und ich, um das Haus hier zu beziehen, da musste ich die ganze Zeit an *Dirty Dancing* denken, wegen der Fahrt und … was weiß ich, wieso. Dass jetzt ausgerechnet ein *Johnny* in diesem ganzen Chaos hier auftaucht, ist echt irgendwie schräg.«

Enzo sieht mich verständnislos an.

»Du kennst *Dirty Dancing* nicht? Den Film?«

Er schüttelt den Kopf.

»Natürlich nicht! Ist ja auch egal. Lass uns gehen!«

Voller Elan schmeiße ich die Haustür hinter uns zu.

»Ich habe über die Gänse nachgedacht«, sagt Enzo, als wir im hohen Gras sitzen, Weintrauben naschen und auf das Feld hinaussehen. »Es ist zwar verboten, aber wenn du nichts sagst, sage ich auch nichts.«

»Was meinst du damit?«

»Ich meine, die Bauern sitzen jetzt alle in der Kneipe, der Förster ist soweit ich weiß im Urlaub und eure Nachbarn habe ich vorhin auch weggehen sehen. Also wäre das *die* Gelegenheit.«

Ich begreife immer noch nicht.

»Du wolltest doch die Gänse aufscheuchen!«

Irgendwie rührt es mich gerade sehr, dass er sich daran noch erinnert. »Aber das geht doch nicht. Das hast du selbst gesagt.«

»Vielleicht geht es ja doch.«

»Ist das nicht schrecklicher Stress für die?«

»Das werden sie schon verkraften! Wir haben alle mal Stress, oder? Bisher haben wir den auch verkraftet.«

»Bist du sicher?«

»Komm schon. Jetzt oder nie!« Er springt auf und zieht mich an der Hand nach oben, dann rennt er los und ich an seiner Hand hinterher.

Wir stürmen auf das Feld, so schnell wir können, und sofort fliegen die Gänse mit lautem Flügelschlagen auf. Das Schnattern ist so laut, dass ich Enzos Hand loslasse und mir die Ohren zuhalte. Ich schaue nach oben und kreische, und die Gänse verdunkeln für einen Moment den Himmel, das Flügelschlagen verursacht einen enormen Wind, meine Haare werden nach allen Seiten geweht, das Blut rauscht in meinen Adern und mein Herz droht vor Freude zu explodieren.

»Los! Das reicht!«, ruft Enzo und greift wieder nach meiner Hand.

Wir rennen zurück und werfen uns ins Gras, legen uns auf den Bauch und beobachten die Gänse dabei, wie sie langsam wieder auf ihren Positionen landen.

»Wahnsinn«, schnaufe ich, und wir sehen uns einen Moment in die Augen, aber dann senkt Enzo den Blick und greift nach den Sandwiches. Wir essen schweigend, bis die letzte Gans gelandet ist.

»Ich glaube, das mit uns beiden, das hätte was werden können«, sagt Enzo ganz unverhofft, und mein Herz, das sich gerade beruhigt hatte, fängt wieder an wie wild zu wummern.

»Ja?«

»Vielleicht wird es ja noch.«

»Ich fahre die Ferien über nach Italien«, sage ich wehmütig, obwohl ich mich eigentlich drauf freue.

»Ja, und vielleicht verliebst du dich dort in eins dieser heißen italienischen Mädchen.«

Ich boxe ihn in die Schulter. »Hey, du brauchst mich nicht aufzuziehen!«

»Nie im Leben!« Er grinst.

»Es macht dir nichts aus, dass ich ein Mädchen geküsst habe?«

Er schüttelt den Kopf. »Ganz ehrlich? Ich finde es sogar ziemlich sexy.«

»Wow.« Das ist das Einzige, was mir dazu einfällt. Ich fühle, wie es an meinem ganzen Körper kribbelt.

Enzo sieht mich von der Seite an. »Ich mache dir jetzt einen Vorschlag.«

»Ja?«, frage ich mit angehaltenem Atem und schaue zu ihm.

»Wir küssen uns jetzt, und dann nimmst du den Kuss mit nach Italien und schaust mal, was du in den Wochen damit machst. Was denkst du?«

Ich denke, diesen Vorschlag macht er nicht zweimal, also vergeude ich die Zeit nicht mit Grübeleien, sondern befolge den Rat meiner Mutter und vertraue jetzt mal auf mich.

»Ich denke, das ist eine gute Idee.«

Ich schließe meine Augen und warte aufgeregt auf seinen Kuss.

Er schmeckt nach Erdnussbutter.

DANKE

Lustigerweise danke ich an erster Stelle Enzo Bac, einem jungen Mann, den ich aber eigentlich gar nicht kenne. Trotzdem – er stand eines Tages vor mir mit seinen blauen Augen und dem sympathischsten Lächeln aller Zeiten, und ehe ich michs versah, inspirierte er mich dazu, die Figur des Enzo in das Buch einzubauen. Ursprünglich sollte es nämlich nur um Laura und Irina gehen.

Also danke, Enzo! Du hast mein Buch vielseitiger gemacht.

Ivana Marinović – muss ich eigentlich noch was sagen?

I LOVE YOU, so viel ist sicher.

Jana Breunig, die Fragen, die du mir beantwortest, und die Pläne, die du mit mir schmiedest, machen mir die Arbeit mehr als angenehm.

Sebastian Menacher, ich schätze unseren Mailaustausch sehr, und auch das nette Durch-Berlin-Schlendern im Sommer war mir ein großes Fest.

Friederike Kenneweg, meine Hochzeitsrikscha, mit dir durch die Gegend zu laufen, macht mich nicht bloß froh, sondern liefert oft die besten Erkenntnisse. Zum Leben allgemein, aber auch zum Schreiben im Besonderen.